BIBLIOTECA

MARY HIGGINS CLARK

MARY HIGGINS CLARK

Nacida en Nueva York en el seno de una familia de origen irlandés, Mary Higgins Clark está considerada como la reina indiscutible del género de misterio. Desde que en 1964 iniciara su carrera literaria, el reconocimiento de crítica y público a su talento ha sido unánime. Su capacidad para crear la intriga así como su extrema habilidad para elaborar complejas redes y mantener al lector en continua tensión, han cautivado a millones de lectores. Entre los numerosos galardones que ha recibido destaca el Grand Prix de Littérature de Francia, que le fue otorgado en 1980.

LE GUSTA LA MÚSICA, LE GUSTA BAILAR

¿Quién no se ha detenido alguna vez a leer las escuetas líneas de los anuncios de contactos? Búsqueda de compañía, aficiones compartidas... Pero el anónimo mensaje puede esconder también deseos inconfesables. Un asesino psicópata está sembrando el terror en la ciudad de Nueva York. Varias mujeres han desaparecido; bellas, jóvenes y todas con una afición común: su gusto por la música y el baile, del que habían dejado testimonio en un anuncio de contacto.

MARY HIGGGINS CLARK

LE GUSTA LA MÚSICA, LE GUSTA BAILAR

Traducción de
Sara Alonso Gómez

CÍRCULO DE LECTORES

Esta novela es una obra de ficción. Nombres, personajes, lugares y hechos son producto de la imaginación de la autora o se utilizan de forma figurada. Cualquier parecido con sucesos, situaciones o personas reales, vivas o muertas, sería pura coincidencia.

[illegible]

[illegible]

AGRADECIMIENTOS

Quiero expresar mi agradecimiento a todos aquellos que me brindaron su colaboración y apoyo para escribir este libro: a mi editor, Michael V. Korda; a su socio, el editor Chuck Adams; a mi agente, Eugene H. Winick, y al director asociado de Forensic Behavioral Services, Robert Ressler. Quiero manifestar también mi reconocimiento a Carol Higgins Clark, mi hija, por sus investigaciones, comentarios y sugerencias, y por su inestimable ayuda cuando nos acercábamos a la fecha de entrega. Y por supuesto, agradecer infinitamente al resto de mi familia y amigos el haber sobrellevado mis habituales dudas sobre mi capacidad para escribir esta novela; su santa paciencia hará que las catedrales se disputen sus restos.

A los hijos de mi hermano Johnny,
Luke y Chris Higgins,
y a su nieta Laura,

CON AMOR

¿Qué es un amigo?
Una sola alma morando en dos cuerpos.

ARISTÓTELES

I

Lunes, 18 de febrero

La habitación estaba en penumbra. Se sentó en una silla, abrazándose las rodillas. Volvía a ocurrir. Charley se negaba a permanecer por más tiempo encerrado en su escondite. Insistía en pensar en Erin. «Solo dos más –susurraba–, dos más y basta.»

No tenía sentido protestar, lo sabía, pero cada vez resultaba más peligroso. Charley se estaba volviendo temerario. Se empeñaba en salir a la luz. «¡Lárgate, Charley! ¡Déjame en paz!», suplicaba.

La risa burlona de Charley resonó por toda la habitación.

Si Nan se hubiese fijado en él. Si al menos le hubiese invitado a su cumpleaños, quince años atrás... ¡La había querido tanto...! La había seguido hasta Darien con el regalo que le había comprado en una tienda de oportunidades: unos zapatos de salón. Venían en una caja de cartón ordinaria y barata, y se había tomado mucho trabajo para reproducir con esmero un dibujo de los zapatos en la tapa.

Su cumpleaños era el doce de marzo, durante las vacaciones de primavera. Se acercó en coche hasta Darien para darle una sorpresa. Cuando llegó delante de la casa, brillantemente iluminada, los sirvientes estaban aparcando los coches de los invitados. Pasó de largo, despacio, aturdido y asombrado, al reconocer entre estos a varios estudiantes de Brown.

A pesar del tiempo transcurrido, todavía se sentía incómodo al recordar cómo dio la vuelta, llorando como un niño. Luego pensó en el regalo y cambió de idea. Nan le había explicado que todas las mañanas, con lluvia o con sol, acostumbraba hacer *jogging* por la zona arbolada que circundaba la casa. Por la mañana estaba allí, esperándola.

Aún hoy recordaba vivamente la sorpresa que se llevó al verlo. Sorpresa, no alegría. Ella dejó de correr y se paró a su lado entre jadeos entrecortados. Llevaba una gorra elástica que cubría su cabello rubio y sedoso, un jersey con el escudo de la escuela sobre el chándal, y calzaba unas Nike.

Después de felicitarla por su cumpleaños, contempló cómo abría la caja y escuchó su cortés pero fingido agradecimiento. Luego la rodeó con sus brazos:

–Nan, ¡te quiero tanto...! Déjame ver cómo te quedan los zapatos. Yo te los calzaré. Podemos bailar aquí mismo.

–¡Piérdete! –Ella lo apartó de un empujón, le tiró la caja, y echó a correr para alejarse de él.

Fue Charley el que corrió detrás de ella, el que la sujetó y la tiró al suelo. Fueron las manos de Charley las que apretaron su garganta hasta que sus brazos dejaron de forcejear. Y fue Charley también el que, tras calzar sus pies con los zapatos, bailó con ella, con la rubia cabeza sobre su hombro. Después Charley la tendió en el suelo, dejó el zapato de baile en su pie derecho y volvió a colocar la zapatilla Nike en el izquierdo.

Había pasado mucho tiempo. Charley pasó a ser un borroso recuerdo, una desdibujada figura que había permanecido acechante en algún recóndito lugar de su cerebro, hasta hace dos años. Entonces Charley empezó a evocar el recuerdo de Nan, de sus finos y arqueados pies, de sus gráciles tobillos, su belleza y su gracia cuando bailaba con él...

«¡Ea, ai, eo! Coge al bailarín por el dedo. –Diez dedos, diez cerditos. Era un juego que su madre le hacía de pequeño–. Este cerdito fue al mercado, este se quedó en casa.»

«Hazlo diez veces –le pedía cuando acababa–, una por cada dedo cerdito.»

¡Su madre le había querido tanto! Luego había cambiado. Aún le parecía escuchar su voz:

«¿Qué hacen estas revistas en tu habitación? ¿Por qué has cogido estas zapatillas de mi armario? ¡Después de todo lo que hemos hecho por ti! Nos has decepcionado tanto...»

Cuando reapareció hace dos años, Charley le ordenó que mandase publicar anuncios en la sección de contactos personales. Muchos anuncios. El propio Charley se encargaba de dictarle lo que debía decir en el anuncio especial.

Ahora, siete jóvenes estaban enterradas en la finca con un zapato de baile en el pie derecho y su propio zapato, zapatilla o bota en el izquierdo.

Él le suplicó que le permitiese dejarlo por un tiempo. No quería hacerlo más. Le explicó que el suelo aún estaba helado, que no podría enterrarlas, y que era peligroso guardar los cuerpos en el congelador...

Pero Charley gritó:

–¡Quiero que esas dos sean encontradas como yo encontré a Nan!

Charley había escogido esas dos últimas de la misma manera que todas las que siguieron a Nan. Se llamaban Erin Kelley y Darcy Scott. Cada una contestó a un anuncio diferente de los que había publicado. Y más importante aún, ambas también habían contestado a su anuncio especial.

De todas las respuestas recibidas, fueron sus cartas y sus fotografías las que habían atraído inmediatamente la atención de Charley. Las cartas eran divertidas. El lenguaje tenía una cadencia atrayente, resultaba casi como escuchar la voz de Nan. Y luego estaba esa autocrítica ingeniosa, ese humor agudo e inteligente. Y las fotografías, tan sugerentes, cada una a su manera...

Erin Kelley había enviado una instantánea en la que aparecía apoyada en el borde de un escritorio. Estaba ligeramente inclinada hacia delante, como si hablara con alguien, con los ojos brillantes y su esbelto cuerpo en una pose insinuante, como si esperase que la invitaran a bailar.

La fotografía de Darcy la presentaba junto a una ventana, con una mano en los visillos. Estaba medio vuelta hacia la cámara. Evidentemente, la sorprendieron al tomar la foto. Llevaba varias muestras de tela sobre el brazo y su cara mostraba una expresión absorta, pero divertida. Tenía los pómulos angulosos, una esbelta figura y largas piernas, acentuadas por unos finos tobillos y unos pies menudos, calzados con mocasines Gucci.

«¡Cuánto más atractiva estaría con unos zapatos de baile!», se dijo a sí mismo.

Se levantó y se estiró. La oscuridad de las sombras que se cernían sobre la habitación ya no le estorbaba más. La presencia de Charley era completa y aceptada. Ninguna vocecilla gruñona volvió a rogarle que se resistiese.

Cuando Charley se retiró voluntariamente a la oscura caverna de la que había emergido, releyó la carta de Erin y acarició delicadamente la fotografía.

Se rió en voz alta al recordar el sugestivo anuncio que había llevado a Erin hasta él.

Empezaba: «Le gusta la música, le gusta bailar».

II

Martes, 19 de febrero

Frío, embarrado, inhóspito, un tráfico imposible. ¡Qué importaba! Era maravilloso estar de vuelta en Nueva York.

Darcy se quitó con despreocupación el abrigo, se alisó el pelo con los dedos y echó un vistazo al correo cuidadosamente clasificado sobre su escritorio. Bev Rothhouse, una delgada, impulsiva y brillante estudiante nocturna de la Escuela de Diseño Parsons, y, además, su eficaz secretaria, separaba los montones por orden de importancia.

–Facturas –dijo señalando el extremo derecho–, notificaciones de ingresos al lado. Hay unas cuantas.

–Sustanciosas, espero –aventuró Darcy.

–No están mal –confirmó Bev.

–Estos son los mensajes. Han llegado dos nuevos encargos para decorar dos apartamentos de alquiler. Realmente, sabías lo que hacías cuando abriste un negocio de muebles de segunda mano.

Darcy se rió.

–Sanford and Son. Eso es lo que soy.

«EL RINCÓN DE DARCY. INTERIORISMO DE OCASIÓN», se podía leer en una placa, en la puerta de la oficina, situada en el edificio Flatiron de la calle Treinta y dos.

–¿Qué tal por California? –preguntó Bev.

Darcy advirtió el tono de respeto en la voz de la joven, y sonrió. Lo que Bev quería decir era: «¿Cómo están tus padres? ¿Qué tal te lo has pasado con ellos? ¿Son tan maravillosos como parece en sus películas?».

«La respuesta –pensó Darcy–, es: sí, son estupendos, son maravillosos. Sí, les quiero y estoy orgullosa de ellos. Pero nunca me he sentido cómoda en su mundo.»

–¿Cuándo salen para Australia? –preguntó Bev, con un tono deliberadamente trivial.

–Se han marchado ya. Cogí el avión de regreso a Nueva York después de despedirles.

Darcy había hecho coincidir la visita familiar con un viaje de negocios al lago Tahoe, donde tenía un contrato para decorar una vivienda piloto en una estación de esquí, destinada a compradores sin grandes recursos. Sus padres partían de gira internacional con la obra. No volvería a verlos al menos hasta dentro de seis meses.

Quitó la tapa del vaso de café que había comprado de camino, en un quiosco de bebidas cercano, y tomó asiento detrás de su mesa.

–Estás muy guapa –observó Bev–. Me gusta ese conjunto.

El vestido rojo de lana con escote cuadrado y el abrigo a juego eran resultado de salir de compras por Rodeo Drive para complacer a su madre.

–Para ser una chica tan guapa, no te esmeras demasiado en cuidar tu aspecto –le había sermoneado su madre–. Deberías sacar partido de esa divina y etérea cualidad.

Como acostumbraba a observar su padre en numerosas ocasiones, Darcy podía haber posado como modelo para el retrato de la antepasada materna cuyo nombre llevaba. La primera Darcy había abandonado Irlanda durante la Revolución para unirse a su prometido francés, un oficial del ejército de Lafayette. Tenían los mismos ojos grandes, entre verdes y castaños, el mismo cabello trigueño, con reflejos dorados, la misma nariz recta.

–Hemos crecido un poco desde entonces –le gustaba puntualizar a Darcy–. Yo mido un metro setenta y dos. La primera Darcy era un tapón. Esto ayuda mucho cuando pretendes tener un aspecto etéreo.

Nunca olvidaría el comentario que escuchó de labios de un director de cine cuando tenía apenas seis años: «¿Cómo se las han arreglado dos personas tan excepcionales para concebir una criatura tan mediocre?».

Todavía recordaba que permaneció inmóvil, sobreponiéndose a la impresión. Un momento después, cuando su madre pretendía presentarla a algunos actores: «Esta es Darcy, mi hija», lanzó un «¡No!» rotundo y salió corriendo del plató. Más tarde tuvo que disculparse por haber sido tan descortés.

Aquella mañana, al bajar del avión en el aeropuerto Kennedy, dejó las maletas en su apartamento y se fue directamente a la oficina, sin concederse siquiera el tiempo necesario para ponerse sus habituales vaqueros y suéter, que constituían su uniforme de trabajo. Bev esperó a que bebiera un primer sorbo de café antes de volver a los mensajes.

–¿Quieres que empiece a contactar con estas personas?

–Déjame primero hacer una breve llamada a Erin.

Erin descolgó a la primera llamada. Su distraído saludo le confirmó que ya estaba en su mesa de trabajo. Habían sido compañeras de habitación cuando estudiaban en Mount Holyoke. Posteriormente, Erin estudió diseño de joyas, y había obtenido recientemente el prestigioso premio N W Ayer para jóvenes diseñadores.

Darcy también había alcanzado profesionalmente una buena posición. Después de cuatro años de trabajo en una agencia de publicidad, decidió cambiar su carrera de ejecutiva publicitaria por la decoración con muebles de ocasión. Ambas mujeres habían cumplido veintiocho años, y su relación era tan estrecha como cuando vivían juntas en la universidad.

Darcy podía imaginarse perfectamente a Erin, sentada delante del tablero, vestida con unos vaqueros y un amplio jersey, el cabello pelirrojo sujeto con un prendedor o una cola de caballo, absorta en su trabajo, ajena a cualquier distracción externa.

El abstraído saludo dio paso a una exclamación de júbilo al reconocer la voz de Darcy.

–Estás ocupada –dijo Darcy–, no quiero entretenerte. Solo quería hacerte saber que estoy de vuelta y, sobre todo, saber cómo sigue Billy.

Billy era el padre de Erin. Era inválido, y estaba internado en un sanatorio de Massachusetts desde hacía tres años.

–Más o menos igual –informó Erin.

–¿Cómo va el collar? Cuando te llamé el viernes parecías preocupada.

El mes pasado, un poco antes del viaje de Darcy, Erin había recibido el encargo de la joyería Bertolini's de diseñar un collar utilizando las gemas familiares de un cliente. Bertollini's era un joyero de la talla de Cartier y Tiffany's.

–Tenía mucho miedo de que el diseño no estuviese a la altura de una casa tan exigente. Era bastante complicado, pero todo ha ido bien. Lo entregaré mañana por la mañana y, si quieres mi opinión, a mí me parece sensacional. ¿Qué tal por Bel-Air?

–¡Fantástico! –Rieron al unísono, y luego Darcy añadió–: Ponme al corriente de cómo va el Proyecto Contactos.

Nona Roberts, productora de la cadena de televisión Hudson Cable Network, había entablado amistad con Darcy y Erin en el gimnasio. Nona preparaba un documental sobre las secciones de contactos personales de diarios y revistas, las personas que publicaban y contestaban a ese tipo de anuncios, y sus experiencias particulares. Nona les había pedido que colaborasen en la investigación contestando a algunos anuncios.

–Solo tendréis que salir con ellos una vez –las animaba–. La mitad de los solteros de la cadena de televisión lo están haciendo, y se divierten muchísimo. Y ¡quién sabe!, quizá tengáis oportunidad de conocer a alguien interesante. De todas formas, pensadlo.

Erin, siempre la más atrevida, se mostró sorprendidamente indecisa. Darcy la convenció de que podía ser divertido.

–No tenemos que publicar ningún anuncio –argumentaba–. Bastará con contestar a algunos que parezcan interesantes. Tampoco tenemos por qué dar nuestras direcciones, con el número de teléfono será suficiente. Nos encontraremos con ellos siempre en lugares públicos. ¿Qué podemos perder?

Empezaron hacía unas seis semanas. Darcy solo había tenido tiempo de acudir a una cita, antes de salir para Bel-Air y el lago Tahoe. En su carta, el caballero decía medir un metro ochenta y cinco. Tal y como contó luego a Erin, debía de estar subido en una escalera cuando se midió. También afirmó que era ejecutivo publicitario, pero cuando Darcy sacó a relucir unos cuantos nombres de agencias y clientes, se quedó sin saber qué decir. Un mentiroso y un pelma, informó luego a sus amigas.

Ahora, con una sonrisa anticipada, Darcy pedía a Erin noticias sobre sus últimos encuentros.

–Las reservo para mañana por la noche, cuando nos encontremos con Nona –dijo Erin–. Escribo todos los detalles en el cuaderno de notas que me regalaste por Navidad. Desde la última vez que hablamos por teléfono, he salido dos veces más, así que en total ocho citas en las últimas tres semanas. La mayoría eran imbéciles sin remedio. Con uno de ellos ya había salido antes. De los nuevos, uno era realmente atractivo, y mira por dónde, no volvió a llamar. Esta noche he quedado con otro. Parece bastante presentable, pero ya veremos.

Darcy sonrió.

–Evidentemente, no me he perdido gran cosa. ¿Cuántos anuncios has contestado por mí?

–Una docena, más o menos. Pensé que sería más divertido enviar de vez en cuando ambas cartas al mismo anuncio. Podríamos comparar impresiones si alguno de estos tipos nos llama.

–Me parece una buena idea. ¿Dónde has citado a tu presa de esta noche?

–En un pub de Washington Square.

–¿Qué hace?

–Es abogado, de Filadelfia. Acaba de llegar a Nueva York. Podrás venir mañana, ¿no?

–Por supuesto. –Iban a cenar con Nona.

El tono de voz de Erin se hizo más cálido.

–Estoy contenta de que hayas vuelto, Darcy. Te he echado de menos.

–Yo también –dijo Darcy de corazón–. Quedamos así, entonces. Nos vemos mañana. –Ya se despedía cuando, siguiendo un impulso, preguntó–: ¿Cómo se llama la infeliz víctima de esta noche?

–Charles North.

–Suena muy anglosajón. ¡Que te diviertas! –Darcy colgó.

Bev esperaba pacientemente con los mensajes en la mano. Luego dijo:

–Desde luego, os envidio. Cuando vosotras dos habláis parecéis dos amigas de colegio, tan unidas como dos hermanas. Bueno, pensando en la mía, más unidas aún.

Tienes mucha razón –replicó Darcy dulcemente.

La Galería Sheridan de la calle Setenta y ocho, situada al este de la avenida Madison, estaba en plena subasta. El contenido de la magnífica casa de campo de Mason Gates, el último magnate del petróleo, había atraído a una multitud de comerciantes y coleccionistas.

Chris Sheridan observaba la escena desde el fondo de la sala, saboreando el triunfo sobre Sotheby's y Christie's que le proporcionaba el privilegio de subastar esta colección: magníficos muebles de la época de la reina Ana, cuadros más excepcionales por su rareza que por su técnica, y una valiosa vajilla que, sin la menor duda, levantaría pujas encarnizadas.

A sus treinta y tres años, Chris Sheridan mantenía un aspecto que encajaba mejor con el deportista que había sido en la universidad, que con el de una de las máximas autoridades en muebles antiguos.

Sus ciento noventa y dos centímetros de estatura se acentuaban por su porte erguido. La figura, ancha en los hombros, se estrechaba más abajo, dibujando una esbelta cintura. El cabello rojizo enmarcaba un rostro de rasgos acusados. En sus irresistibles ojos azules se reflejaba una cálida mirada pero, como sabían muy bien sus competidores, algunas veces adquirían bruscamente un brillo glacial.

Chris cruzó los brazos mientras escuchaba las últimas ofertas por un armario de Domenico Cucci de 1683 con paneles de *pietra dura* y relieves centrales de taracea. Más pequeño y menos elaborado que el par que hizo para Luis XIV el mismo autor, pero sin duda una pieza magníficamente conservada, que sabía que codiciaba ansiosamente la casa Met.

La sala se fue silenciando, mientras continuaban las ofertas de los dos pujadores más altos: Met y el representante de un banco japonés. Sintió que le estiraban del brazo, y se giró con aire distraído. Era Sarah Johnson, su ayudante ejecutiva, una experta en arte que había descubierto en un museo privado de Boston. El rostro de la joven reflejaba inquietud.

–Chris, me temo que ha surgido un problema –dijo–. Tu madre está al teléfono. Dice que tiene que hablar contigo de inmediato. Parece muy alterada.

–¡El problema es ese maldito programa!

Chris atravesó la habitación a grandes zancadas, dejó la puerta abierta y, sin pensar en el ascensor, subió apresuradamente la escalera.

Un mes antes, la popular serie televisiva *Crímenes reales* había emitido un episodio sobre el asesinato, nunca resuelto, de su hermana gemela. A los diecinueve años, Nan fue estrangulada mientras corría cerca de su casa en Darien, Connecticut. A pesar de sus enérgicas protestas, Chris no pudo impedir que los equipos de filmación tomaran largos planos de la casa y sus alrededores, así como de la zona boscosa en la que se encontró el cadáver.

Suplicó a su madre que no mirase el programa, pero ella insistió en verlo en su compañía. Los productores consiguieron encontrar una joven actriz cuyo parecido con

Nan era sorprendente. En la reconstrucción de los hechos aparecía corriendo, mientras un oscuro personaje la observaba, protegido por el arbolado.

Luego venían imágenes de la lucha, el intento de huida, la captura definitiva, el estrangulamiento y la escena en que el asesino retiraba la zapatilla Nike del pie derecho, para reemplazarla por un zapato de salón de tacón alto. Un locutor narraba los hechos en un tono gratuitamente horrorizado.

–¿Fue un desconocido el que abordó a la bella y mimada joven Nan Sheridan? El día anterior había celebrado, junto con su hermano gemelo, su cumpleaños en la mansión familiar. ¿O fue tal vez alguien a quien Nan conocía bien, alguien que brindó por ella la víspera quien la asesinó? En quince años nadie ha podido encontrar ni una sola brizna de información que permita resolver el siniestro crimen. ¿Fue Nan Sheridan la víctima fortuita de un monstruo perturbado? ¿Fue su muerte una venganza personal?

Seguía un montaje fotográfico de la casa y sus alrededores, sobre el que aparecía un número de teléfono puesto a disposición de *todo aquel que tuviera cualquier tipo de información*. La última imagen reproducía la fotografía que la policía tomó del cuerpo, cuidadosamente recostado en el suelo, con las manos alrededor de la cintura, el pie izquierdo calzado con la zapatilla Nike, el derecho con un satinado zapato de salón.

La frase final remataba:

–¿Dónde está la pareja de ese gracioso zapato de fiesta? ¿Estará todavía en poder del asesino?

Greta Sheridan contempló el programa sin una sola lágrima y, cuando terminó, dijo:

–Chris, he pensado en ello a menudo, por eso quería ver el programa. Después de la muerte de Nan no podía pensar, no podía hacer nada. Pero Nan solía hablarme mucho de sus amigos. Yo... pensé que al ver el programa a lo mejor recordaba algún detalle importante. ¿Recuerdas el día del funeral? Aquella multitud, todos aquellos chicos de la universidad. ¿Recuerdas que Harriman, el jefe de policía, dijo que estaba convencido de que el asesino se hallaba entre los asistentes? ¿Recuerdas que instalaron cámaras para filmar a todos los que vinieran a casa o a la iglesia?

Luego, como si una mano gigante la hubiera abofeteado, Greta Sheridan prorrumpió en sollozos que partían el alma.

–Esa chica se parecía mucho a Nan, ¿no te parece? ¡Oh, Chris! ¡La he echado de menos tanto estos años...! Papá seguiría vivo si ella estuviese aquí. Aquel ataque al corazón fue su manera de expresar el dolor que sentía.

Cuando atravesaba el pasillo en dirección a su oficina, Chris pensó que hubiera sido mejor destrozar todos los televisores de la casa antes que permitir que su madre viera el programa. Mientras descolgaba el auricular, tamborileó con los dedos sobre la mesa.

–¿Qué ocurre, mamá?

La voz de Greta Sheridan era tensa e insegura.

–Chris, siento mucho molestarte durante la subasta, pero ha llegado una carta más extraña que todas las demás.

Otra consecuencia de aquel odioso programa, pensó furioso: un aluvión de cartas demenciales, desde psicólogos que ofrecían sus servicios, hasta personas que solicitaban dinero a cambio de oraciones.

–Espero que no hayas leído toda esa basura. Esas cartas te destrozan.

–Esta es diferente, Chris. Dice que una bailarina de Manhattan morirá la noche del diecinueve de febrero, en memoria de Nan. –Greta Sheridan elevó la voz–: Chris, supongamos que no es una tontería. ¿Qué podemos hacer? ¿A quién podemos avisar?

Doug Fox se estiró la corbata, cuidadosamente anudada, y se estudió en el espejo. Se había hecho una limpieza de cutis la víspera y su piel estaba radiante. El moldeado lograba que su escaso cabello pareciese abundante y el tinte dorado ocultaba las canas que empezaban a blanquear sus sienes.

«Un tipo apuesto», se dijo a sí mismo, satisfecho de cómo la almidonada camisa blanca resaltaba su pecho musculoso y su esbelta cintura. Descolgó la chaqueta del traje. Se entretuvo al apreciar el suave tacto de la lana escocesa, de color azul oscuro a rayas finas, que resaltaban gracias al rojo de la corbata de Hermès. Escudriñó cada pulgada del inversor bancario, del ciudadano notable de Scarsdale, del devoto esposo de Susan Frawley Fox, del orgulloso padre de cuatro preciosos y vivarachos chiquillos.

Nadie, pensó Doug con irónica satisfacción, sospecharía de él y de su otra vida: el ilustrador independiente, soltero, con un apartamento en el bendito anonimato de London Terrace, al oeste de la calle Treinta y dos, además de poseer un pequeño refugio en Powling, y una flamante furgoneta Volvo.

Doug echó un último vistazo al espejo, arregló el pañuelo de su bolsillo, miró a su alrededor para asegurarse de que no olvidaba nada y se dirigió a la puerta. El dormitorio le irritaba. Muebles provenzales elegidos por un interiorista de fama, y Susan conseguía que pareciese el cuarto de los trastos. Prendas amontonadas sobre la silla. Objetos de tocador de plata esparcidos descuidadamente sobre la cómoda. Dibujos de parvulario en las paredes. «Me voy de aquí», pensó.

En la cocina se desarrollaba la alborotada escena de cada día. Donny, de trece años, y Beth, de doce, se metían comida en la boca mientras Susan les advertía que el autobús escolar estaba llegando a la esquina. El bebé deambulaba por en medio con el pañal sucio y las manos pringosas. Trish gritaba que esa tarde no quería ir a la guardería, que quería quedarse en casa para ver *All my children* con mamá.

Susan llevaba una ajada bata de franela sobre el camisón. Cuando se casó con ella era una chica muy bonita. Luego se había ido dejando. Ella bebió un sorbo de café y sonrió a su marido.

–¿No vas a tomar tostadas o alguna otra cosa?

¿Es que nunca iba a dejar de pedirle que se atiborrara por las mañanas? Doug se echó para atrás, cuando el bebé estaba a punto de agarrarse a su pierna.

–¡Maldita sea, Susan! Ya que no puedes hacer que vaya limpio, al menos no dejes que se me acerque. No puedo ir a la oficina lleno de mugre.

–¡El autobús! –gritó Beth–. ¡Adiós, mamá! ¡Adiós, papá!

Donny cogió sus libros.

–¿Me vendrás a ver esta tarde al partido de baloncesto, papá?

–Volveré tarde a casa, hijo. Tengo una reunión muy importante. La próxima vez iré, te lo prometo.

–¡Seguro! –dijo Donny, y dio un portazo al salir.

Tres minutos más tarde, Doug iba en su Mercedes hacia la estación. La despedida llena de reproches de Susan resonaba todavía en sus oídos:

–Intenta no volver muy tarde.

Empezó a sentirse mejor. Treinta y seis años y cargado con una mujer gorda, cuatro hijos ruidosos y una casa en las afueras. ¡Y pensar que a los veintidós años creyó que hacía una buena jugada al casarse con Susan!

Desafortunadamente, casarse con la hija de un hombre rico no significaba casarse con la riqueza. El padre de Susan era un roñoso. «Prestar, dar nunca.» Tenía ese lema tatuado en el cerebro.

No es que no quisiera a los niños, o no le gustara Susan. Era solo que debía haber esperado un poco antes de ser engullido por la rutina del *pater familias*. Había sacrificado su juventud. Como Douglas Fox, asesor de inversiones, ciudadano notable de Scarsdale, su vida era un completo aburrimiento.

Aparcó y se apresuró a tomar el tren, con el consuelo de que como Doug Fields, licenciado en arte, príncipe de los contactos personales, su vida era vertiginosa y misteriosa, y le proporcionaba un medio para satisfacer sus deseos más inconfesables.

III

Miércoles, 20 de febrero

El miércoles por la tarde, Darcy llegó a la oficina de Nona Roberts hacia las seis de la tarde. Había telefoneado a Nona desde Riverside Drive, donde tenía una cita con un cliente, para proponerle que tomaran juntas un taxi hasta el restaurante.

La oficina de Nona era un desordenado despacho de una sucesión de otros desordenados despachos, en el décimo piso de Hudson Cable Network. El mobiliario consistía en un maltrecho escritorio de roble, sepultado bajo papeles, algunos ficheros cuyos cajones no cerraban del todo, estanterías con libros de consulta y cintas, un singular y poco confortable canapé, y una silla giratoria de ejecutivo, que hacía tiempo que había dejado de girar. Las ramas de una planta, que Nona se olvidaba siempre de regar, caían desmayadamente sobre el alféizar de la ventana.

A Nona le encantaba su oficina. Darcy se preguntaba a menudo cómo no había llegado a autodestruirse por combustión espontánea. Cuando llegó, Nona estaba hablando por teléfono, así que Darcy fue a buscar agua para regar la planta.

–Lo pedía a gritos –dijo cuando regresó.

Después de colgar el teléfono, Nona dio un salto para abrazar a Darcy.

–La jardinería no es precisamente lo mío.

Llevaba un mono de lana de color caqui que resaltaba

su menuda figura. Un cinturón de piel, con una hebilla dorada formada por dos manos enlazadas, ceñía su cintura. Su cabello, entre rubio y castaño, con algunos mechones grises, estaba cortado recto a la altura de la barbilla para realzar su rostro expresivo, más interesante que hermoso.

Darcy se alegró al ver que la preocupación que se reflejaba en los ojos de Nona era reemplazada por una expresión de irónico humor. Su reciente divorcio había sido un duro golpe. Según decía, ya era bastante traumático cumplir los cuarenta sin que tu marido te la pegue con una ninfa de veintiún años.

–Se me ha hecho tarde –se disculpó Nona–. Hemos quedado a las siete con Erin, ¿verdad?

–Entre siete y siete y cuarto –contestó Darcy mientras quitaba las hojas muertas de la planta.

–Tenemos quince minutos para llegar. Eso si encontramos un taxi libre enseguida. ¡Fantástico! Todavía tengo que hacer una cosa antes de salir. ¿Por qué no me acompañas y así conoces el lado humano de la televisión?

–No sabía que tuviera uno –dijo Darcy al tiempo que cogía su bolso.

Todas las oficinas estaban situadas alrededor de una zona central atestada de redactores y secretarias en sus mesas de trabajo. El zumbido de los ordenadores y el repiqueteo de los fax era ensordecedor. Al fondo de la sala, un locutor aparecía en pantalla dando las últimas noticias. Nona hizo un ademán general de saludo al pasar.

–No hay un solo soltero en este laberinto que no esté contestando anuncios para mí. De hecho, sospecho que hay algunos chicos, supuestamente comprometidos, que se citan a hurtadillas a través de un misterioso número de apartado.

Condujo a Darcy a la sala de proyecciones y le presentó a Joan Nye, una bonita rubia que no debía de tener más de veintidós años.

–Joan redacta las necrológicas –explicó–. Acaba de reseñar una importante y me ha pedido que le eche un vistazo. –Se volvió hacia Nye–. Seguro que estará bien –añadió en tono tranquilizador.

Joan suspiró.

–Eso espero –dijo, y pulsó el botón del proyector.

La cara de la estrella de cine Ann Bouchard llenó la pantalla. Se oyó la engolada voz de Gary Finch, el presentador más famoso de Hudson Cable, en un tono contenido, apropiado para la ocasión.

–Ann Bouchard ganó su primer Oscar a la edad de diecinueve años, en 1928, cuando sustituyó a Lilian Parker, que tenía problemas de salud, en el clásico *Camino peligroso...*

Seguían imágenes de Ann Bouchard en sus papeles más renombrados, junto a instantáneas de su vida personal: sus siete maridos, sus hogares, sus batallas publicitarias con los ejecutivos de los estudios, extractos de entrevistas hechas a lo largo de su carrera. Su emocionada respuesta al recibir un premio a la labor de toda una vida.

–He conocido el triunfo. He conocido el amor. Y ¡os quiero muchísimo a todos!

Eso era todo.

–No sabía que Ann Bouchard hubiera muerto. ¡Dios mío! Habló con mi madre por teléfono la semana pasada. ¿Cuándo ha sido?

–Todavía no ha sido –dijo Nona–. Preparamos las defunciones de las celebridades con antelación, igual que hacen los diarios. Y las ponemos al día con regularidad. El adiós a Georges Burns fue revisado veintidós veces. Cuando llega lo inevitable sólo tenemos que buscar la cinta. El casi irreverente nombre de este proyecto es «El club del hasta nunca».

–¿El club del hasta nunca?

–¡Ja, ja! Hacemos el trozo final y le decimos al muerto: ¡Hasta nunca! –Se volvió a Nye–. Es perfecto. Estaban a punto de saltárseme las lágrimas. A propósito, ¿has contestado algún anuncio de contactos?

–Te va a salir caro, Nona. La otra noche tenía una cita con un pelma y me cogió un atasco. Aparqué en doble fila, me bajé un momento para avisarle de que volvía enseguida y cuando volví un policía me estaba poniendo una multa. Al final encontré un parking y al volver...

–Se había ido –sugirió Nona.

–¿Cómo lo sabes?

–Porque ya les ha pasado antes a otras personas. No te lo tomes como algo personal. Ahora tenemos que marcharnos. Dame la multa, me ocuparé de ella.

En el taxi, mientras iban al encuentro de Erin, Darcy reflexionó sobre el motivo que podía impulsar a alguien a un comportamiento semejante. Nye era muy atractiva. ¿Quizá demasiado joven para el hombre con el que se había citado? Al contestar al anuncio seguramente mencionó su edad. ¿Se habría hecho una imagen de Nye que no respondía a la realidad?

Estos pensamientos la inquietaban. Mientras el taxi daba bandazos para sortear el tráfico de la calle Setenta y dos, comentó:

–Nona, cuando empezamos con esto de los anuncios me lo tomé como un juego, pero ahora ya no estoy tan segura. Es como tener una cita a ciegas, sin la seguridad de que el chico se presente porque es el amigo del hermano de alguien. ¿Te imaginas a alguno de los hombres que conoces haciendo esto? Incluso si, por alguna razón, al hombre que se citó con Nye no le gustaba cómo iba vestida, o peinada, o cualquier otra cosa, lo único que tenía que hacer era tomar una copa y luego despedirse con el pretexto de un viaje imprevisto. Podría largarse enseguida sin dejarla con la sensación de haber hecho el imbécil.

–Darcy, hay que aceptarlo –dijo Nona–. A partir de toda la información que voy recogiendo, la mayor parte de las personas que colocan este tipo de anuncios son bastante inseguras. Incluso algo peor. Hoy he recibido una carta de un agente del FBI que se ha enterado de que vamos a hacer el programa y quiere hablar conmigo. Le gustaría que incluyéramos una advertencia previniendo a los espectadores de que este tipo de anuncios son un medio idóneo para los maníacos sexuales.

–¡Vaya consuelo!

Como de costumbre, Bella Vita ofrecía un ambiente acogedor. El delicioso y familiar olor a ajo impregnaba el aire, y las risas y conversaciones se mezclaban en un suave murmullo. Adam, el dueño, les dio la bienvenida.

–¡Ah!, mis encantadoras damas. Tengo su mesa preparada. –Señaló la que estaba junto a la ventana.

–Erin llegará en cualquier momento –aclaró Darcy mientras se sentaban–. Me sorprende que no haya llegado ya, siempre es tan puntual que me acompleja.

–Probablemente esté en medio de un atasco. Voy a pedir el vino. Ella siempre toma un chablis.

Media hora más tarde, Darcy se levantó de su silla.

–Voy a llamar a Erin. Lo único que puede haber pasado es que haya habido algún problema con el collar de Bertolini's, y que necesite algún ajuste de última hora. Pierde la noción del tiempo cuando trabaja.

En el estudio de Erin solo respondía el contestador automático. Darcy volvió a la mesa, y en la angustiada mirada de Nona pudo ver reflejados sus propios sentimientos.

–He dejado un mensaje en el contestador para decirle que la estamos esperando, y que llame si no puede venir.

Pidieron la cena. A Darcy le gustaba mucho ese restaurante, pero esa noche apenas hubiera podido decir qué era lo que comía. Cada cierto tiempo, lanzaba miradas hacia la puerta con la esperanza de ver entrar a Erin con una explicación plausible de su retraso.

No apareció.

Darcy vivía en un ático de una antigua mansión, al oeste de la calle Cuarenta y nueve. Nona en un piso al oeste de Central Park. Al salir del restaurante subieron en dos taxis diferentes después de prometerse que la primera que tuviese noticias de Erin llamaría inmediatamente a la otra.

Un minuto después de llegar a casa, Darcy volvió a marcar el número de Erin, y de nuevo una hora más tarde antes de irse a dormir. Esta vez dejó un apremiante mensaje:

–Erin, estoy preocupada por ti. Son las once y cuarto del miércoles, llámame sea cual sea la hora a la que llegues.

Después logró conciliar un sueño agitado.

Cuando se despertó, a las seis de la mañana, lo primero que hizo fue pensar en Erin. No había llamado.

Jay Stratton miraba a través de la ventana de su apartamento, situado en el piso treinta de un edificio de la plaza Waterloo, en la calle Veinticinco con la avenida del East River. La vista era espectacular. El East River fluía bajo los arcos de los puentes de Brooklyn y Williamsburg. Las Torres Gemelas quedaban a la derecha, con el Hudson asomando detrás de ellas. La corriente del tráfico agonizaba lentamente. Superada la hora punta vespertina, discurría ahora con fluidez. Eran las siete y media.

Jay frunció el entrecejo en un gesto que provocaba que sus pequeños ojos se volviesen casi invisibles. Su cabello, castaño oscuro, con atractivas mechas plateadas, le ayudaba a mantener un estudiado aspecto de informal elegancia. Era consciente de su ligera tendencia a engordar y cuidaba su figura practicando ejercicio con regularidad. Sabía que parecía algo mayor que su edad real, treinta y siete años, lo que le resultaba ventajoso. La mayoría de la gente lo encontraba singularmente atractivo.

También la viuda del magnate de la prensa a la que había acompañado la semana pasada al casino Taj Mahal, de Atlantic City lo había encontrado atractivo, a pesar de que, cuando le mencionó si no le gustaría tener una joya especialmente creada para ella, su rostro se endureció.

–Nada de palabrería de vendedor –le espetó–. Quiero que quede bien claro.

No volvió a pensar en ella. Jay no tenía por costumbre perder el tiempo. Hoy había comido en el Jockey Club y, mientras esperaba mesa, entabló conversación con un matrimonio de edad. Los Ashton estaban en Nueva York de vacaciones, con motivo de su cuadragésimo aniversario de bodas. Era evidente que estaban forrados y como se encontraban ociosos y desplazados, fuera de los familiares territorios de Carolina del Norte, acogieron con entusiasmo sus iniciativas de contacto.

El marido pareció alegrarse cuando Jay le interrogó sobre la posibilidad de que hubiera pensado en regalar a su esposa alguna joya de valor por sus cuarenta años de matrimonio.

–Hace mucho tiempo que le digo a Frances que me gustaría comprarle alguna joya, pero ella se empeña en que es mejor que ahorremos ese dinero para Frances Junior, nuestra hija.

Jay sugirió que cuando llegase el momento, en un futuro lejano, Frances Junior podría lucir complacida el hermoso collar o la valiosa pulsera y explicar con orgullo a su propia hija o nieta que era un regalo muy especial de los abuelos.

–Es lo que las familias de la realeza han hecho durante siglos –comentó a la vez que les alargaba su tarjeta.

Sonó el teléfono. Jay se apresuró a cogerlo. Puede que sean los Ashton, pensó.

Era Aldo Marco, el gerente de Bertolini's.

–Aldo –dijo Jay sinceramente–, pensaba llamarte. Todo va bien, espero.

–La verdad es que no va nada bien. Cuando me presentaste a Erin Kelley quedé impresionado con ella y su carpeta. El diseño que nos presentó era sensacional y, como ya sabes, le entregué las gemas familiares del cliente para que las engastase de nuevo. El collar debía ser entregado esta mañana, pero la señorita Kelley no se ha presentado, y tampoco ha respondido a los numerosos mensajes que le hemos dejado. Señor Stratton, ya sea el collar o las gemas de mi cliente, quiero que sean entregados inmediatamente.

Jay se pasó la lengua por los labios. Tenía la mano con la que sostenía el teléfono empapada de sudor. ¡Había olvidado el collar! Sopesó cuidadosamente sus palabras.

–Vi a Erin Kelley la semana pasada. Me enseñó el collar, era exquisito. Debe de haber un malentendido.

–El malentendido es que no se ha presentado en la fecha convenida, y mi cliente quiere el collar para el viernes, para una fiesta de compromiso. Se lo repito, quiero el collar o las piedras de mi cliente mañana sin falta. En cualquiera de los dos casos, le hago responsable de lo que suceda. ¿Está claro?

El áspero sonido del teléfono al colgar resonó en los oídos de Stratton.

Michael Nash recibió a su último paciente, Gerald Renquist, a las cinco de la tarde del miércoles. Renquist era el director ejecutivo de una compañía farmacéutica internacional, un hombre cuya identidad personal estaba íntimamente ligada a las intrigas y maniobras políticas de la sala de juntas, y que había sido relegado desde su jubilación al estatus de observador involuntario.

–Sé que debería considerarme afortunado –comentaba Renquist–, pero me siento estúpidamente inútil. Incluso mi esposa me suelta el viejo dicho: «Me casé contigo para lo bueno y para lo malo, pero no para el almuerzo».

–¿Habrá hecho usted algún plan para su jubilación? –sugirió Nash con suavidad.

Renquist se rió.

–Sí, lo hice. Pero lo detesto.

Depresión, pensó Nash. El resfriado común de las enfermedades mentales. Se dio cuenta de que estaba cansado y de que no le prestaba la atención debida. «No es justo.

Me paga para que le escuche.» No obstante, se sintió aliviado cuando a las seis menos diez dio por terminada la sesión.

Después de marcharse Renquist, Nash empezó a recoger sus cosas. Su despacho estaba situado en la calle Setenta y uno, junto a Central Park, y su apartamento en el piso veinte del mismo edificio. Atravesó la puerta y salió al vestíbulo.

La nueva inquilina del 20 B, una rubia de unos treinta años, esperaba el ascensor. Intentó reprimir la irritación que le producía subir en su compañía. Las miradas de interés no disimulado que le dirigía le incomodaban, así como sus inevitables invitaciones a pasar un momento a tomar algo.

Michael Nash tenía el mismo problema con cierto número de pacientes femeninos. Podía leer sus pensamientos: «Chico bien parecido, divorciado, sin hijos, treinta y tantos años, disponible». Una actitud de desconfiada reserva se había convertido para él en una segunda naturaleza.

Al menos esta noche la nueva vecina no había repetido su invitación. Puede que estuviera aprendiendo.

–Buenas noches –murmuró él cuando salieron del ascensor.

El apartamento reflejaba la misma pulcritud con que cuidaba todas sus cosas. La tapicería de lino color marfil de los sofás gemelos del cuarto de estar era la misma que la de las sillas del comedor situado alrededor de una mesa redonda de roble, un auténtico hallazgo que adquirió en la subasta de un anticuario del condado de Bucks. Las alfombras de esta parte de la casa reproducían motivos geométricos sobre un fondo marfil. Una librería ocupaba una de las paredes. Había plantas en las repisas de las ventanas y un lavabo colonial que hacía las veces de bar. Recuerdos que había traído de sus viajes del extranjero, buenos cuadros. Una habitación confortable y de buen gusto.

La cocina y el estudio estaban a la izquierda del salón. La suite formada por el dormitorio y el baño, a la derecha.

Era un apartamento muy agradable, y un complemento ideal para la mansión de Bridgewater que había sido el orgullo y la más valiosa posesión de sus padres. En más de una ocasión Nash había estado tentado de venderla, pero sabía que echaría de menos poder montar a caballo los fines de semana.

Se quitó la chaqueta y dudó entre escuchar el boletín de noticias de las seis o el último disco compacto que había adquirido, una sinfonía de Mozart. Ganó Mozart. Mientras los familiares compases iniciales se esparcían por la habitación sonó el timbre de la puerta.

Nash no tenía dudas sobre quién podía ser. Resignado, fue a abrir. La nueva vecina apareció en la puerta con una cubitera. El truco más viejo del mundo. Gracias a Dios, aún no se había servido una copa. Le dio el hielo, le explicó que no, que no podía acompañarla, que estaba a punto de salir, y la condujo de nuevo a la puerta. Cuando se hubo marchado, todavía balbuceaba algo sobre «otro día quizá», fue directo al bar, se sirvió un martini seco, y movió la cabeza con desaliento.

Se instaló en el sofá, cerca de la ventana, y bebió un trago del combinado, apreciando su suavidad, degustando su aroma y su acariciante sabor, mientras imaginaba cómo sería la joven con la que iba a encontrarse a las ocho para cenar. La respuesta que había enviado a su anuncio era francamente divertida.

Su editor estaba entusiasmado con la primera parte del libro que estaba escribiendo. En él analizaba el comportamiento de la gente que publicaba o contestaba anuncios de contactos personales, sus necesidades psicológicas, sus proyecciones y sus fantasías a la hora de describirse a sí mismos.

El título de su trabajo era: *Los anuncios de contactos: búsqueda de compañía o evasión de la realidad.*

IV

Jueves, 21 de febrero

Darcy se sentó a la mesa. Entre sorbo y sorbo de café miraba distraída los jardines situados bajo la ventana. Podados con esmero y exquisitamente floridos en verano, se veían ahora áridos y marchitos, cubiertos en parte por nieve sin fundir. Pertenecían a las mansiones de prestigiosas personalidades, entre las que se contaban el Aga Khan y Katharine Hepburn.

A Erin le gustaba mucho venir cuando los jardines estaban en flor.

–Desde la calle ni sospechas que existen –suspiraba–. Te aseguro, Darcy, que tuviste mucha suerte cuando encontraste este sitio.

Erin, ¿dónde se habría metido? Un minuto después de despertarse y recordar que no había llamado, Darcy telefoneó al sanatorio de Massachusetts. El señor Kelley seguía en estado estacionario, le informaron. El estado semicomatoso podía continuar indefinidamente, aunque se hacía más débil. No habían hecho ninguna llamada urgente a su hija. La enfermera del turno de día no pudo decirle con certeza si Erin había llamado el día anterior.

–¿Qué puedo hacer? –Se interrogó Darcy en voz alta–. ¿Comunicar su desaparición? ¿Llamar a la policía y comprobar los accidentes?

Una estremecedora idea le vino a la mente. ¿Y si Erin había sufrido un accidente en el apartamento? Tenía la costumbre de balancearse en la silla cuando se concentraba. Podía darse el caso de que hubiera estado inconsciente todo este tiempo.

No le llevó más de tres minutos ponerse un jersey y unos pantalones, y coger el abrigo y los guantes. Esperó unos interminables minutos en la Segunda Avenida, hasta que consiguió un taxi.

–Al 101 de la calle Christopher. Deprisa, por favor.

–Todo el mundo dice «deprisa». Yo suelo decir: «tómeselo con calma, vivirá más tiempo» –comentó el taxista y le guiñó el ojo por el espejo retrovisor.

Darcy apartó la vista. No estaba de humor para bromear con el conductor. ¿Por qué no habría pensado antes en la posibilidad de un accidente? El mes pasado, poco antes de su viaje a California, Erin vino una noche a cenar, y después de la cena, habían mirado las noticias. Un anuncio publicitario mostraba a una anciana que pedía ayuda con el avisador de emergencia que llevaba al cuello, después de sufrir una caída.

–Así estaremos nosotras dentro de cincuenta años –había comentado Erin–. ¡Socorro! ¡Socorro! –gimió imitando el anuncio–. Me he caído y no puedo levantarme.

Gus Boxer, el portero del 101 de la calle Christopher, sentía debilidad por las chicas bonitas. Por ese motivo, mientras atravesaba corriendo el vestíbulo para responder a la insistente llamada, su enfurruñada expresión fue repentinamente sustituida por una mueca insinuante.

Le gustaba lo que veía. El viento agitaba el brillante pelo de la visitante haciéndolo caer sobre su cara, como en las películas de Veronica Lake, cuya contemplación le mantenía numerosas noches en vela. Llevaba una chaqueta de cuero gastada, pero con ese estilo que Gus había aprendido a reconocer desde que trabajaba en el Village.

Con ojos expertos recorrió sus largas y esbeltas piernas. Entonces advirtió que le resultaba conocida. La había visto antes un par de veces con la chica del tercero B, Erin Kelley. Abrió la puerta del vestíbulo y se apartó a un lado.

–A su servicio –dijo, con un tono que él consideraba refinado.

Darcy pasó a su lado tratando de disimular su desagrado. De vez en cuando Erin se quejaba de este casanova sesentón vestido de franela ajada.

–Boxer me saca de quicio –protestaba–. Me horroriza la idea de que disponga de una llave maestra de mi casa. Una vez me lo encontré dentro, y me largó una inverosímil historia sobre una fuga de agua en la pared.

–¿Echaste algo en falta? –preguntó Darcy.

–No. Guardo todas las joyas en las que trabajo en la caja fuerte. Aparte de eso, no hay nada más de valor para llevarse. Es sobre todo por esa repulsiva actitud lasciva, que me pone la piel de gallina. Pero, bueno... Corro el cerrojo de seguridad cuando estoy dentro. Además el sitio es barato. Supongo que es inofensivo.

Darcy fue directa al grano.

–Estoy preocupada por Erin Kelley –explicó al portero–. Teníamos una cita ayer por la noche y no se presentó. Tampoco contestó al teléfono. Me gustaría echar una ojeada a su apartamento, puede haberle ocurrido algo.

Boxer entornó los ojos.

–Ayer estaba perfectamente.

–¿Ayer?

Sus párpados cayeron de golpe sobre sus ojos. Su frente se arrugó formando líneas erráticas, mientras humedecía con la lengua sus labios partidos.

–No. Es verdad. La vi el martes por la tarde, a última hora, llegaba con algunas compras. –Adoptó un tono virtuoso–. Me ofrecí a llevárselas.

–Eso fue el martes por la tarde. ¿La vio usted regresar esa noche?

–No, creo que no. Pero ¡yo no soy un vigilante! Los inquilinos tienen su propia llave y los repartidores utilizan los interfonos.

Darcy asintió. Aunque sabía que era inútil, llamó al timbre del interfono antes de suplicar a ese hombre.

–Por favor, me temo que le haya ocurrido algo malo. Tengo que entrar en su casa. ¿No tiene usted una llave maestra?

Volvió a exhibir una torcida mueca que pretendía ser una sonrisa.

–Comprenda que normalmente no permito a nadie entrar en uno de los apartamentos solo porque le apetezca. Pero a usted la he visto con Erin y sé que son amigas. Se parecen mucho. Las dos son guapas y tienen clase.

Darcy empezó a subir por la escalera sin hacer caso del cumplido. Aunque esta estaba limpia, con sus paredes irregularmente pintadas de gris acorazado y el suelo de baldosas desiguales resultaba lúgubre. Entrar en el apartamento de Erin fue como volver a salir a la luz del día después de atravesar una cueva. Cuando Erin se mudó a este apartamento, hacía tres años, Darcy le ayudó a pintar y empapelar. Alquilaron una furgoneta y se dedicaron a hacer incursiones a Connecticut y Nueva Jersey para conseguir muebles viejos.

Las paredes eran blancas. Sobre el estropeado pero pulido parquet se extendían, dispersas, varias alfombras indias de vivos colores. En el sofá del estudio, tapizado de terciopelo rojo, se apilaban algunos cojines de colores, y sobre él colgaban varios pósteres enmarcados.

Las ventanas daban a la calle. Aunque el día estaba nublado la luz era excelente. Junto a la ventana se veía una larga mesa de trabajo sobre la que se hallaban, cuidadosamente colocadas, las herramientas de Erin: linterna, taladro manual, limas, alicates, abrazaderas de anillos, pinzas de muelle, moldes de fundición, calibradores y perforadoras. A Darcy siempre le fascinaba ver trabajar a Erin, mientras sujetaba con destreza las piedras preciosas con sus delicados dedos.

Junto a la mesa se encontraba una de las curiosas posesiones de Erin: una alta cómoda con varias docenas de diminutos cajones. Era un bufete de farmacia del siglo XIX, cuyos cajones inferiores servían como caja fuerte. Una silla cómoda, un televisor y un buen equipo de alta fidelidad completaban la acogedora habitación.

Al entrar, Darcy experimentó una sensación de alivio. Todo estaba en su sitio. Con Gus Boxer pegado a sus talones, entró seguidamente en la cocina, un estrecho cubículo sin ventanas pintado de amarillo brillante y decorado con mantelitos de té bordados.

Un pequeño distribuidor comunicaba con el dormitorio. Una cama de estaño y latón y un aparador eran los únicos muebles de la reducida habitación. No había nada fuera de sitio.

En el colgador del baño las toallas estaban limpias y secas. Darcy abrió el botiquín. Con ojo experto comprobó que la pasta de dientes, los cosméticos y las cremas estaban allí.

Boxer empezaba a impacientarse.

–Todo parece en orden. ¿Satisfecha?

–No.

Darcy regresó a la sala y se dirigió a la mesa de trabajo. El contestador señalaba doce llamadas. Lo puso en marcha.

–¡Oiga!, yo no sé si...

Interrumpió tajantemente sus protestas.

–Erin ha desaparecido. ¿Lo entiende? Desaparecido. Voy a escuchar estos mensajes para ver si me dan alguna pista sobre su paradero. Después llamaré a la policía para averiguar si ha tenido algún accidente. Estoy casi segura de que se encuentra inconsciente en algún hospital. Puede quedarse aquí conmigo o puede irse si tiene algo que hacer. ¿Qué decide?

Boxer se encogió de hombros.

–Supongo que es correcto que le deje quedarse.

Darcy le dio la espalda, buscó en su bolso y sacó una libreta y un bolígrafo. No oyó salir a Boxer cuando empezaron a oírse los mensajes. El primero era de las seis cuarenta y cinco del martes. Alguien llamado Tom Swartz que le daba las gracias por haber contestado a su anuncio. Había descubierto un maravilloso restaurante italiano, pequeño y no muy caro. ¿Podían encontrarse para ir a cenar? Volvería a llamar.

Erin tenía que encontrarse con Charles North a las siete de la tarde en un pub de Washington Square. No cabía duda de que a las siete menos cuarto ya había salido, pensó Darcy.

La siguiente llamada se hizo a las siete veinticinco: Michael Nash.

«–Erin, ha sido un placer conocerte y espero que estés libre alguna noche de esta semana para ir a cenar.» Nash dejó el teléfono de su casa y de la oficina.

El miércoles por la mañana las llamadas empezaron a las nueve. Los primeros eran mensajes relacionados con el trabajo. Pero uno de ellos, el que dejó Aldo Marco de Bertolini's, hizo que a Darcy se le hiciera un nudo en la garganta.

«–Señorita Kelley, estoy muy decepcionado. ¿Por qué no ha acudido a nuestra cita de las diez? Es muy importante que vea el collar y me asegure de que no necesitará ningún arreglo en el último minuto. Por favor, preséntese inmediatamente.»

La llamada se había producido a las once. Seguían tres llamadas más efectuadas por el mismo hombre, cada vez con mayor irritación y urgencia. Además de los propios mensajes de Darcy, había otro también referente al encargo de Bertolini's.

«–Erin, soy Jay Stratton. ¿Qué sucede? Marco me apremia por el collar, y me hace responsable por habértelo entregado.»

Darcy sabía que Stratton era el joyero que enseñó la carpeta de Erin a Bertolini's. Su mensaje se repetía siete veces durante la mañana del miércoles. Iba ya a rebobinar la cinta; pero cambió de idea, mejor no borrarla. Buscó en el listín telefónico el número de la comisaría más próxima.

–Quiero denunciar una desaparición –dijo cuando descolgaron.

Le comunicaron que tenía que presentarse en persona, que este tipo de denuncia no podía hacerse por teléfono.

«Pasaré por allí de camino a casa», decidió. Entró en la cocina y preparó café. Se sorprendió de que el único envase de leche estuviera sin abrir. Erin empezaba invariablemente el día con un café, y siempre lo tomaba con leche. Miró en la basura, debajo del fregadero. Vio algunos restos y desperdicios, pero ningún envase de leche. «Ayer no estuvo aquí –pensó Darcy–. No volvió el martes por la noche.» Llevó el café a la mesa de trabajo. Encontró una agenda en lo alto de la cómoda, la empezó a hojear por ese mismo día. No había ninguna cita apuntada. El día anterior había señaladas dos: Bertolini's a las diez de la mañana y Bella Vita a las siete de la tarde (Darcy y Nona).

En las semanas precedentes encontró varias anotaciones de citas con nombres desconocidos para Darcy. Casi todas estaban señaladas entre las cinco y las siete. En la mayoría de ellas se señalaba también el lugar del encuentro: O'Neal's, Mickey Mantle's, P. J. Clarke's, el Plaza, el Sheraton... Siempre cafeterías de hotel o bares conocidos.

Sonó el teléfono. «¡Ojalá sea Erin!», imploró silenciosamente Darcy cuando descolgó.

–¡Hola!

–¿Erin? –dijo una voz de hombre.

–No. Soy Darcy Scott, una amiga.

–¿Sabe dónde puedo encontrar a Erin?

Darcy sintió que la invadía una amarga decepción.

–¿Quién es?

–Jay Stratton.

¡Jay Stratton! Ese era el que había dejado el mensaje sobre el collar de Bertolini's. ¿Qué quería ahora?

–... Si tiene usted alguna idea sobre el paradero de Erin, por favor hágale saber que si no les entrega el collar interpondrán una demanda judicial.

Los ojos de Darcy se clavaron en el bufete de farmacia. Erin tenía anotada la combinación de la caja en su agenda, bajo el nombre de una compañía de seguros. Stratton continuaba hablando.

–Sé que Erin guarda el collar en una caja de seguridad en su estudio. ¿Hay alguna posibilidad de que usted se cerciore de si se encuentra allí? –la apremió.

–Espere un minuto.

Darcy tapó el auricular con su mano mientras pensaba qué podía hacer. No había nadie por allí a quien consultar, pero en cierta manera preguntaba a la propia Erin. Si el collar no estaba en la caja, eso significaría que podía haber sido víctima de un atraco cuando iba a entregarlo. Pero si estaba allí, se podía deducir que algo le había ocurrido. Nada ni nadie en el mundo hubieran impedido que Erin entregase el collar a tiempo.

Abrió la agenda de Erin y buscó en la D. Al lado de Seguros Dalton había una serie de números.

–Tengo la combinación –comunicó a Stratton–. Esperaré a que usted venga. No quiero abrir la caja de seguridad de Erin sin un testigo, y en caso de que el collar esté dentro, quiero que me haga un recibo.

Él contestó que salía inmediatamente hacia allá. Después de colgar el auricular, Darcy decidió que era mejor que el portero también estuviera presente. No sabía nada sobre Jay Stratton excepto que, según le había contado Erin, era el joyero que le había conseguido el encargo de Bertolini's.

Mientras esperaba, Darcy examinó el fichero de Erin. En «Proyecto Contactos» encontró varias páginas de anuncios de contactos personales de periódicos y revistas. En cada página había unos cuantos anuncios rodeados con un círculo. ¿Serían esos los anuncios a los que Erin había contestado o tenía intención de contestar? Desanimada, constató que había al menos dos docenas. ¿Cuál, si es que era alguno de ellos, sería el de Charles North, el hombre con el que tenía que encontrarse el martes por la noche?

Cuando Erin y ella accedieron a participar en el proyecto, lo programaron todo sistemáticamente. Hicieron imprimir papel con un sencillo encabezamiento en el que figuraban solo sus nombres. Cada una había escogido sus fotografías preferidas para enviar con las respuestas. Pasaron una tarde muy entretenida redactando cartas que no tenían la intención de enviar.

–Me gusta limpiar y limpiar –sugirió Erin–. Mi afición favorita es lavar a mano. Mi abuela me dejó su tabla de lavar en herencia. Mi prima también la quería, y eso provocó una terrible disputa familiar. Me vuelvo un poco gruñona cuando tengo la regla, pero soy buena persona. Por favor, llama pronto.

Al final seleccionaron las que parecían unas respuestas razonablemente sugerentes. Cuando Darcy estaba a punto de salir para California, Erin le propuso:

–Darcy, voy a enviar algunas de tus cartas un par de semanas antes de que vuelvas. Solo cambiaré alguna que otra frase para adaptarlas al anuncio.

Erin no tenía ordenador. Darcy sabía que escribía las cartas con una máquina de escribir eléctrica, y que no hacía copias. Llevaba toda la información en un cuaderno de notas que llevaba en el bolso: el número de apartado de los anuncios, de los nombres a los que había llamado, sus impresiones de las citas.

Jay Stratton se reclinó sobre el asiento del taxi con los ojos semicerrados. El altavoz situado justo detrás de su oreja atronaba el aire con una estrepitosa música de rock.

–¿Quiere usted bajar el volumen? –dijo irritado.

–Tío, ¿quieres dejarme sin mi música?

El taxista tenía poco más de veinte años. El cabello, fino y enmarañado, le cubría el cuello. Miró a Stratton por encima del hombro y al ver la expresión de su cara, murmuró algo y bajó el volumen.

Stratton sintió que el sudor le humedecía las axilas. Tenía que sacarse eso de encima. Se palpó el bolsillo. Los recibos firmados por Erin cuando recibió las piedras preciosas de Bertolini's y los diamantes estaban en su maletín.

Darcy Scott parecía inteligente. Él no debía despertar la más mínima sospecha.

Él entrometido portero estaba en el vestíbulo cuando llegó. Debía de estar esperándole. Le reconoció inmediatamente.

–Le acompañaré arriba –dijo–. Debo estar presente cuando se abra la caja.

Stratton renegó en su interior. No necesitaba dos testigos.

Cuando Darcy abrió la puerta, la cara de Stratton presentaba una expresión amable si bien con un tinte de preocupación. Había previsto adoptar un tono tranquilizador, pero la consternación reflejada en los ojos de Darcy le indicó que era mejor abstenerse de hacer cualquier comentario banal. En su lugar, estuvo de acuerdo con ella en que algo realmente grave ocurría.

«Una chica inteligente», pensó. Evidentemente Darcy había memorizado la combinación de la caja fuerte. No pensaba permitir que nadie se enterase del lugar donde la guardaba Erin. Tenía un bloc y un bolígrafo a punto.

–Quiero tomar nota de todo lo que encontremos.

Stratton le dio la espalda a propósito mientras giraba el disco. Después, en el momento en que abría la puerta, se agachó junto a ella. La caja fuerte era muy profunda. Cajas y bolsas se alineaban en las estanterías.

–Permítame que le pase las cosas una a una –propuso él–. Le describiré lo que encuentro y usted puede hacer una lista.

Darcy dudó un momento. Luego reconoció que era una sugerencia bastante sensata. Él era joyero. Notó el roce de su brazo contra el suyo. Instintivamente se apartó. Stratton miró por encima de su hombro y vio que Boxer encendía un cigarrillo con aire irritado mientras lanzaba miradas a su alrededor, probablemente buscaba un cenicero. Esta era su única oportunidad.

–Creo que ese estuche de terciopelo es el que contiene el collar. –Al alcanzarlo tiró al suelo deliberadamente una pequeña caja.

Darcy dio un salto sorprendida por el centelleo de las piedras desparramadas a su alrededor, y se apresuró a recogerlas. Poco después se le unió Stratton, que excusaba su torpeza. Rastrearon la zona con minuciosidad.

–Creo que ya las tenemos todas –dijo–. Son piedras semipreciosas, apropiadas para bisutería fina. Pero lo más importante es... –abrió el estuche de terciopelo– que aquí está el collar de Bertolini's.

Darcy miró embelesada el exquisito collar. Esmeraldas, brillantes, zafiros, labradorita, ópalos y rubíes engastados en un elaborado diseño que le recordaba las joyas medievales que podían verse en algunos cuadros del Museo Metropolitano.

–Delicioso, ¿no es cierto? –preguntó Stratton–. Puede usted entender por qué el gerente de Bertolini's estaba tan alarmado ante la perspectiva de que le hubiera ocurrido algo. Erin tiene muchísimo talento. No solo ha conseguido crear un diseño que hace lucir estas piedras diez veces más su ya considerable valor, sino que además lo ha hecho en estilo bizantino. La familia que lo encargó es originaria de Rusia. Estas piedras constituyen la única posesión de valor que pudieron llevarse consigo cuando huyeron en 1917.

Darcy se imaginó a Erin, con los tobillos trabados en la barra de la silla, tal y como solía hacerlo en su época de estudiante. Sintió el presentimiento abrumador de un desastre inminente. ¿Dónde podía haber ido Erin para descuidarse de entregar a tiempo el collar?

«*Voluntariamente,* a ninguna parte», decidió. Mordiéndose los labios para disimular su temblor, tomó el bolígrafo.

–Usted descríbame todas las piedras preciosas que haya, no sea que falte alguna.

Mientras Stratton sacaba el resto de las bolsas, cajas y estuches de terciopelo de la caja fuerte, Darcy percibió que su nerviosismo iba en aumento.

–Voy a abrir el resto de una vez, luego haremos una lista –dijo mirándola filjamente–. El collar de Bertolini's está aquí, pero falta una bolsa que entregué a Erin con diamantes por valor de 250.000 dólares.

Darcy abandonó el apartamento en compañía de Stratton.

–Voy inmediatamente a la comisaría a denunciar la desaparición –le anunció.

–Es lo más acertado. Yo me encargaré de entregar el collar de inmediato a Bertolini's. Y si dentro de una semana no hemos tenido noticias de Erin, avisaré a la compañía de seguros de la desaparición de los diamantes.

Eran las doce en punto del mediodía cuando Darcy entró en la comisaría del distrito sexto, situada en la calle Charles. Ante su insistencia de que algo grave ocurría, un detective salió para hablar con ella. Era un hombre de color, alto y con barba, de unos cuarenta años, que se presentó como Dean Thompson. La escuchó con interés, con el deseo de mitigar su angustia.

–No podemos denunciar la desaparición de una persona adulta simplemente porque nadie ha sabido de ella durante un día o dos. Va contra el derecho a la libertad de movimiento. Pero si me da usted su descripción puedo comprobar si ha sufrido un accidente.

Darcy le dictó con voz ansiosa la información que necesitaba: «1 metro 70 centímetros, 55 kilos, pelirroja, ojos azules, 28 años de edad».

–Espere, llevo una foto en mi cartera.

Thompson examinó la foto.

–Una mujer muy atractiva. –Le entregó una tarjeta y pidió la suya–. Nos mantendremos en contacto.

Susan Frawley Fox abrazó a su pequeña Trish de cinco años, y condujo sus desganados pies al autobús escolar que la esperaba para llevarla al parvulario por la tarde. La desconsolada niña estaba a punto de deshacerse en lágrimas. El bebé, firmemente sujeto por el otro brazo de Susan, estiró la manita, alcanzó el pelo de su hermana y tiró de él. Era la excusa que necesitaba. Trish empezó a gimotear.

Susan se mordió los labios, a medio camino entre el fastidio y la simpatía.

–No te duele, y no te vas a quedar en casa.

La conductora del autobús, una mujer de aspecto maternal y dulce, sonrió y dijo con cariño:

–Vamos Trish, siéntate a mi lado.

Susan movió la mano enérgicamente en un gesto de despedida, y suspiró aliviada al ver alejarse el autobús. Cambió el peso del bebé de brazo y regresó a su desordenada casa de paredes estucadas. Se veían todavía algunos restos de nieve sobre el césped. La silueta de los árboles sin vida se recortaba severa contra el cielo gris. Dentro de pocos meses, el jardín tendría un aspecto exuberante con sus setos en flor y las ramas de los sauces encorvados por las cascadas de hojas. Ya desde muy pequeña Susan vigilaba los sauces con la ilusión de ver las primeras señales de la primavera.

Entró por la puerta trasera, calentó un biberón para el bebé, lo llevó a su habitación, le cambió los pañales y lo puso a dormir la siesta. ¡Por fin un momento de respiro! Disponía de una hora y media antes de que se despertase. Aunque sabía que iba a estar muy ocupada. Las camas estaban sin hacer, la cocina era un desastre. Esa mañana Trish se había empeñado en hacer tortitas y la mesa estaba todavía cubierta de masa desparramada.

Susan lanzó una mirada al recipiente de la masa que estaba sobre el mostrador y sonrió. Las tortas tenían un aspecto delicioso. Si al menos Trish no llevase tan mal lo del parvulario. «Estamos casi en marzo –pensó Susan con preocupación–. ¿Qué pasará cuando empiece el primer grado y tenga que quedarse todo el día?»

Doug acusaba a Susan de ser la culpable del rechazo de Trish a la escuela.

–Si tú salieses más, fueses a comer al club o te apuntases voluntaria a alguna comisión, Trish se habría acostumbrado a estar al cuidado de otras personas.

Susan puso a calentar el agua para el té, limpió la mesa y se preparó un sándwich de queso y bacón en la plancha. «¡Esto es gloria!» Se relajó y agradeció interiormente el bendito silencio.

Mientras tomaba una segunda taza de té, permitió que aflorase la rabia que la consumía por dentro. Doug no volvió a casa la noche anterior. Cuando debía quedarse a reuniones que se alargaban hasta altas horas de la noche, se alojaba en la suite que la compañía tenía reservada en el Hotel Gateway, cerca de su oficina en el World Trade Center. Se ponía furioso si le llamaba allí.

–¡Maldita sea, Susan! A no ser que sea una cuestión trascendental, dame un momento de respiro. No puedo abandonar las reuniones y no suelen acabar antes de medianoche.

Con la taza de té en la mano, se dirigió al dormitorio principal a través del amplio vestíbulo. A mano derecha, enfrente del armario empotrado, había un antiguo espejo de cuerpo entero. Se paró delante y estudió detenidamente su imagen.

Gracias a los juguetones deditos del bebé, su cabello castaño y rizado estaba desgreñado. Rara vez se tomaba la molestia de maquillarse durante el día, aunque la verdad es que tampoco lo necesitaba. Su piel era limpia y lisa, de textura fresca. Con 1,62 metros de estatura, le iría bien perder seis o siete kilos. Pesaba cincuenta y tres cuando se casó con Doug, hacía catorce años. Un chándal y unas zapatillas deportivas se habían convertido en su vestuario cotidiano, especialmente desde el nacimiento de Trish y Conner.

«Tengo treinta y cinco años –dijo para sí–. Me sobran algunos kilos, pero a pesar de lo que diga mi marido, no estoy gorda. No seré una gran ama de casa, pero sé que soy una buena madre. Y una buena cocinera. No quiero perder el tiempo fuera de casa cuando tengo niños pequeños que me necesitan. Especialmente si su padre no les concede ni un minuto de atención.»

Mientras acababa de beber el té su enfado iba en aumento. La noche del martes, cuando volvió de su partido de baloncesto, Donny se encontraba en ese indefinible espacio entre la felicidad y la tristeza. Había sido el artífice de la canasta que les dio la victoria.

–Todo el mundo me ha felicitado, mamá. –Luego añadió–: Papá era el único padre que no estaba allí.

El corazón de Susan se conmovió ante la decepción reflejada en los ojos de su hijo. La canguro avisó en el último momento que no podía venir, por eso ella tampoco pudo asistir.

–Esto sí que es una gran noticia –dijo con convencimiento–. Vamos a ver si localizamos a papá y se lo explicamos.

Douglas Fox no aparecía en el registro del hotel. No se celebraba ninguna conferencia. La suite reservada para Keldon Equities estaba ocupada.

–Seguramente se tratará de alguna telefonista novata –aclaró Susan al muchacho, con cuidado de no alterar el tono de voz.

–Claro, eso debe ser, mamá.

Pero Donny no era tonto. Al amanecer, el sonido de unos sofocados sollozos la despertó. Permaneció de pie ante la puerta de Donny sin atreverse a entrar. Sabía que no deseaba que ella le viese llorar.

«Mi marido no nos quiere, ni a mí ni a los niños –dijo Susan a su propio reflejo en el espejo–. Nos miente. Se queda en Nueva York dos veces por semana y me ha convencido para que no le llame prácticamente nunca. Hace que me sienta como una pazguata, gorda, desaliñada, sosa e inútil. Estoy harta de él.»

Dejó el espejo y se volvió a mirar el desordenado dormitorio.

«Debería ser más organizada –reconoció–. Antes lo era. ¿Cuándo empecé a abandonarme? ¿Cuándo empecé a sentirme tan desalentada que decidí que ya no merecía la pena intentar resultarle atractiva?»

La respuesta no era difícil, hacía casi dos años, cuando quedo embarazada del pequeño. Tenían una *au pair* sueca, y Susan estaba segura de que Doug se entendía con ella.

¿Por qué no lo encaró entonces? ¿Porque estaba todavía enamorada de él? ¿Porque odiaba admitir que su padre tenía razón sobre él?

Doug y ella se casaron una semana después de que ella se graduase en Bryn Mawr. Su padre le ofreció un viaje alrededor del mundo si cambiaba de idea.

–Debajo de ese estudiante encantador hay un macarra con mal genio –le advirtió.

«Me metí en esto a sabiendas –admitió mientras volvía a la cocina–. Si papá hubiera sabido la mitad, le hubiera dado un ataque», pensó.

Había un montón de revistas apiladas sobre la mesa de la cocina. Las hojeó hasta que dio con la que buscaba. Un número de *People* con un artículo sobre una mujer detective de Manhattan. Muchas mujeres sagaces la contrataban para investigar a los hombres con los que iban a casarse. También llevaba divorcios.

Susan pidió el número a información y marcó. Consiguió hablar con la investigadora y concertaron una cita para el siguiente lunes, 25 de febrero.

–Creo que mi esposo se ve con otra mujer –expuso con aplomo–. Estoy considerando la posibilidad de pedir el divorcio y me gustaría conocer todo lo referente a sus actividades.

Después de colgar, resistió la tentación de volver a sentarse y continuar enfrascada en sus pensamientos y se puso a recoger la cocina con toda su energía. Ya era hora de arreglar esta casa. Para el verano, con un poco de suerte, estaría en venta.

No sería fácil sacar adelante a cuatro hijos ella sola. Sabía de sobra que Doug iba a prestar poca o ninguna atención a los chicos después del divorcio. Era un manirroto, pero mezquino respecto a muchas pequeñas cosas. Pondría pegas a la manutención de los niños. Pero sería más fácil vivir con un presupuesto menguado que continuar con esa farsa.

Sonó el teléfono. Era Doug que se lamentaba otra vez por las malditas reuniones que se habían prolongado hasta muy tarde en las dos últimas noches. Estaba exhausto y todavía no había acabado de arreglar todos los asuntos. Esta noche volvería a casa, pero tarde, muy tarde.

–No te preocupes, querido –dijo Susan con suavidad–, lo entiendo perfectamente.

El camino rural era estrecho, tortuoso y oscuro. Charley no se cruzó con ningún otro vehículo. En el cruce con la carretera, la entrada del camino estaba casi oculta por la maleza. Un lugar tranquilo y apartado, fuera del alcance de ojos curiosos. Lo había adquirido hacía seis años. Una ganga. Un regalo casi. La casa perteneció a un excéntrico solterón cuya única afición era restaurarla él mismo. Construida en 1902, la fachada era sencilla. La reforma interior había consistido en convertir la planta baja en una única habitación, con una zona para cocinar y una chimenea. El entarimado estaba hecho de anchas tablas de roble que brillaban con un acabado satinado. Los muebles eran de estilo Amish, austeros pero magníficos.

Charley añadió un largo sofá tapizado de paño granate, un sillón y una alfombra que cubría la zona entre la chimenea y el sofá.

El piso superior seguía tal y como lo encontró. Dos pequeñas habitaciones se transformaron en un amplio dormitorio. El mobiliario era ecléctico: una cama con un cabecero tallado y una cómoda alta, ambas en madera de pino. Al modernizar el baño conservó la antigua bañera con patas en forma de garra.

Únicamente el sótano era diferente. El congelador de dos metros y medio de largo ya no contenía un solo gramo de comida. Era el lugar en que cuando era necesario, guardaba los cuerpos de las chicas. Aquí esperaban las doncellas de hielo los tibios rayos del sol primaveral para ser enterradas en sus tumbas. Había también una mesa de trabajo donde se apilaban diez cajas de zapatos. Solo quedaba una por decorar.

Una acogedora casita escondida en la espesura. Nunca había traído a nadie aquí hasta hace dos años, cuando empezó a soñar con Nan. Antes le bastaba con poseer la casa. Este era su refugio. Podía estar solo. Simular que bailaba con bellas jóvenes. Solía ver viejas películas en el vídeo. Con las películas, él se creía Fred Astaire y bailaba con Ginger Rogers, Rita Hayworth y Leslie Caron. Estudió los gráciles movimientos de Astaire hasta que pudo reproducir, paso por paso, la forma en que Astaire movía su cuerpo. Podía sentir que llevaba a Ginger, a Rita, a Leslie y a todas las parejas de Fred en sus propios brazos, sus miradas seducidas por el placer de la música, el placer de bailar.

Pero un día, hace dos años, se acabó. En medio de un baile, Ginger se desvaneció entre sus brazos; y Nan apareció ante Charley, como unos momentos después de haberla asesinado al ritmo de un vals; en la pista de *jogging*, con su cuerpo esbelto y ligero, tan fácil de llevar, y la cabeza sobre su hombro.

Cuando este recuerdo resurgió, bajó corriendo al sótano y sacó la zapatilla Nike y el zapato de baile que había dejado en sus pies; los meció en sus brazos mientras se balanceaba al ritmo de la música.

Era como estar con Nan otra vez, y, en aquel momento, supo lo que tenía que hacer.

Primero instaló una cámara de vídeo oculta, para revivir cada minuto de lo que sucediera. Luego empezó a traer a las chicas, una a una. Erin fue la octava. Pero Erin no se reuniría con las demás entre los árboles que rodeaban la casa. Esta noche se desharía de su cuerpo. Y ya tenía decidido el lugar exacto.

La furgoneta se deslizó sigilosamente por el camino que llevaba a la parte posterior de la casa. Paró delante de las puertas metálicas que conducían al sótano.

La respiración de Charley se truncó en rápidos y excitados jadeos. Puso la mano sobre la cerradura de la puerta trasera de la furgoneta y luego se detuvo indeciso. Su instinto le avisaba que no debía demorarse. Debía sacar el cuerpo de Erin del congelador cuanto antes, meterlo en el coche y llevarlo a la ciudad para dejarlo en el muelle abandonado de la calle Cincuenta y seis, que bordeaba la autopista de West Side. Pero el deseo de mirar el vídeo de Erin, de bailar con ella una última vez, era irresistible.

Charley volvió corriendo a la puerta principal, entró, dio la luz y, sin quitarse el abrigo, se dirigió al vídeo. La cinta de Erin era la última de la vitrina. La introdujo en el aparato y se sentó en el sofá con la sonrisa en el rostro.

Aparecieron las primeras imágenes.

Erin, bellísima, sonriente, entra por la puerta y exclama cautivada al ver la casa:

–¡Cómo te envidio este paraíso!

Él sirve unas copas. Ella se acurruca en el sofá y él se sienta enfrente, en el sillón, y luego se levanta para prender fuego a la leña preparada en la chimenea.

–No te molestes en encender el fuego –dijo ella–, tengo que volver enseguida.

–Aunque solo sea por media hora, merece la pena –dijo él.

Luego puso en marcha el equipo de música. Empezaron a sonar suaves y susurrantes canciones de los años cuarenta.

–Nuestra próxima cita será en la Sala Arco Iris –dijo–. Te gusta bailar tanto como a mí.

Erin se había reído. La luz de la lámpara situada a su lado acentuaba los reflejos rojizos de su cabellera.

–Como escribí cuando contesté a tu anuncio, me gusta bailar.

Él permaneció de pie y extendió los brazos.

–¿Por qué no ahora?

Luego, como sacudido por una idea repentina, dijo:

–¿Qué número de pie calzas? ¿Treinta y siete? ¿Treinta y ocho?

–Treinta y siete.

–Perfecto. No te lo vas a creer, pero tengo unos zapatos de salón que te irán perfectos. Mi hermana me pidió que le recogiera unos zapatos de ese número que había encargado. Como buen hermano mayor que soy, cumplí el encargo. Luego me llamó para decirme que los devolviera porque había encontrado otros que le gustaban más.

Ambos se rieron.

–Como una buena hermana pequeña.

–No voy a tomarme el trabajo de devolverlos.

La cámara la enfocaba en una expresión complacida y sonriente mientras paseaba la mirada por la habitación. Él subió al dormitorio y abrió un armario donde se encontraban varias cajas de zapatos ordenadas en una estantería. Había comprado varios números de los que había elegido para ella. Eran de color rosa y plata, abiertos por delante y por el talón. Los tacones eran finos como estiletes y se sujetaban a los tobillos con una cinta de gasa. Escogió el par del número 37 y los llevó abajo sin retirar el papel de seda.

–Pruébatelos, Erin.

Incluso ahora, seguía sin sospechar nada.

–¡Son preciosos!

Él se arrodilló y retiró con manos impersonales las cortas botas de cuero. Ella empezó a decir:

–¡Oh!, la verdad, no sé si...

Sin hacer caso de sus protestas, él terminó de calzar los zapatos de baile en sus pies.

–¿Me prometes ponértelos el próximo sábado cuando vayamos a la Sala Arco Iris?

Ella levantó el pie derecho unos centímetros del suelo y sonrió, admirada de la delicada belleza de los zapatos.

–No puedo aceptarlos...

–Por favor –suplicó él con una sonrisa.

–Bueno, entonces te los compraré. Es increíble, pero quedarán divinamente con un vestido que solo me he puesto una vez.

Estuvo a punto de decir: «Te he visto con ese vestido». En su lugar murmuró:

–Ya hablaremos de eso luego.

Luego colocó la mano alrededor de su tobillo, demorándola el tiempo suficiente para despertar en ella un primer indicio de alarma. Se levantó y fue hacia el equipo de música. La cinta que tenía preparada para la ocasión estaba ya colocada. La primera canción fue *Till there were you*. Empezó a sonar la orquesta de Tommy Dorsey, y la voz de un jovencísimo Frank Sinatra llenó la sala.

Se acercó de nuevo al sofá y tomó la mano de Erin.

–Vamos a estrenarlos.

En los ojos de Erin apareció esa mirada que estaba esperando. Esa primera chispa de conocimiento de que algo no marchaba del todo bien. Ella percibió un sutil cambio en su tono y sus modales.

Erin era como todas las demás. Todas reaccionaban igual: con parloteos precipitados, con nerviosismo.

–Creo que es mejor que me vaya. Tengo una cita mañana, muy temprano.

–Solo un baile.

–Está bien. –Su tono delataba recelo.

Cuando empezaron a bailar, pareció relajarse. Todas las chicas habían resultado ser buenas bailarinas, pero Erin llegaba a la perfección. Se sintió desleal cuando reconoció que bailaba incluso mejor que Nan. Flotaba ingrávida entre sus brazos. Era sublime. Pero cuando las últimas notas de *Till there wore you* se desvanecieron, se soltó de sus brazos.

–Tengo que irme.

Entonces él dijo:

–Tú no vas a ningún sitio.

Erin echó a correr. Como las otras, resbaló en el suelo que había encerado con esmero. Los zapatos de salón se convirtieron en su principal enemigo cuando intentó escapar de él corriendo hacia la puerta, que encontró cerrada con llave. Presionó el botón de alarma para descubrir que era un engaño. Al pulsarlo emitía una cavernosa risa maníaca, un último toque de sarcasmo, que dejaba a la mayoría de ellas inermes, entre sollozos, mientras él alcanzaba sus gargantas.

Con Erin había resultado especialmente satisfactorio. Al final pareció comprender que era inútil suplicar, y luchó contra él, empujada por el instinto de supervivencia, arañando las manos que se aferraban a su delicada garganta. Solo cuando retorció el collar de oro que llevaba alrededor de su cuello y empezó a perder el conocimiento, había susurrado:

–¡Oh, Dios mío! ¡Ayúdame, por favor! ¡Oh, papá...!

Una vez muerta, bailó con ella de nuevo. Ya no encontró ninguna resistencia en su adorable cuerpo. Era su Ginger, su Rita, su Leslie, su Nan y todas las demás. Cuando la música acabó, retiró el zapato de su pie izquierdo y volvió a colocar el botín.

El vídeo terminó cuando él bajaba al sótano para introducir el cuerpo en el congelador, y guardar el otro zapato de salón y la otra bota en la caja que tenía preparada.

Charley se levantó y suspiró. Rebobinó la cinta, la sacó y apagó el vídeo. La cinta de música que había preparado para Erin todavía estaba puesta. Apretó el botón de encendido.

Mientras la música se propagaba por la habitación, Charley bajó corriendo la escalera del sótano y abrió el congelador. «Preciosa», se dijo con un suspiro, mientras contemplaba el rostro frío e inerte, en el que resaltaban las venas azuladas. La levantó con ternura y la sacó del congelador.

Era la primera vez que bailaba con una de las chicas después de congelar su cuerpo. Era algo distinto, pero igualmente excitante. Los muslos de Erin ya no se doblaban, su espalda ya no se curvaba hacia atrás. Con la mejilla de la joven contra su cuello, apoyó la barbilla sobre el pelo cobrizo, ese pelo tan suave, adornado ahora con perlas de hielo. Pasaron unos minutos. Al llegar al final de la tercera canción, después de la última vuelta, se deslizó y se detuvo con una reverencia final.

Todo había empezado con Nan, quince años atrás, un 13 de marzo, pensó. Besó los labios de Erin, igual que había besado los de Nan. Faltaban tres semanas para el 30 de marzo. Ese día traería a Darcy a ese lugar y todo habría acabado.

Se dio cuenta de que la blusa de Erin empezaba a empaparse. Debía llevarla sin demora a la ciudad. Sujetándola con un brazo, la arrastró hasta el equipo de música.

Mientras lo desconectaba, Charley no se percató de que un anillo de ónice, con una E de oro, se escurría del dedo helado de Erin, y tampoco oyó el tenue sonido metálico que hizo al caer al suelo donde quedó medio escondido por el borde de la alfombra.

V

Viernes, 22 de febrero

Darcy contemplaba, sin verlo realmente, el proyecto del apartamento que estaba decorando. Su dueño se encontraba en Europa por un año y había sido muy explícito respecto a sus deseos.

–Quiero alquilarlo amueblado, pero voy a llevar mis cosas a un almacén. No quiero que ningún imbécil me deje una quemadura en la tapicería o en la alfombra. Arréglelo con gusto pero barato. Creo que es usted un genio en la materia.

El día anterior después de abandonar la comisaría, Darcy se impuso asistir a una liquidación total por traslado, en Old Tapper, Nueva Jersey. Había conseguido una oferta de muebles de buena calidad que era prácticamente un regalo. Algunos le servirían perfectamente para este apartamento, los otros los almacenaría para otra ocasión.

Cogió la pluma y el bloc de dibujo. Los módulos irían colocados a lo largo de la pared formando una curva frente a la ventana. El... posó la pluma y ocultó el rostro entre las manos. «Tengo que acabar este trabajo, tengo que conseguir concentrarme», pensó con desesperación.

Involuntariamente la invadieron los recuerdos. Las últimas semanas de su segundo año en la universidad. Erin y ella «empollaban» confinadas en su habitación, mientras la música de Bruce Springsteen atravesaba las paredes de la habitación contigua; era toda una tentación unirse a la fiesta de los que habían acabado los exámenes. Erin se lamentaba:

–Darcy, no puedo concentrarme con Springsteen cantando.

–Vas a tener que hacerlo. Podemos comprar tapones para los oídos.

Erin contestó con aire malicioso:

–Tengo una idea mejor.

Después de cenar fueron a la biblioteca. Cuando estaba a punto de cerrar, se escondieron en los aseos hasta que oyeron marcharse a los guardias de seguridad. Se instalaron en la séptima planta, en las mesas cercanas al ascensor, donde los fluorescentes permanecían encendidos toda la noche. Estudiaron en completo silencio y, al amanecer abandonaron el edificio por una ventana.

Darcy se mordió los labios, al ver que estaba de nuevo al borde de las lágrimas. Se frotó los ojos y, sin esperar un minuto más, cogió el teléfono y llamó a Nona.

–Te llamé anoche, pero no estabas.

Le explicó lo sucedido en el apartamento de Erin, quién era Jay Stratton y cómo encontraron el collar de Bertolini's pero descubrieron que habían desaparecido unos diamantes.

–Stratton va a esperar unos días, para ver si se sabe algo de Erin antes de notificarlo a la compañía de seguros. La policía no ha aceptado la denuncia de la desaparición de Erin porque dicen que sería entrometerse en su derecho a la libertad de movimiento.

–Eso es absurdo –dijo Nona irritada.

–Por supuesto que es absurdo. Nona, Erin tuvo una cita el martes por la noche con alguien que había conocido a través de un anuncio. Eso es lo que más me preocupa. ¿Crees que debo llamar a ese agente del FBI que te escribió y contárselo?

Poco después, Bev asomó la cabeza por la oficina de Darcy.

–No quería molestarte, pero te llama Nona. –Le dirigió una mirada comprensiva. Darcy le había hablado de la desaparición de Erin.

Nona fue breve.

–He dejado un mensaje al tipo del FBI para que me llame. Te volveré a llamar cuando lo haga.

–Si te propone que os veáis, me gustaría estar presente.

Después de colgar, la mirada de Darcy se posó en la cafetera situada en una mesita al otro lado de la habitación, junto a la ventana. Preparó otro café, deliberadamente cargado.

Erin había llevado un termo de café la noche que se escondieron en la biblioteca.

–Esto mantiene despiertas las células grises –comentó después de la segunda taza.

Ahora, después de su segunda taza, Darcy pudo finalmente concentrarse en el proyecto del apartamento. «Siempre tienes razón», pensó al tiempo que cogía el bloc de dibujo.

Vince d'Ambrosio subió desde la sala de conferencias a su oficina del piso 28 del cuartel general del FBI, en Federal Plaza. Era alto y tenía buen tipo. Nadie al verlo hubiese puesto en duda que, a pesar de los veinticinco años que habían transcurrido, ostentara todavía el récord de la milla de su escuela secundaria, St Joe's, en Montvale, Nueva Jersey.

Llevaba el cabello muy corto. En su cara delgada y sonriente destacaban unos ojos castaños, grandes y cálidos. Vince d'Ambrosio se ganaba con facilidad la simpatía y la confianza de la gente.

Vince había servido en Vietnam como oficial de investigación criminal. A su regreso se doctoró en psicología y entró en el servicio. Hace diez años, en la academia de entrenamiento del FBI de la base naval de Quantico, cerca de Washington D. C., colaboró en la creación del programa de detención de criminales violentos, conocido por VICAP, que consistía en un fichero computerizado especializado en asesinos reincidentes. Asimismo, acababa de dirigir una sesión de puesta al día para detectives del área de Nueva York que habían realizado el curso de VICAP en Quantico. La sesión del día trataba de la señal de alarma emitida por el ordenador, al descubrir, siguiendo el rastro de diversos crímenes aparentemente sin relación, la posible existencia de un asesino reincidente que actuaba en Manhattan.

Era la tercera vez en varias semanas que Vince repetía la misma y escueta información:

–Como todos sabéis, el programa VICAP puede establecer conexiones entre casos que se creían aislados. Los investigadores y expertos de VICAP nos han prevenido recientemente de una posible relación entre los casos de seis mujeres jóvenes desaparecidas en los dos últimos años.

»Todas ellas tenían apartamentos en Nueva York, pero nadie sabe con seguridad en qué lugar de Nueva York se encontraban en el momento de su desaparición. Todavía figuran en la lista de personas desaparecidas, pero nos inclinamos a creer que hay un asunto mucho más siniestro detrás.

»Las coincidencias entre estas jóvenes son sorprendentes. Todas eran esbeltas y muy atractivas. Sus edades oscilaban entre los veintidós y los treinta y cuatro años. Tenían una buena posición y una esmerada educación, eran abiertas y extravertidas. Y además todas solían escribir habitualmente a los anuncios de contactos personales. Estoy convencido de que nos encontramos ante otro asesino que se sirve de los anuncios de contactos, y que esta vez se trata de alguien diabólicamente listo.

»Si vamos bien encaminados, el perfil del sujeto es el siguiente:

»Bien educado, desenvuelto, entre veinticinco y cuarenta años, atractivo. Estas mujeres no se hubieran interesado por un diamante en bruto. Seguramente nunca ha sido arrestado por delitos violentos, pero puede tener un historial de *voyeur* en su juventud, o de sustraer repetidamente objetos personales a las chicas de su escuela. Es muy posible que sea aficionado a la fotografía.

Cuando los detectives abandonaron la sala con el compromiso de buscar cualquier información sobre mujeres desaparecidas con esas características, Dean Thompson, el detective del distrito sexto, se demoró unos instantes. Vince y él se habían conocido en Vietnam y mantenían su amistad después de todos estos años.

–Vince, una joven vino ayer para solicitar que se abriera un expediente de desaparición de una amiga suya, Erin Kelley, que no ha sido vista desde la noche del martes. Es una mujer joven que encaja en la descripción que acabas de hacer. Y estaba contestando a anuncios de contactos. Me voy a ocupar del asunto.

–Mantenme informado.

Ya en su oficina, Vince hojeó los mensajes acumulados sobre su mesa. Hizo un gesto de aprobación al ver que Nona Roberts le había llamado. Marcó su número, dio su nombre a la secretaria de Nona y esta pasó su llamada directamente.

Frunció el ceño mientras la alterada voz de Nona explicaba:

–Erin Kelley, una joven a la que pedí que contestara a algunos anuncios de contactos para mi investigación, ha desaparecido desde el martes. Es imposible que nadie la haya visto desde entonces a no ser que haya sufrido un accidente, o algo peor. Pondría la mano en el fuego.

Vince echó un vistazo a su agenda. Tenía reuniones en el departamento durante toda la mañana. Debía presentarse en la oficina del alcalde a la una y media. Nada que pudiese cancelar.

–¿Le va bien a las tres? –preguntó a Roberts.

Después de colgar el auricular, dijo en voz alta:

–¡Una más!

Un momento después de telefonear a Darcy para comunicarle la cita de las tres y media con D'Ambrosio, Nona recibió la inesperada visita de Austin Hamilton, director ejecutivo y único propietario de Hudson Cable Network.

Hamilton tenía un carácter frío y sarcástico, y sus empleados mantenían con él un trato distante y receloso. Nona había conseguido interesarle en su documental sobre los anuncios a pesar de que su comentario inicial fue:

–¿A quién puede interesarle una pandilla de fracasados que se reúnen con otros fracasados?

Ella reforzó su poco convencido «adelante», enseñándole páginas de contactos de varios periódicos y revistas.

Es un fenómeno social de nuestra época –argumentó–. Publicar estos anuncios no es precisamente barato. Es la historia de siempre: chico quiere conocer chica. Ejecutivo de edad quiere conocer divorciada solvente. La cuestión es: ¿encuentra el príncipe encantado a su bella durmiente? o, ¿son estos anuncios una inmensa y a veces humillante pérdida de tiempo?

Hamilton admitió a regañadientes que quizá se podía hacer una buena historia con todo eso.

–En mi época –señaló– establecías tus primeras relaciones sociales en el colegio, en la universidad y en las fiestas de presentación en sociedad. Te hacías con un grupo selecto de amistades y a través de ellos conocías a otras personas de tu clase social.

Hamilton era un profesional de sesenta años, pedante y esnob. No obstante había levantado Hudson Cable con sus propias manos, y su innovadora programación era un serio desafío a las tres cadenas principales.

Entró en la oficina de Nona con un humor de perros. Aunque siempre iba impecablemente vestido, Nona concluyó que, indefectiblemente, conseguía resultar poco atractivo. El traje de Savile Row apenas disimulaba sus hombros demasiado estrechos y su ancha cintura. Su escaso cabello teñido de rubio platino no lograba parecer natural. Los labios finos, que en ocasiones esbozaban una selectiva sonrisa, formaban una apretada y casi invisible línea. Y sus pálidos ojos azules tenían un brillo glacial.

Fue directo al grano:

–Nona, estoy harto de este maldito proyecto tuyo. Creo que no hay una sola persona soltera en todo el edificio que no se dedique a poner o contestar anuncios de contactos y pierda el tiempo comparando sus resultados con los demás hasta la náusea. O acabas pronto con esto, o ya puedes olvidarte de ello.

A veces convenía aplacar a Hamilton y otras era mejor intrigarle. Nona eligió lo segundo.

–No imaginaba la conmoción que podía causar el asunto de los contactos. –Rebuscó sobre su mesa y le tendió la carta de D'Ambrosio.

Él arqueó las cejas mientras leía.

–Vendrá aquí hoy a las tres. –Nona tragó saliva–. Como puedes ver, señala que puede haber un lado oscuro en los anuncios de contactos. Una buena amiga mía, Erin Kelley, fue el martes a una de esas citas. Ahora ha desaparecido.

El olfato de Hamilton para la noticia se sobrepuso a su mal humor.

–¿Crees que existe alguna relación?

Nona volvió la cabeza. Distraídamente se fijó en la planta que Darcy había regado dos días atrás. Volvía a tener las hojas mustias.

–Espero que no. No lo sé.

–Ponme al corriente de lo que te diga ese tipo.

Nona comprobó con desagrado que a Hamilton se le hacía la boca agua por el potencial valor noticiable de la desaparición de Erin. Con un visible esfuerzo para resultar simpático, dijo:

–Seguro que tu amiga está bien, no te preocupes.

Cuando se fue, su secretaria, Connie Fender, asomó la cabeza por la puerta.

–¿Estás viva aún?

–A duras penas. –Nona intentó sonreír.

«¿Alguna vez tuve veinte años?», se preguntó. Connie era la versión en color de Joan Nye, la presidenta de «El club del hasta nunca». Joven, bonita, brillante e inteligente. «La nueva esposa de Matt tiene veintidós años, y yo voy a cumplir cuarenta y uno –pensó Nona–. Y más sola que la una. ¡Vaya panorama!»

–Mujer negra soltera desea conocer cualquier cosa que respire –bromeó Connie–. Tengo un montón de respuestas de algunos apartados a los que escribiste. ¿Quieres echarles un vistazo?

–Desde luego.

–¿Más café? Después de Austin *el Terrible* seguramente lo necesitas.

Esta vez la sonrisa de Nona resultó casi maternal. Por lo visto, Connie no sabía que ofrecer una taza de café al jefe estaba mal visto por ciertas feministas.

–Sí, me gustaría tomar una taza.

Connie regresó pocos minutos después.

–Nona, Matt al teléfono. Le he dicho que estabas reunida, pero insiste en que debe hablarte de un asunto de vital importancia.

–Seguro que lo es. –Nona esperó a que la puerta se cerrara y bebió un sorbo de café antes de coger el teléfono. «Matthew –pensó– significa "regalo de Dios". Ya lo creo.»

–¡Hola Matt! ¿Qué tal estáis tú y la reina de la fiesta de fin de curso?

–Nona, ¿te sería muy difícil dejar de ser tan sarcástica?

¿Había sido siempre así de quisquilloso?

–No, la verdad es que no. –«Maldita sea», pensó Nona, después de dos años todavía le resultaba doloroso hablar con él.

–Nona, estaba pensando... ¿Por qué no me compras la casa? A Jeanie no le gusta vivir en Hamptons. El mercado está muy mal en este momento, y yo te haría un buen precio. Siempre puedes pedirle un préstamo a tu familia.

«Matty, *el Gorrón* –pensó Nona–. A esta condición se ha visto reducido desde su matrimonio con la niña.»

–No quiero la casa –dijo con calma–. Me compraré una cuando liquidemos la hipoteca.

–Pero, Nona, a ti te gusta esta casa. Lo haces únicamente para vengarte.

–Hasta luego. –Nona colgó.

«Estás equivocado, Matt –pensó–. Me gustaba la casa porque la compramos juntos, y comimos langosta para celebrar la primera noche que pasamos en ella, y cada año lo repetíamos con alguna novedad para que resultara aún mejor. Ahora quiero empezar de nuevo, sin lastres. Nada de recuerdos.»

Empezó a despachar la nueva remesa de cartas. Había enviado más de un centenar a personas que insertaban anuncios para contactar con otras personas con quienes compartir experiencias. Incluso había convencido a Gary Fish, el presentador más famoso de Hudson Cable, para que animase a los espectadores a escribir sobre las respuestas que recibían y las razones por las que dejaban de utilizarlos.

La convocatoria, hecha en directo, estaba resultando un éxito. Un número relativamente pequeño declaró estar satisfecho con la experiencia:

... «Es la persona más maravillosa del mundo, y ahora estamos prometidos.» «Estamos viviendo juntos.» «Nos casamos.»

La mayoría, en cambio, expresaba su decepción.

«Decía que era empresario. Lo que sucedía, en realidad, era que estaba arruinado. Intentó sacarme dinero la primera vez que nos vimos.»

Un individuo blanco, soltero y tímido dijo: «Me estuvo criticando durante toda la cena. Dijo que tenía mucha caradura por poner en el anuncio que era atractivo. Me hizo sentir como una basura».

... «Empecé a recibir llamadas obscenas a altas horas de la noche.»

... «Cuando volví a casa del trabajo me lo encontré sentado delante de mi puerta esnifando cocaína.»

Algunas cartas no tenían firma.

«No quiero revelar mi identidad pero estoy segura de

que el hombre que conocí a través de un anuncio fue el que me desvalijó la casa.»

«Invité a mi casa a un atractivo ejecutivo que pasaba de los cuarenta, y me lo encontré intentando besar a mi hija de diecisiete años.»

Nona sintió que se le oprimía el corazón al leer la última carta. Había sido enviada por una mujer de Lancaster, Pensylvania.

«Mi hija de veintidós años, que era actriz, desapareció hace dos años. Cuando dejó de llamarnos, fuimos a su apartamento de Nueva York. Era evidente que no había estado desde hacía días. Solía contestar a anuncios de contactos. Estamos consternados, no hay la más mínima pista sobre su paradero.»

«¡Dios mío! –pensó Nona–. ¡Dios mío! ¡Por favor, haz que Erin se encuentre bien!» Con manos temblorosas empezó a clasificar las cartas más interesantes en tres grupos: *satisfechos, decepcionados, problemas serios*. La última carta la dejó aparte para enseñársela a D'Ambrosio.

A la una, Connie le trajo un sándwich de jamón y queso.

–Nada mejor que un poco de colesterol comentó Nona.

–No merece la pena traerte uno de atún si nunca te lo comes.

A las dos, Nona había dictado las cartas para los posibles invitados. Escribió una nota para recordar que debía buscar un psicólogo o psiquiatra para el programa. Tengo que conseguir a alguien que haga un análisis general del fenómeno de los anuncios de contactos.

Vince d'Ambrosio llegó a las tres menos cuarto.

–Dice que ya sabe que es demasiado pronto –explicó Connie– y que no le importa esperar.

–No, está bien. Hazle pasar.

En menos de un minuto, Vince d'Ambrosio se olvidó de la marcada incomodidad del canapé verde de la oficina de

Nona Roberts. Consideraba que tenía buen ojo para la gente, y Nona le gustó en seguida. Sus modales eran directos, cordiales. No era guapa, pero sí atractiva, especialmente por sus pensativos ojos grandes y oscuros. Estaba muy poco o nada maquillada. También le gustaron los ligeros toques grises de su pelo rubio oscuro. Alice, su ex mujer, también era rubia, pero su dorada melena era el resultado de visitas regulares a Vidal Sassoon. Bueno, al menos ahora estaba casada con un tipo que podía costearlas.

Era evidente que Nona estaba muy preocupada.

–Lo que me dice en su carta coincide con la mayoría de las respuestas que he recibido –le explicó ella–, gente que se ha encontrado con ladrones, aprovechados, drogadictos, pervertidos. Y además... –se mordió los labios...–. Una persona que en su vida hubiera contestado uno de estos anuncios y que lo hizo para hacerme un favor, ha desaparecido.

–Hábleme de ella.

Nona agradeció en ese momento que Vince d'Ambrosio no perdiese el tiempo en huecas frases tranquilizadoras.

–Erin tenía veintisiete o veintiocho años. Nos conocimos hace seis meses, en un gimnasio. Darcy Scott, ella y yo estábamos juntas en la misma clase de baile, y nos hicimos muy amigas. Darcy vendrá dentro de pocos minutos. –Cogió la carta de la mujer de Lancaster y se la tendió–. Acaba de llegar.

Vince la leyó rápidamente y silbó por lo bajo.

–Esta desaparición no nos ha sido comunicada; esta chica no figura en nuestra lista. Con ella el número de desapariciones asciende a siete.

En el taxi que la llevaba a la oficina de Nona, Darcy recordaba la vez en que Erin y ella habían ido a esquiar a Stowe, durante su último curso en la universidad. Las pistas estaban heladas y la mayoría de los esquiadores se retiraron temprano. Ella animó a Erin a hacer un último descenso. Erin resbaló en el hielo y se rompió una pierna.

Cuando acudió el equipo de rescate, Darcy la acompañó esquiando junto a la camilla y luego en la ambulancia. Recordaba la demacrada cara de Erin, mientras trataba de bromear.

–Espero que esto no me impedirá bailar. Pensaba ser la reina del baile.

–Lo serás, ya lo verás.

En el hospital, cuando se revelaron las radiografías, el traumatólogo dijo, arqueando las cejas:

–La verdad es que te has hecho una buena fractura. Pero no te preocupes: lo arreglaremos. –Luego se dirigió a Darcy con una sonrisa–. Cambia esa cara de preocupación. Se curará.

–No solo estoy preocupada, es que me siento culpable –respondió Darcy al doctor–. Erin no quería hacer ese último descenso.

Ahora, mientras entraba en la oficina de Nona y le presentaban al agente D'Ambrosio, Darcy comprendió que experimentaba la misma reacción, el mismo alivio al saber que alguien se ocupaba del asunto, la misma culpabilidad por haber insistido para que Erin se metiese en ese asunto.

–Nona solo nos dijo si queríamos *probar*. Fui yo la que empujó a Erin a hacerlo –explicó a D'Ambrosio.

Él tomaba notas mientras le hablaba de la llamada del martes, de la cita que Erin mencionó con Charles North, en un pub cerca de Washington Square. Advirtió el cambio en la actitud de D'Ambrosio cuando le habló de la apertura de la caja fuerte, de la entrega del collar de Bertolini's a Jay Stratton y de su reclamación por la desaparición de unos diamantes.

Preguntó por la familia de Erin.

Darcy se quedó pensativa, mirándose fijamente las manos.

«Recuerdo cuando llegué a Mount Holyoke, el primer día de clase. Erin ya estaba allí. Había amontonado sus maletas en una esquina. Se miraron de arriba abajo y a cada una le gustó la otra. Los ojos de Erin se abrieron desmesuradamente al ver a papá y mamá, pero no perdió la compostura.

»–Cuando Darcy me escribió este verano para presentarse, no podía ni imaginar que sus padres eran Barbara Thorne y Robert Scott –dijo–. Creo que no me he perdido ninguna de sus películas. –Luego añadió–: Darcy, no quería instalarme hasta que no hubieses llegado. Pensé que quizá tenías alguna preferencia sobre el lado de la cama o del armario.

»Recuerdo la mirada que se intercambiaron papá y mamá. Ambos pensaron que Erin era una chica muy simpática. Le pidieron que viniera a comer con nosotros.

»Erin había venido sola. Nos explicó que su padre estaba inválido. Nos preguntábamos por qué nunca hablaba de su madre. Más tarde me explicaría que cuando ella tenía seis años, a su padre se le diagnosticó una esclerosis múltiple, y quedó postrado en una silla de ruedas. Su madre se largó cuando ella tenía siete años.

»–No contaba con esto –dijo–. Puedes venir conmigo si quieres.

»–No puedo dejar a papá solo. Me necesita.

»Con el paso de los años, Erin había perdido todo contacto con su madre.

»–Lo último que supe de ella es que vivía con un tipo que tiene una compañía de veleros de alquiler en la zona del Caribe.

»Había conseguido el ingreso en Mount Holyoke gracias a una beca.

»–Papá dice que estar inmovilizado te da todo el tiempo del mundo para ayudar a tu hija con los deberes. Si no puedes pagar la universidad, puedes ayudarle a conseguir una matrícula gratuita.

»¡Oh, Erin! ¿Dónde estás? ¿Qué te habrá ocurrido?»

Darcy cayó en la cuenta de que D'Ambrosio aún esperaba su respuesta.

–Su padre está en un sanatorio en Massachusetts desde hace algunos años –dijo–. Apenas está consciente. Creo que soy la persona más próxima a Erin, aparte de él.

Vince percibió el dolor en los ojos de Darcy.

–En mi trabajo he comprobado que tener un único buen amigo puede ser mejor que tener una multitud de parientes.

Darcy esbozó una sonrisa forzada.

–La cita favorita de Erin era de Aristóteles: «¿Qué es un amigo? Una sola alma morando en dos cuerpos».

Nona se levantó, se acercó a la silla de Darcy y puso las manos sobre sus hombros. Luego miró directamente a D'Ambrosio y dijo:

–¿Qué podemos hacer para encontrar a Erin?

Mucho tiempo atrás, Petey Potters había sido un obrero de la construcción.

–*Obras importantes* –como le gustaba alardear delante de cualquiera que estuviese dispuesto a escucharle–. En el World Trade Center solía estar afuera «colgao d'una viga». ¡Casi «na»! El viento te meneaba de tal manera que «paecía» que «t'ibas» a caer. –Se reía estrepitosamente–. Pero qué vista amigo. ¡Qué vista!

Sin embargo, la idea de volver a subir a un andamio empezó a atormentarle por las noches. Un par de tragos de whisky, unas cervezas y quizá alguna copita y tendría caliente el estómago y de allí el calor se difundiría por todo el cuerpo.

–¡Eres igual que tu padre! –comenzó a reprocharle su mujer–. Un asqueroso borracho.

Petey no se sintió insultado. Entonces comprendió. Se echaba a reír cuando su esposa despotricaba contra papi. Papi había sido un caso. Desaparecía durante semanas, dormía la mona en una pensión de mala muerte del Bowery y volvía a casa.

–Cuando tengo hambre no tengo problemas –confió al

pequeño Petey de ocho años–. Voy al albergue del Ejército de Salvación más cercano y «me tiro de cabeza». Me dan una comida, un baño y una cama. Nunca falla.

–¿Qué quiere decir «tirarse de cabeza»? –preguntó Petey.

–Cuando llegas al albergue, te hablan de Dios y del perdón, y de que todos somos hermanos y deseamos la salvación. Entonces preguntan quién cree que las Sagradas Escrituras te conducen hasta el Creador. Así te convierten. Entonces tú te levantas, caes de rodillas y gritas que quieres ser salvado. Esto es «tirarse de cabeza».

Casi cuarenta años después, el vagabundo Petey Potters aún se reía al recordarlo. Se había construido su propio refugio con madera, latas y trapos viejos, que recogía para formar una especie de tienda contra el derruido terminal del muelle abandonado de la calle Cincuenta y seis oeste.

Las necesidades de Petey eran muy simples. Vino, colillas, algo de comida. Las papeleras y cubos de basura suministraban suficientes latas y botellas para ser revendidas. Cuando se le despertaba la ambición cogía un limpiacristales de goma y una botella de agua jabonosa, y se paraba en la salida de la autopista de West Side, en la calle Cincuenta y seis. Ningún conductor deseaba ver su parabrisas pringado por sus maniobras, pero la mayoría de la gente no se atrevía a negarse. Hacía solo una semana oyó a una vieja bruja increpar a la conductora de un Mercedes.

–Pero Jane, ¿por qué te dejas estafar de esta manera?

A Petey le encantó la respuesta.

–Porque no quiero que me escupa sobre el coche si me niego, mamá.

Petey no escupía si le rechazaban. Se limitaba a ir al coche siguiente, armado con su pulverizador y una sonrisa.

El día anterior fue un buen día. Había nevado lo suficiente para que la autopista estuviese sucia y los parabrisas salpicados con el barro que lanzaban los neumáticos de los coches. Muy pocas personas rechazaron sus servicios en la rampa de salida. Había reunido dieciocho «pavos», suficiente para un bocadillo de varios pisos, tabaco, y tres botellas de vino peleón.

Por la noche se instaló en su cobertizo envuelto en la vieja manta militar que le habían dado en la iglesia armenia de la Segunda Avenida, con un gorro de esquí que le mantenía la cabeza calentita, y el apolillado cuello de piel de su andrajoso pero confortable abrigo, levantado para proteger su garganta. Se comió el bocadillo con la primera botella de vino, luego se sentó para beber y fumar, satisfecho y caliente en medio de una ebria semiinconsciencia. Papi que «se tira de cabeza». Mamá que volvía al apartamento de la avenida Tremont, agotada de fregar las casas de los demás. Birdie, su esposa, *Cotorra* tenían que haberla llamado en lugar de Birdie[1].

Petey se estremeció de risa con el juego de palabras. Se preguntó dónde estaría ella ahora. ¿Qué habría sido del chico? Era un buen chico.

Petey no recordaba con seguridad cuándo oyó llegar el coche. Intentó despertarse completamente con el instintivo deseo de proteger su territorio. A lo peor eran los polis que querían derribar su chabola. «¡Quiá!» A la poli le traían sin cuidado las chabolas como la suya, en medio de la noche.

Puede que fuera un drogata. Petey asió por el cuello una botella de vino vacía. «Más le vale no intentar entrar aquí.» Pero no vino nadie. Al cabo de unos minutos oyó el coche partir de nuevo. Se asomó afuera con precaución. Las luces traseras desaparecían en la desierta autopista de West Side. Tal vez era alguien que tenía que hacer aguas, decidió Petey mientras alcanzaba la última botella de vino.

Era ya entrada la tarde cuando Petey abrió los ojos de nuevo. Sentía la cabeza hueca y le palpitaban las sienes. Las tripas le ardían. Su lengua parecía el suelo de una jaula de pájaros. Se puso en pie. Las tres botellas vacías no le ofrecían ningún consuelo. Encontró veinte centavos en el bolsillo del abrigo. Tengo hambre, gimió interiormente.

1. La palabra inglesa *bird* significa «pájaro». *(N. de la T.)*

Sacó la cabeza por detrás de la lámina de hojalata que le hacía de puerta, y calculó que ya era tarde, porque las sombras se alargaban sobre el muelle. Achinó los ojos para enfocar algo que, desde luego, no era una sombra. Petey entornó la mirada, murmuró una blasfemia para sus adentros y se alzó sobre sus pies.

Tenía las piernas agarrotadas y, con paso torpe, se dirigió hacia aquella cosa abandonada en el muelle.

Era una mujer delgada, joven, con la cara rodeada de rizos pelirrojos. No cabía la menor duda de que estaba muerta. Tenía un collar enroscado en la garganta. Vestía pantalones y blusa. Sus zapatos eran cada uno de diferente par.

El collar brillaba en la luz mortecina. ¡Oro! ¡Oro auténtico! Petey se pasó la lengua por los labios con nerviosismo. Tras superar la repulsión de tocar el cuerpo de la muchacha muerta, tanteó la parte posterior del cuello para encontrar el broche del recargado collar. Sus dedos gruesos y temblorosos no pudieron encontrar el cierre y soltarlo. ¡Jesús, qué fría estaba!

No quería romper nada. ¿Sería lo suficientemente largo para sacarlo por encima de la cabeza? Sin hacer caso de las magulladuras del cuello amoratado, estiró de la pesada cadena.

Las huellas de sus dedos mugrientos ensuciaron la cara de Erin cuando Petey liberó su collar y lo deslizó en su bolsillo. Los pendientes. Eran buenos también.

A lo lejos, Petey oyó la sirena de la policía. Como un conejo asustado se levantó de un brinco y se olvidó de los pendientes. No podía quedarse allí. Tenía que coger sus cosas y buscarse un nuevo refugio. Cuando encontrasen el cadáver, su mera presencia allí sería suficiente para los polis.

La conciencia de un potencial peligro le devolvió la sobriedad repentinamente. A traspiés, corrió a su chabola. Todo lo que poseía cabía en la manta militar. Su almohada, un par de calcetines, algo de ropa interior, una camisa de franela. Un plato, una cuchara, una taza, cerillas, cigarrillos, periódicos viejos para las noches frías.

Quince minutos más tarde, Petey se había desvanecido en el mundo de los sin hogar. Mendigando en la Séptima Avenida consiguió cuatro dólares y treinta y dos centavos, que utilizó para comprar una botella de vino y un bollo. Había un sujeto en la calle Cincuenta y siete que vendía joyas robadas. Le entregó veinticinco dólares por el collar.

–Esto es bueno, tío. Trata de conseguir más como este. A las diez de la noche, Petey dormía sobre una rejilla de ventilación del metro que exhalaba un aire húmedo y viciado pero caliente. A las once alguien lo sacudió hasta despertarlo, y oyó una voz compasiva que le decía:

–Vamos, amigo. Esta noche va a hacer frío de veras. Vamos a llevarte a un sitio donde puedas tener una cama decente y una buena comida.

A las seis menos cuarto de la tarde del viernes Wanda Libbey, confortablemente segura en su nuevo BMW, avanzaba lentamente por la autopista del Oeste. Satisfecha por las estupendas compras que había hecho en la Quinta Avenida, Wanda se reprochaba de todas formas el haber llegado tan tarde a la salida de Tarrytown. El viernes por la tarde era la peor hora punta de la semana, el momento en que mucha gente dejaba Nueva York para ir a sus casas de campo. No le gustaría volver a vivir en Nueva York. Demasiado sucio. Demasiado peligroso.

Wanda echó un vistazo al bolso de Valentino, en el asiento de al lado. Después de dejar el coche en el aparcamiento de Kinney, lo había sujetado firmemente debajo del brazo, y así lo llevó durante todo el día. No era tan tonta como para llevarlo colgando del brazo de manera que cualquiera pudiera echarle el guante.

Otro condenado semáforo. Bueno, unas cuantas manzanas más y estaría en la rampa. Por fin habría dejado atrás ese horroroso tramo que llamaban autopista.

Un golpe la obligó a mirar hacia la derecha. Una cara

barbuda le sonreía en la ventanilla. Un trapo empezó a moverse sobre el parabrisas.

Los labios de Wanda se cerraron en una apretada línea. «¡Maldita sea!» Sacudió vigorosamente la cabeza. «¡No, no!»

El hombre hizo caso omiso. «No pienso dejar que esta gente me estafe», pensó furiosa, y pulsó con firmeza el botón que abría la ventanilla derecha.

–¡No quiero...! –empezó a chillar.

El trapo fue a parar contra el parabrisas. La botella cayó sobre el capó con un ruido metálico, una mano se introdujo en el coche. Wanda vio cómo su bolso desaparecía.

Un coche patrulla se dirigía hacia el oeste por la calle Cincuenta y cinco. El conductor se irguió de repente.

–¿Qué pasa aquí?

Al acercarse a la autopista vio el tráfico detenido y a la gente que salía de sus coches.

–¡Vamos!

Con la sirena ululante y las luces encendidas, el coche se abrió paso, esquivando con destreza la masa de coches que circulaba y los vehículos aparcados en doble fila.

Wanda, que aún gritaba de rabia y frustración, señaló el muelle situado a una manzana de distancia.

–¡Mi bolso! ¡El ladrón se fue por allí!

El coche patrulla torció a la izquierda; luego, con un cerrado giro a la derecha, enfiló con estruendo hacia el muelle. El compañero del conductor al encender el foco descubrió la chabola abandonada por Petey.

–Voy a ver lo que hay ahí dentro –informó–. ¡Eh! ¡Por aquí! ¡Después del terminal! ¿Qué es esto?

El cuerpo de Erin Kelley, reluciente bajo el aguanieve, con el plateado zapato de salón lanzando destellos bajo la potente luz del foco, fue descubierto por segunda vez.

Darcy dejó la oficina de Nona en compañía de Vince d'Ambrosio. Tomaron un taxi hasta su apartamento, donde ella le entregó la agenda de Erin y la carpeta con las columnas de anuncios. Vince los estudió minuciosamente.

–No hay gran cosa –comentó–. Buscaremos a aquellos cuyos anuncios señaló con un círculo. Con un poco de suerte, Charles North puede ser uno de ellos.

–Erin no era precisamente muy ordenada con sus papeles. Volveré al apartamento a registrar de nuevo su escritorio. Es posible que olvidara algo.

–Eso podría ser de ayuda, pero no se preocupe. Si North es un abogado de empresa en Filadelfia, será fácil dar con él. –Vince se puso en pie–. Me ocuparé de ello ahora mismo.

–Y yo voy a volver ahora mismo al apartamento. Me voy con usted. –Darcy vaciló, la señal luminosa del contestador automático estaba encendida–. ¿Puede esperar un minuto mientras escucho los mensajes? –Intentando sonreír, añadió–: Puede que Erin haya dejado uno.

Había dos mensajes, ambos relacionados con los anuncios. Uno era simpático.

«–¡Hola, Darcy! Intentaba encontrarte otra vez. Me gustó tu nota. Espero que nos veamos algún día. Mi número es el 4.358. David Weld. 555-4890.»

El otro era radicalmente distinto.

«–¡Hola, Darcy! ¿Por qué pierdes tu tiempo con anuncios de contactos y me haces perder el mío intentando encontrarte? Es la cuarta vez que llamo. No me gusta dejar mensajes, pero ahí va uno: ¡Vete a la porra!»

Vince sacudió la cabeza.

–Este chico tiene poca cuerda.

–No dejé el contestador en marcha mientras estuve fuera –dijo Darcy–. Supuse que si alguien quería contactar conmigo en respuesta a las cartas, probablemente abandonaría. Erin empezó a contestar anuncios en mi nombre hace unas dos semanas. Estas son las primeras llamadas que recibo.

Gus Boxer se sorprendió, y no muy gratamente, al responder al interfono y encontrar a la misma joven que le hizo perder tanto tiempo la víspera. Estaba decidido a no permitirle de ninguna manera entrar en el apartamento de Erin Kelley, pero no tuvo oportunidad de hacerlo.

–Hemos denunciado la desaparición de Erin al FBI –le explicó Darcy–. El agente que se ocupa del caso me ha pedido que registre su escritorio.

El FBI. Gus sintió que un estremecimiento de alarma recorría su cuerpo. Pero eso había sido hacía mucho tiempo. No tenía por qué preocuparse. Un par de personas dejaron su nombre por si se desocupaba algún apartamento. Una guapa muchacha le insinuó que se podía ganar mil pavos si la ponía la primera de la lista. Por lo tanto, si la amiga de Kelley llegaba a descubrir que esta había sufrido algún percance, tendría la oportunidad de ganarse algún dinerillo.

–Estoy tan preocupado por esa chica como usted –gimoteó con un desacostumbrado tono de amabilidad–. Venga conmigo.

En el apartamento, Darcy encendió todas las luces. El polvo empezaba a acumularse. Ayer el lugar todavía resultaba acogedor, hoy la ausencia de Erin empezaba a notarse. Un fino ribete de polvo se veía en el alféizar de la ventana. La amplia mesa de trabajo necesitaba ser desempolvada. Los carteles enmarcados, que siempre dieron una nota de brillo y color en la habitación, parecían burlarse de ella.

El Picasso de Ginebra. Erin lo compró en un viaje de estudios al extranjero.

–Me gusta mucho, aunque no sea mi tema favorito –comentó. Representaba una madre con su hijo.

No había nuevos mensajes en el contestador de Erin. La inspección del escritorio no reveló nada significativo. Encontraron una cinta virgen para el contestador en un cajón. Seguramente al agente D'Ambrosio le interesaría la cinta usada, con los mensajes grabados. Darcy las intercambió.

El sanatorio. Esa era la hora en que Erin solía llamar. Darcy buscó el número y lo marcó. La enfermera jefe de la planta de Billy Kelley cogió el teléfono.

–Hablé con Erin el martes, hacia las cinco. Le expliqué que a su padre le queda ya muy poco tiempo de vida. Me dijo que quería pasar el fin de semana en Wellesley. –Luego añadió–: Tengo entendido que ha desaparecido. Todos rezamos para que no le haya ocurrido nada.

No tenía nada más que hacer allí, pensó Darcy, y sintió repentinamente un abrumador deseo de volver a casa.

Llegó a su casa a las seis menos cuarto. Una buena ducha era lo que le convenía, decidió, y un ponche caliente.

A las seis y diez, envuelta en su camisón de franela favorito, con el ponche humeante entre las manos, se acomodó en el sofá y apretó el botón del mando a distancia del televisor.

Daban un comunicado informativo. John Miller, el reportero de sucesos de la Cadena 4, estaba parado frente a la entrada del muelle de West Side. Detrás de él, en una zona acordonada, la silueta de una docena de policías se recortaba contra las frías aguas del río Hudson. Darcy subió el volumen.

«–... El cadáver sin identificar de una joven ha sido recientemente descubierto en este muelle abandonado de la calle Cincuenta y seis. Parece víctima de un estrangulamiento. Se trata de una mujer delgada, de algo más de veinte años, pelirroja. Viste pantalones y una blusa multicolor. El detalle más significativo es que lleva un zapato diferente en cada pie: un botín de cuero marrón en el izquierdo y un zapato de noche en el derecho.»

Darcy se quedó paralizada mirando la pantalla. Pelirroja. Veintitantos años. Una blusa multicolor. Ella le había regalado una vistosa blusa por Navidad. Erin estaba encantada.

–Tiene todos los colores de la túnica de José –dijo–. Me gusta muchísimo.

Pelirroja. Delgada. La túnica de José.

La túnica del José bíblico estaba teñida de sangre cuando sus hermanos traidores la mostraron a su padre como prueba de su muerte.

Darcy consiguió a duras penas encontrar en su bolso la tarjeta que el agente D'Ambrosio le había entregado.

Vince estaba a punto de abandonar la oficina. Su hijo Hank, de quince años, le esperaba en el Madison Square Garden. Iban a tomar una cena rápida y después a ver el partido de los Rangers. Mientras la escuchaba comprendió que esperaba esta llamada, aunque no tan pronto.

–No suena muy bien –le dijo–. Llamaré a la comisaría del distrito en el que ha sido descubierto el cadáver. Quédate junto al teléfono. Te volveré a llamar.

Cuando colgó, Vince llamó al Hudson Cable. Nona estaba todavía en su oficina.

–Voy directamente a casa de Darcy para estar con ella –dijo Nona.

–Le pedirán que identifique el cadáver –previno Vince.

Después llamó a la comisaría del distrito Centro-Norte y se puso al habla con el jefe de la brigada de homicidios. El cuerpo aún no había sido levantado del lugar del crimen. Una vez en el depósito de cadáveres, enviarían un coche patrulla a recoger a Darcy Scott. Vince recalcó que tenía un especial interés en el caso.

–Le agradecemos su ayuda –le dijeron–. A no ser que se trate de un caso que se resuelva inmediatamente, nos gustaría que lo estudiara el VICAP.

Vince llamó a Darcy para anunciarle que Nona y un coche patrulla iban hacia allá. Ella le dio las gracias en un tono bajo e inexpresivo.

Chris Sheridan dejó la galería a las diez y cinco y, con paso largo, atravesó las catorce manzanas que separaban la calle

Setenta y ocho con Madison, de la Sesenta y cinco con la Quinta Avenida. Había sido una ajetreada pero provechosa semana y saboreaba la exquisita libertad de saber que disponía de todo el fin de semana para él solo. Ni un solo plan.

Su apartamento, en un décimo piso, daba a Central Park.

–Justo al otro lado del zoo –como explicaba a sus amigos.

Decorado con estilo ecléctico, en él se mezclaban mesas, lámparas y alfombras antiguas con grandes y confortables sofás cuya tapicería reproducía un motivo heráldico copiado de un tapiz medieval. Cuadros de paisajes ingleses adornaban las paredes. Grabados del siglo XIX y un mural de seda que representaba un árbol de la vida complementaban una mesa Chippendale con su sillería en la zona del comedor.

Era un salón acogedor y confortable, un lugar que en los últimos ocho años muchas jóvenes habían mirado con esperanza.

Chris entró en su habitación, se cambió de ropa poniéndose una camisa deportiva de manga larga y unos pantalones cómodos. Un Martini muy seco, decidió. Puede que más tarde saliese a comer un plato de pasta. Con la copa en la mano, encendió el televisor para ver las noticias de las seis, y contempló el mismo programa que vio Darcy.

Su compasión por la chica muerta y su identificación con el dolor de la familia fueron repentinamente reemplazados por el horror. ¡Estrangulada! ¡Un zapato de noche en un pie!

–¡Oh, Dios mío! –exclamó en voz alta.

¿Sería posible que el que asesinó a esa chica fuera el mismo que envió la carta a su madre? La carta decía que una «bailarina» que vivía en Manhattan moriría la noche del martes de la misma forma que murió Nan.

El martes por la tarde, después de la llamada de su madre, se puso en contacto con Glenn Moore, el jefe de policía de Darien. Moore había ido a ver a Greta y había cogido la carta, tranquilizándola al asegurarle que, con toda probabilidad, la había escrito un chiflado. Luego llamó a Chris.

–Aunque sea verdad, Chris. ¿Cómo podemos proteger a todas las chicas de Nueva York?

En ese momento Chris marcaba el número de la comisaría de Darien y pedía hablar con el jefe. Moore aún no tenía noticias del asesinato de Nueva York.

–Llamaré al FBI –dijo–. Si esta carta es del asesino, puede ser una prueba. Debo advertirte que el FBI probablemente deseará hablar contigo y con tu madre sobre la muerte de Nan. Lo siento, Chris, sé lo que esto supone para ella.

A la entrada de la brasería Charlie's, en Madison Square Garden, Vince rodeó con un brazo los hombros de su hijo.

–Juraría que has crecido desde la semana pasada. –Hank y él tenían ahora la misma altura–. Un día de estos te podrás comer tu «plato azul» por encima de mi cabeza.

–¿Qué demonios es un «plato azul»? –La afilada cara de Hank, con la nariz salpicada de pecas, era idéntica a la que Vince recordaba ver en el espejo treinta años atrás. Solo el color grisáceo de sus ojos provenía de los genes de su madre.

El camarero les hizo una seña. Cuando estuvieron sentados, Vince explicó:

–Un «plato azul» es un plato especial que sirven en los restaurantes baratos. Por setenta y nueve centavos te dan un trozo de carne, algunas verduras y una patata. El plato tiene divisiones para evitar que las salsas se mezclen. A tu abuelo le encantaban ese tipo de gangas.

Se decidieron por las hamburguesas con toda la guarnición, patatas fritas y ensalada, apilada encima. Vince pidió cerveza y Hank una Coca-Cola. Vince se esforzó por no pensar en Darcy Scott y Nona Roberts yendo hacia la morgue para identificar a la víctima del asesinato. Un duro trago para ambas.

Hank le informaba sobre los planes de su equipo de atletismo.

–Vamos a correr en Randall's Island el sábado. ¿Crees que podrás venir?

–Por supuesto, a menos que...

–¡Ya, claro! –Al contrario que su madre, Hank entendía las obligaciones de su profesión–. ¿Estás trabajando en algún asunto nuevo?

Vince le habló de la sospecha de que un asesino reincidente andaba suelto, de la cita en la oficina de Nona Roberts y de la sospecha de que la mujer del muelle fuera Erin Kelley.

Hank escuchó atentamente.

–¿Crees que tendrás que intervenir en el caso, papá?

–No necesariamente. Puede ser un homicidio local que ataña solo a la policía de Nueva York, pero han solicitado el asesoramiento de la Unidad de Ciencias de la Conducta de Quantico, y les ayudaré todo lo que me sea posible. –Pidió la cuenta–. Será mejor que nos vayamos.

–Papá, yo voy a volver el domingo. ¿Por qué no me dejas ir solo al partido? Tu instinto te dice que debes seguir el caso.

–No quiero que esto te afecte.

–Mira, las entradas para el partido están agotadas. Vamos a hacer un trato. Sin aprovecharme, revenderé tu entrada al mismo precio que tú pagaste y me quedaré con el dinero. Estoy sin blanca y mañana tengo una cita. No soporto pedirle dinero a mamá. Siempre me manda con esa bola de sebo con que se ha casado. Está siempre muy ansiosa por que nos hagamos colegas.

Vince sonrió.

–Tienes las mañas de un timador, te lo juro. Hasta el domingo, chaval.

En el coche patrulla que las llevaba hacia el depósito de cadáveres, Darcy y Nona entrelazaron las manos. Cuando llegaron, las condujeron a una habitación contigua al vestíbulo.

–Vendrán a buscarlas cuando todo esté listo –les aclaró el policía que conducía el vehículo–. Probablemente estén tomando fotografías.

Fotografías. «No te preocupes, Erin. Manda tu foto si te lo piden. Puestas a hacerlo, hagámoslo bien.» Darcy miraba hacia delante, con la mirada perdida, apenas consciente del lugar en que se encontraba, de la presencia de Nona que sujetaba su brazo. Charles North. Erin se había encontrado con él el martes a las siete. Solo unos días atrás. El mismo martes por la mañana Erin bromeó sobre esa cita.

Darcy dijo en voz alta:

–Y ahora estoy sentada en la morgue de Nueva York para ver a una mujer muerta que será Erin, estoy segura.

Vagamente sintió que el brazo de Nona la estrechaba con más fuerza.

El policía volvió.

–Un agente del FBI viene hacia aquí. Quiere que le esperen antes de bajar.

Con Vince entre las dos, para sujetarlas firmemente por el brazo, llegaron delante del cristal que los separaba de la inmóvil forma de la camilla. A un gesto de Vince, el asistente levantó la sábana para descubrir la cara de la víctima.

Pero Darcy lo sabía ya. Un mechón rojizo había quedado al descubierto. Ahora, retirada la sábana, veía el perfil familiar, los grandes ojos azules, ahora cerrados, la larga sombra de sus pestañas, los labios, siempre sonrientes, ahora inmóviles y rígidos.

«Erin», pensó, y sintió que se hundía en una compasiva oscuridad.

Vince y Nona la sujetaron.

–No, no, estoy bien.

Luchó contra las oleadas de vértigo forzándose a permanecer de pie. Se soltó de los brazos que la sujetaban y miró fijamente a Erin, grabando en su memoria la palidez calcárea de su piel, las marcas amoratadas de su cuello.

–Erin –dijo con vehemencia–, te juro que encontraré a Charles North. Te doy mi palabra de que pagará por lo que ha hecho.

El eco de unos sobrecogedores sollozos resonó en el austero pasillo. Darcy se dio cuenta de que lloraba.

El viernes por la tarde había sido un día particularmente fructífero para Jay Stratton. Por la mañana pasó por la oficina de Bertolini's. Ayer, cuando entregó el collar, Aldo Marco, el gerente, estaba todavía furioso. Hoy Marco estaba más suave que un guante. Su cliente estaba maravillado. Erin Kelley había conseguido ejecutar a la perfección la idea que tenía en mente cuando decidió engarzar de nuevo las gemas. Deseaban encargarle más trabajos en el futuro. A petición de Jay, le entregaron un cheque por valor de 20.000 dólares, en calidad de representante de Erin Kelley.

Desde allí, Stratton fue a la comisaría de policía a formalizar una denuncia por los diamantes desaparecidos. Con una copia de la declaración policial en la mano, se encaminó hacia la oficina central de su compañía de seguros. Un consternado agente le confirmó que Lloyd's de Londres había asegurado el paquete de gemas.

–Seguramente ofrecerán una recompensa –dijo con nerviosismo–. La casa Lloyd's está empezando a preocuparse seriamente por el robo de joyas en Nueva York.

A las cuatro, Jay tomaba una copa en Stanhope con Enid Armstrong, una viuda que había contestado a uno de sus anuncios de contactos. Escuchaba con atención mientras ella le hablaba de su insoportable soledad.

–El primer año –decía con los ojos húmedos–, ya sabe usted, la gente se muestra amable y te invita a salir de vez en cuando; pero es un hecho que el mundo funciona en parejas, y una mujer sola es un estorbo. El mes pasado fui sola a un crucero por el Caribe. Fue algo deprimente.

Jay lanzó las exclamaciones aprobatorias pertinentes y tomó su mano. Armstrong conservaba todavía cierto atractivo. Tenía más de cincuenta años, y vestía buenas ropas, pero sin estilo. Se había tropezado con bastantes de esa clase. Se casaban jóvenes y se quedaban en casa, educaban a los niños y se hacían socias de algún club social. El marido conseguía una posición, pero aún cortaba el césped él mismo. La clase de hombre que se aseguraba de que su esposa quedase a cubierto después de que él faltase.

Jay estudió los anillos de boda y de compromiso. Los brillantes eran de primera calidad. El solitario era una auténtica belleza.

–Su marido era muy generoso –comentó.

–Este me lo regaló por nuestras bodas de plata. Tenía que haber visto el alfiler que me regaló cuando nos prometimos. Éramos unos niños. –Sus ojos se humedecieron otra vez.

Jay pidió otra copa de champán. Cuando se fue, Enid Armstrong estaba muy ilusionada con la sugerencia de volverse a ver la semana siguiente. Incluso había aceptado considerar su propuesta de rediseñar sus sortijas.

–Me gustaría verla con un anillo impresionante que incorporase todas estas piedras. El solitario y unas «baguettes» en el centro, y a cada lado una banda que alternase esmeraldas y brillantes. Podríamos utilizar los brillantes de su anillo de boda, y yo puedo conseguirle unas esmeraldas de buena calidad a un precio razonable.

Mientras cenaba apaciblemente en el Water Club, especuló sobre el placer que le produciría sustituir el solitario del anillo de Armstrong por una circonita cúbica. Algunas de estas piedras eran tan perfectas que podían engañar a simple vista incluso a un joyero. Pero, por supuesto, haría tasar el nuevo anillo antes de sustituir el solitario. Era sorprendente cómo se dejaban engañar las mujeres solitarias.

–Ha sido muy gentil por su parte ocuparse de esta tasación. Voy a llevarla directamente a mi compañía de seguros.

Remoloneó un rato más en el bar del Water Club después de la cena. Necesitaba relajarse. El trabajo de ser atento y encantador con las mujeres maduras era agotador, aunque los resultados fuesen lucrativos.

Eran las nueve y media cuando recorrió a pie las escasas manzanas que separaban el restaurante de su apartamento. A las diez llevaba el pijama y un batín que había adquirido recientemente en Armani. Se acomodó en el sofá con un bourbon en la mano y puso las noticias.

Una sacudida hizo temblar el vaso de las manos de Stratton, pero él no prestó atención al líquido salpicado sobre su ropa y siguió mirando estupefacto la pantalla, en la que daban la noticia del descubrimiento del cadáver de Erin Kelley.

Michael Nash se interrogaba apesadumbrado si debía ofrecer un análisis gratuito a Anne Thayer, la rubia que desafortunadamente había adquirido el apartamento vecino al suyo. Cuando abandonó la oficina a las seis de la tarde del viernes, estaba junto al mostrador del vestíbulo hablando con el conserje. Tan pronto como le vio se precipitó hacia el ascensor y esperó a su lado. En el trayecto, parloteó incansablemente, como si se hubiese iniciado una cuenta atrás para atraparle antes del piso veinte.

–Hoy he ido a Zabar y he comprado un salmón estupendo. Prepararé una bandeja de entremeses. Es posible que venga una amiga mía a cenar, pero no es seguro. No soporto que se eche a perder, y me preguntaba...

Nash la cortó en seco.

–El salmón de Zabar es muy bueno. Guárdelo. Se conservará bien unos días –advirtió la mirada compasiva del ascensorista–. Ramón, voy a salir. Nos volveremos a ver enseguida.

Dio unas rotundas buenas noches a la cabizbaja señora Thayer, y desapareció en su propio apartamento. Iba a salir, pero no ahora. Y si tropezaba con ella de nuevo, a lo mejor empezaba a entender el mensaje de que le dejase en paz.

–La personalidad dependiente, tal vez neurótica, puede convertirse en maníaca cuando se enfada –dijo en voz alta. Luego se echó a reír–. ¡Eh! ¡Que ya has salido del trabajo! ¡Olvídalo!

Iba a pasar el fin de semana en Bridgewater. Tenía una cena con los Balderton mañana por la noche. Siempre tenían invitados interesantes. Pero, sobre todo, tendría la mayor parte de esos dos días para trabajar en su libro. Nash reconoció que estaba tan enfrascado en el proyecto, que le irritaban cada vez más las distracciones.

Poco antes de salir, marcó el número de Erin Kelley. Sonrió al escuchar su armoniosa voz recitar el mensaje:

–Aquí, Erin. Lamento que no me encuentres, por favor deja un mensaje.

–Soy Michael Nash. Yo también lamento no encontrarte. Te llamé el otro día. Supongo que estarás fuera. Espero que no le haya ocurrido nada a tu padre. –Dejó otra vez el número de casa y del despacho.

El trayecto hasta Bridgewater era, como todos los viernes por la tarde, un engorroso atasco de tráfico. Solo después de pasar Paterson, la carretera 80 empezó a despejarse. A partir de ese momento el paisaje empezó a ser más campestre. Nash se sintió más relajado. Cuando abandonó la carretera principal por la salida de Scotshays, experimentó una sensación de completo bienestar.

Su padre compró la finca cuando Michael tenía once años. Ciento sesenta hectáreas de jardines, bosques y campos. Piscina, pista de tenis y establos. La casa era una copia de una mansión bretona: paredes de piedra, tejas rojas, contraventanas verdes y un pórtico blanco. Veintidós habitaciones en total. De la mitad de ellas, Michael no se había ocupado durante años. Irma y John Hughes, los guardas, se encargaban de todo.

Irma tenía la cena preparada. Se la sirvió en el estudio. Michael se sentó en su lugar favorito, un sillón de cuero envejecido, a repasar las notas que usaría al día siguiente para escribir un nuevo capítulo de su libro, que versaría sobre los problemas psicológicos de aquellas personas que, cuando contestaban a anuncios de contactos, enviaban fotografías de veinticinco años atrás. Quería centrarse sobre los factores que les impulsaban a utilizar este truco, y cómo se justificaban en el momento de la cita.

Cierto número de chicas a las que había entrevistado se encontraron en esa situación. Algunas se habían indignado. Otras describían cómicamente el encuentro.

A las diez menos cuarto, Michael encendió el televisor para escuchar las noticias y volvió a sus notas. El nombre de Erin Kelley le hizo levantar la vista sobresaltado. Cogió el mando y apretó frenéticamente el botón del volumen, de manera que la voz del locutor resonó con estruendo por la habitación. Cuando la noticia finalizó, apagó el aparato y se quedó mirando la pantalla negra.

–Erin –dijo en voz alta–, ¿quién ha podido hacerte esto?

Doug Fox se detuvo a tomar una copa en el bar de Harry el viernes por la tarde, antes de encaminarse a su casa de Scarsdale. Era un lugar frecuentado asiduamente por los habituales de Wall Street. Como de costumbre, el bar estaba atestado y nadie hacía caso de las noticias que daban en la televisión. Doug no vio el reportaje sobre el cadáver encontrado en el muelle.

Si sabía que Doug regresaba a casa, Susan acostumbraba dar la cena a los niños primero, y esperaba para cenar con él. Pero cuando llegó esa noche a las ocho, Susan leía en el estudio. Apenas levantó los ojos cuando él entró en la habitación, y cuando intentó darle un beso en la frente, ella se dio la vuelta.

Donny y Beth habían ido al cine con los Goodwyn, explicó. Trish y el bebé dormían. No le preguntó si quería que le preparase algo de beber. Sus ojos volvieron al libro.

Por un momento Doug se quedó a su lado vacilante, luego se dio la vuelta y fue a la cocina. «Tiene que ponerse así justo la noche en que vengo con más apetito –pensó con amargura–. Está resentida porque no he vuelto a casa durante un par de noches, y la última llegué muy tarde. –Abrió el frigorífico–. Lo menos que podría hacer Susan es cocinar.» Con rabia creciente resolvió que lo menos que podía pedir, cuando por fin conseguía llegar a casa, es que le tuviese algo preparado.

Abrió unos paquetes de jamón y de queso y se dirigió al cajón del pan. El periódico semanal estaba sobre la cocina. Doug preparó un bocadillo, se sirvió una cerveza y hojeó el periódico mientras comía. La página de deportes le llamó la atención. Scarsdale había derrotado inesperadamente a Dobbs Ferry en el torneo de enseñanza media. La canasta de desempate que les dio la victoria había sido lanzada por el defensa Donald Fox.

¡Donny! ¿Por qué nadie le había dicho nada?

Doug sintió que le sudaban las palmas de las manos. ¿Habría intentado Susan telefonear el martes por la noche? Donny se había disgustado cuando le dijo que no podía asistir al partido. Sería muy propio de Susan sugerirle que le telefoneara para darle la buena noticia.

Martes noche, miércoles noche.

La nueva telefonista del hotel. No era como esos muchachos que aceptaban de buen grado el billete de cien dólares que les entregaba de vez en cuando.

–Recuerda, cualquier llamada que se produzca cuando no esté, di que estoy reunido. Y si es realmente tarde, que he puesto la señal de no molestar.

Pero la nueva telefonista podía posar para un anuncio de *La Mayoría Moral*. No había hecho nada aún, tratando de encontrar la mejor manera de inducirla a que mintiese por él. Tampoco se había preocupado demasiado. Había acostumbrado a Susan a no llamarle cuando se quedaba en Nueva York «por reuniones».

Pero estaba seguro de que intentó llamarle el martes. Si

no fuera así, Donny le hubiera llamado a la oficina el miércoles por la tarde. Y esa estúpida telefonista seguramente le dijo que no había ninguna reunión y que en la suite de la compañía no se alojaba nadie.

Doug paseó la mirada por la cocina. Estaba sorprendentemente limpia. Habían renovado la casa cuando la compraron, hacía ocho años. La cocina era el sueño de un chef. La encimera en una bancada central, con el fregadero y la tabla de picar. Grandes mármoles. Los electrodomésticos más modernos.

El padre de Susan les había prestado el dinero para los arreglos, y también parte de la entrada. *Prestado,* no dado.

Si Susan llegaba a enfadarse de verdad...

Doug lanzó el resto del bocadillo al triturador y se llevó su cerveza al estudio.

Susan le observó mientras entraba en la habitación. «Mi apuesto marido –pensó. Había dejado a posta el periódico sobre la mesa, sabiendo que Doug probablemente lo leería. Ahora estaba muerto de miedo–. Se imagina que he debido llamar al hotel para que Donny le diese la noticia. Tiene gracia. Cuando te enfrentas con la realidad, es curioso lo claro que lo ves todo.»

Doug se sentó en el sofá frente a ella. «Le da miedo darme pie», dedujo. Cerró el libro y lo puso bajo el brazo.

–Los niños llegarán a las diez y media. Me voy a leer en la cama.

–Yo les esperaré, cariño.

«¡Cariño! Debes de estar muy preocupado.»

Susan se metió en la cama con el libro. Luego, al ver que no podía concentrarse en el texto, encendió el televisor.

Doug entró en la habitación justo cuando daban las noticias de las diez.

–Está muy solitario ahí fuera. –Se sentó en la cama y le cogió la mano–. ¿Cómo está mi chica?

–Buena pregunta. ¿Cómo está?

Intentó tomarlo como una broma. Le levantó la barbilla y le dijo:

–A mí me parece que bastante bien.

Ambos se giraron para mirar la pantalla, en la que el presentador anunciaba las noticias más importantes.

«–Erin Kelley, una joven diseñadora de joyas, recientemente galardonada, fue hallada estrangulada en el muelle de la calle Cincuenta y seis oeste. Más adelante ampliaremos la información.»

Un anuncio.

Susan miró a Doug. Estaba hipnotizado ante la pantalla, pálido como un cadáver.

–Doug, ¿qué te pasa?

No pareció oírla.

«–... La policía está buscando a Petey Potters, un vagabundo. Según se dice, vivía en una chabola en la zona y puede haber sido testigo del abandono del cadáver en este frío y desvencijado muelle lleno de escombros.»

Cuando la información acabó, Doug se volvió hacia Susan y, como si acabase de escuchar la pregunta, dijo de repente:

–Nada. No me pasa nada.

Tenía la frente perlada de sudor.

A las tres de la madrugada, Susan, que había logrado conciliar un sueño superficial, fue despertada por Doug, que se removía inquieto a su lado. Murmuraba algo. ¿Un nombre?

–... No, no puede ser...

El nombre otra vez.

Susan se incorporó sobre un brazo y escuchó atentamente.

Erin, eso era. El nombre de la joven que habían encontrado asesinada.

Estaba a punto de sacudir a Doug para despertarle, pero se detuvo súbitamente. Con creciente horror, Susan comprendió por qué el noticiario le había afectado tanto. Sin duda lo relacionaba con aquel terrible momento, cuando en la universidad fue uno de los estudiantes interrogados sobre la muerte de una chica estrangulada.

VI

Sábado, 23 d efebrero

El sábado por la mañana, Charley leyó fascinado el *New York Post.* «ASESINO IMITADOR», rezaba un destacado titular.

La similitud entre la muerte de Erin Kelley y la de Nan Sheridan, relatada en el programa *Crímenes reales,* era el tema central de la información de las páginas interiores.

Venía también un reportaje sobre la carta recibida por la madre de Nan Sheridan que anunciaba que una joven neoyorquina sería asesinada la noche del martes. El periodista que firmaba el artículo declaraba que, según una fuente no revelada, el FBI estaba sobre la pista de un asesino reincidente. En los últimos años, siete jóvenes de Manhattan habían desaparecido. Estas jóvenes, al igual que la propia Erin Kelley, solían escribir a los anuncios de contactos personales.

Las circunstancias de la muerte de Nan Sheridan se volvían a relatar con todo detalle.

La información se complementaba con el historial de Erin Kelley, y diversas entrevistas a profesionales del mundo de la joyería. Todos coincidían en afirmar que Erin era una persona maravillosa, dulce y encantadora, con mucho talento. La fotografía publicada por el *Post* era la misma que Erin envió a Charley. Se sintió gratamente complacido.

La cadena de televisión pensaba reponer el episodio de *Crímenes reales* sobre la muerte de Nan Sheridan el miércoles por la noche. Podía ser interesante contemplarlo. Por supuesto, lo había grabado el mes pasado, pero verlo de nuevo, con la certeza de que cientos o miles de personas estarían en ese momento jugando a los detectives, podía resultar excitante. «¿Quién lo habrá hecho? ¿Quién puede ser lo suficientemente listo para escapar impune de una cosa así?»

Charley frunció el ceño. *Imitador.*

Eso significaba que pensaban que otro actuaba en su lugar, imitándole. Sintió que le invadía una rabia creciente, una rabia violenta y cruda. No tenían derecho a negarle el mérito, de la misma forma que Nan tampoco tenía derecho a no invitarle a su fiesta de cumpleaños, quince años atrás.

Volvería a su escondite secreto en los próximos días. Necesitaba estar allí. Pondría el vídeo y bailaría con el estilo de Astaire. Pero no sería Ginger, ni Lesley, ni Ann Miller, la que llevaría en los brazos.

Su corazón empezó a latir con fuerza. Esta vez ni siquiera sería Nan. Sería Darcy.

Cogió la foto de Darcy. El suave cabello castaño, el esbelto cuerpo, los grandes ojos interrogantes. ¡Cuánto más delicioso sería este cuerpo cuando lo sostuviese, rígido y frío, entre sus brazos!

Imitador.

Arrugó de nuevo el entrecejo. La rabia golpeaba sus sienes iniciando una de sus terribles jaquecas. «Soy yo, Charley, el único que tiene poder sobre la vida y la muerte de estas mujeres. Yo, Charley, escapado de la prisión de un alma ajena, que ahora domino a mi voluntad.»

Conseguiría a Darcy y exprimiría su vida, como había hecho con las otras. Y confundiría a la justicia con su talento, embrollaría y desconcentraría sus resecas mentes.

Imitador.

Los que escribieron eso tendrían que ver las cajas de zapatos apiladas en el sótano. Entonces se iban a enterar. En esas cajas guardaba un zapato de baile y el otro zapato que llevaba puesto cada una de las chicas muertas, empezando por los de Nan.

Por supuesto.

Podía probar que él no era ningún imitador. Su cuerpo se sacudió con una risa silenciosa y siniestra.

«¡Oh! ¡Sí! Claro. Esa podía ser una manera.»

VII

Del sábado 23 al martes, 26 de febrero

Durante toda la semana siguiente, Darcy actuó como un robot programado solo para realizar ciertas tareas determinadas.

Acompañada por Vince d'Ambrosio y un detective de la comisaría de la zona, volvió el sábado al apartamento de Erin. Después de su última visita el viernes por la mañana, el contestador había grabado tres nuevas llamadas. Darcy rebobinó la cinta para escucharlas. La primera era del gerente de Bertolini's.

«–Señorita Kelley, hemos entregado el cheque a su representante, mister Stratton. No podemos expresar lo satisfechos que estamos con el collar.»

Darcy arqueó las cejas.

–Erin nunca me dijo que Stratton fuese su representante.

La segunda llamada era de alguien que se identificó con el número 2.695:

«–Erin, soy Milton. Salimos el mes pasado. He estado fuera. Me gustaría volver a verte. Mi número de teléfono es el 555-3681. Y disculpa si fui demasiado directo la última vez.»

La tercera llamada era de Michael Nash.

–Este dejó un mensaje la otra noche –dijo Darcy.

Vince anotó los nombres y los números.

–Dejaremos la cinta puesta durante algunos días.

Cuando Vince informó a Darcy de que los expertos del departamento de policía de Nueva York se presentarían pronto en el apartamento de Erin para registrarlo en busca de posibles pruebas, ella le pidió que la dejara acompañarle para recoger los papeles personales de Erin.

–Mi firma está registrada en el banco y en las pólizas de seguros como representante de su padre. Según me dijo, los papeles están en el archivador, en una carpeta a su nombre.

Las instrucciones de Erin eran sencillas y explícitas. Si algo llegaba a sucederle, Darcy debía utilizar el dinero del seguro para pagar los gastos del sanatorio. Había firmado un contrato con una casa funeraria de Wellesley para que, llegado el momento, se hiciesen cargo de lo necesario cuando su padre muriese. Todo lo que había en el apartamento, sus joyas y objetos personales, los legaba a Darcy Scott.

Había una breve nota para Darcy: «Darcy, este es seguramente un "en caso de", pero sé que cumplirás tu promesa de cuidar de papá si yo falto. Si esto llega a ocurrir, gracias por los buenos momentos que hemos pasado juntas, y disfruta de la vida por las dos».

Sin derramar una lágrima, Darcy contempló la familiar firma.

–Espero que siga su consejo –dijo Vince quedamente.

–Algún día lo haré –respondió Darcy–, pero todavía no. ¿Podría hacerme una copia de la lista de anuncios de contactos que le entregué?

–Naturalmente –dijo Vince–, pero ¿por qué? Vamos a localizar a todos aquellos que pusieron los anuncios señalados con un círculo.

–Pero no va a salir con ellos. Ella contestó varios anuncios en mi nombre. Puede que reciba llamadas de personas que salieron con ella.

Darcy se marchó cuando llegó la brigada forense. Fue directamente a su casa y empezó a hacer llamadas. El director de la funeraria de Wellesley se mostró simpático al principio y luego práctico. Enviaría un coche fúnebre al depósito de cadáveres, en cuanto entregaran el cuerpo de Erin. ¿Qué vestido deseaba que llevara? ¿El féretro abierto?

Darcy recordó las magulladuras de la garganta de Erin.

Sin duda los medios informativos aparecerían por la capilla ardiente.

–El féretro, cerrado. Yo misma le llevaré la ropa. Las visitas, el lunes. La misa de funeral, el martes en Saint Paul.

¡Saint Paul! De visita en casa de Erin y Billy, algunas veces los había acompañado a Saint Paul.

Volvió al apartamento de Erin. Vince d'Ambrosio estaba todavía allí. La acompañó al dormitorio y la observó mientras abría el armario.

–Erin tenía mucho estilo –dijo Darcy con voz temblorosa mientras buscaba el vestido que tenía pensado–. Ella solía decirme que se sintió muy pasada de moda cuando entré en la habitación, con mis padres, el primer día en la universidad. Yo llevaba un traje de diseño y unas botas italianas que mi madre me obligó a ponerme. Yo, por mi parte, pensé que ella estaba impresionante con unos sencillos pantalones amplios y un jersey, y su maravillosa bisutería. Ya entonces diseñaba sus propias piezas.

Vince sabía escuchar. De una forma vaga, Darcy era consciente de que agradecía que la dejara hablar.

–Nadie va a verla –dijo–, excepto yo, quizá, aunque solo un minuto. Pero me gustaría sentir que lo que elija le hubiera gustado... Erin siempre me sermoneaba para que prestase más atención a mi aspecto. Yo le enseñé a confiar en su intuición. Tenía un gusto exquisito.

Extrajo un traje de fiesta de dos piezas: una chaqueta confeccionada a medida en rosa pálido, con delicados botones plateados, y una falda de gasa vaporosa, rosa y plata.

–Erin lo compró para llevarlo en un baile de gala de beneficencia. Era una maravillosa bailarina. Esa era otra de las cosas que compartíamos. Nona también. Conocimos a Nona en una clase de bailes de salón, en el gimnasio.

Vince recordó que Nona se lo había explicado.

–Por lo que me dice, ese vestido parece ser justamente el que Erin hubiese deseado llevar.

No le gustaba el hecho de que las pupilas de Darcy estuvieran tan dilatadas. Lamentó no poder llamar a Nona

Roberts, que estaba en Nanuet, en una grabación a la que, según le había dicho, no podía faltar. Darcy no debía quedarse sola demasiado tiempo.

Ella se dio cuenta de que podía leer los pensamientos de D'Ambrosio. También sabía que no conseguiría tranquilizarlo. Lo mejor que podía hacer para colaborar era marcharse y dejar a los expertos en huellas dactilares, o lo que fueran, hacer su trabajo. Quiso dar a su voz y a su expresión un tono sosegado cuando preguntó:

–¿Qué hacen para encontrar al hombre que se citó con Erin el martes?

–Hemos encontrado a Charles North. Lo que Erin le explicó concuerda. Fue una suerte que se le ocurriera preguntarle sobre él. Se trasladó el mes pasado de un bufete de abogados de Filadelfia a otro de Park Saint. Salió ayer de viaje para Alemania. Le estaremos esperando cuando regrese el lunes. Los detectives de este distrito están recorriendo los bares de la zona de Washington Square con la foto de Erin. Queremos saber si algún camarero recuerda haberla visto el martes por la tarde y puede identificar a North si le echamos el guante.

Darcy asintió.

–Yo salgo para Wellesley. Estaré allí hasta después del funeral.

–¿Se encontrará allí con Nona Roberts?

–El martes por la mañana. No puede ir antes. –Darcy intentó sonreír–. Por favor, no se preocupe. Erin tenía muchísimos amigos. Me han llamado varios compañeros de Mount Holyoke. Estarán allí. También vendrán muchos amigos de Nueva York. Además vivió en Wellesley desde que nació. Voy a alojarme en casa de sus antiguos vecinos.

En casa, mientras hacía el equipaje, recibió una llamada de Australia. Sus padres.

–Querida, si al menos pudiésemos estar contigo... Siempre consideramos a Erin como una segunda hija.

–Lo sé.

«Si al menos pudiésemos estar contigo.» ¿Cuántas veces habría oído esa frase a lo largo de los años? Cumpleaños. Graduaciones. Pero también había incontables ocasiones en que *sí habían estado* con ella. Cualquier hijo se hubiera sentido dichoso por tener como padres a una pareja de oro. ¿Por qué ella había salido tan retrógrada, con una mentalidad tipo «casita de campo con verja de madera»?

–Me alegra tanto hablar con vosotros... ¿Cómo va la obra?

Ahora volvían a pisar tierra firme.

El funeral fue un acontecimiento informativo. Fotógrafos y cámaras; vecinos y amigos; curiosos. Vince le reveló que unas cámaras ocultas grababan a todos los que acudiesen a la capilla ardiente, la iglesia o el cementerio, por si el asesino de Erin estuviese entre los asistentes.

El sacerdote, de blancos cabellos, había conocido a Erin desde muy pequeña:

–¿Quién puede olvidar la imagen de esta muchacha, empujando la silla de ruedas de su padre para entrar en la iglesia?

El solista:

–... Todo lo que os pido es que recordéis siempre lo mucho que os amé.

El sacerdote:

–Cuando la última lágrima sea enjugada...

«Las horas que ella pasó con Billy... Prefiero que no sea consciente de lo que sucede –pensó Darcy, sosteniendo la mano de Billy–. Si es capaz de entender algo, espero que sienta que Erin está con él.»

El martes por la tarde, un vuelo de Pan Am la devolvió a Nueva York en compañía de Nona Roberts.

–¿Por qué no te coges un par de días libres, Darcy? –preguntó Nona–. Han sido unos días demasiado duros para ti.

–En cuanto sepa que Charles North está entre rejas, me tomaré una semana. Unos amigos míos tienen un piso en Saint Thomas, y quieren que vaya a visitarles.

Nona vaciló.

–La cosa no va a ir por ahí. Vince me llamó la noche pasada. Han localizado a Charles North. La tarde del martes estaba en una reunión de la junta directiva de la empresa con veinte socios más. El que se encontró con Erin estaba utilizando su nombre.

Después de ver el programa y hablar con Moore, el jefe de policía, Chris decidió ir a Darien a pasar el fin de semana. Quería estar al lado de su madre cuando la interrogase el FBI.

Sabía que Greta tenía previsto asistir a una cena de gala en el club. Hizo una parada para comer algo en Nicola, y llegó a su casa hacia las diez. Decidió ver una película. Era un gran aficionado a las películas clásicas; puso en el vídeo *El puente del rey san Luis* y luego meditó sobre su elección. Siempre le había intrigado ese momento en que dos vidas llegaban a cruzarse. ¿Hasta qué punto era cosa del destino? ¿Hasta dónde fruto de la casualidad? ¿Existía algo parecido a un plan universal inexorable que regía todas las cosas?

Poco antes de la medianoche, oyó chirriar la puerta del garaje y se dirigió hacia la escalera que daba al sótano para recibir a Greta. Pensaba lo tranquilizador que sería para él que su madre accediese a tener servicio fijo. No le gustaba que regresase sola a ese caserón vacío, ya entrada la noche.

Pero Greta se mostraba inflexible en ese punto. Dorothy, el ama de llaves que venía diariamente desde hacía tres décadas, se ocupaba perfectamente de todo. Ella y una asistenta para la limpieza. Si tenía una cena, contaba con un excelente servicio de hostelería. Y eso era todo.

Mientras se acercaba a la escalera, la llamó:

–¡Hola, madre!

Desde arriba oyó la exclamación de sobresalto.

¡Qué! ¡Por Dios bendito, Chris! ¡Vaya susto me has dado! Tengo los nervios de punta. –Miró hacia arriba y trató de sonreír–. Me he alegrado mucho cuando he visto tu coche.

Con la mortecina luz, su cara delgada le recordaba los delicados rasgos de Nan. El cabello plateado estaba recogido en un moño francés. Llevaba un vestido largo de terciopelo negro, y posado sobre los hombros, un chaquetón de marta. A punto de cumplir sesenta años, era una mujer bella y elegante cuya sonrisa nunca lograba desterrar totalmente la tristeza de sus ojos.

Chris fue repentinamente asaltado por la idea de que su madre siempre parecía estar esperando oír o ver algo, una especie de señal. Cuando él era pequeño, su abuelo le había contado una historia, ocurrida durante la Primera Guerra Mundial, sobre un soldado que perdió un mensaje que avisaba de un inminente ataque enemigo. Después de aquello, el soldado se culpó a sí mismo por las terribles bajas sufridas y toda su vida siguió buscando el mensaje en las cunetas y debajo de las piedras.

Mientras tomaba la última copa antes de irse a dormir, le habló de Erin Kelley y comprendió por qué había asociado ambas historias. Greta siempre había mantenido que Nan, antes de morir, le explicó algo que había despertado en ella una señal de alarma. La semana anterior, una vez más, recibió un aviso y tampoco ahora había podido evitar la tragedia.

–¿La chica asesinada llevaba puesto un zapato de salón de tacón alto? –preguntó Greta–. ¿Como Nan? ¿Esa clase de zapatos que se usan para bailar? La nota decía que una «bailarina» iba a morir.

Chris escogió cuidadosamente sus palabras.

–Erin Kelley era una diseñadora de joyas. Por lo que alcanzo a comprender, se cree que se trata de una imitación del otro crimen. Parece ser que el asesino tomó la idea del programa *Crímenes reales*. Un agente del FBI quiere hablar con nosotros del asunto.

Moore, el jefe de policía, telefoneó el sábado para anunciar que el agente del FBI Vince d'Ambrosio desearía visitar a los Sheridan el domingo.

Chris estaba muy agradecido a Vince d'Ambrosio por insistir en que hubiera sido imposible hacer algo con la carta que había recibido Greta.

–Señora Sheridan –le dijo–, recibimos informaciones mucho más específicas que estas y tampoco logramos impedir que ocurra una desgracia.

Vince pidió a Chris que le acompañase fuera.

–La policía de Darien guarda los informes de la muerte de su hermana –explicó–. Me van a entregar una copia. ¿Le importaría enseñarme el lugar exacto en que la encontraron?

Caminaron por la carretera que conducía desde la propiedad de los Sheridan a la zona arbolada por la que discurría la pista de *jogging*. Los árboles eran más altos y el ramaje más espeso que quince años atrás; pero aparte de eso, comentó Chris, el lugar estaba exactamente igual.

Un bucólico escenario, en una rica población, que contrastaba radicalmente con el muelle abandonado de West Side. Nan Sheridan era una muchacha de diecinueve años. Una estudiante. Una atleta. Erin Kelley era una mujer de veintiocho, con una carrera profesional. Nan provenía de una familia acomodada, de la alta sociedad. Erin vivía por sus propios medios. Las únicas similitudes eran la forma de la muerte y el calzado. Ambas fueron estranguladas. Ambas llevaban un zapato de salón. Vince preguntó a Chris si, cuando Nan iba a la escuela, tuvo alguna cita a ciegas a través de un anuncio de contactos personales.

Chris sonrió.

–Créame, Nan tenía suficientes chicos que revoloteaban a su alrededor como para no necesitar responder a un anuncio. De todas formas, no existía nada parecido a los anuncios de contactos cuando estábamos en la universidad.

–¿Estudió usted en Brown?

–Nan estudió allí. Yo fui a Williams.

–Supongo que todos los amigos íntimos de Nan fueron interrogados.

Caminaban por el sendero que atravesaba el bosquecillo. Chris se paró.

–Aquí fue donde la encontré.

Metió las manos en el bolsillo de su cazadora.

–Nan pensaba que las que se ataban a un solo chico estaban locas. Era bastante coqueta. Le gustaba divertirse. Nunca se perdía una fiesta, y bailaba todas las canciones.

Vince se volvió hacia él.

–Esto es importante. ¿Está usted seguro de que el zapato de baile que llevaba puesto cuando la encontró no era suyo?

–Completamente. Nan odiaba los tacones altos. Sencillamente, nunca se los hubiera comprado. Y por supuesto, no había ni rastro del que completaba el par en el armario.

Mientras conducía de regreso a Nueva York, Vince aún sopesaba las similitudes y diferencias entre Nan Sheridan y Erin Kelley. «Parece un crimen plagiado», se dijo a sí mismo. «Bailarina.» Eso era lo que le intrigaba. La nota que había recibido Greta Sheridan. Nan Sheridan no se perdía un baile. ¿Habían mencionado este detalle en el programa *Crímenes reales*? Erin Kelley había conocido a Nona en una clase de baile. ¿Era una coincidencia?

El martes por la tarde Charles North fue interrogado de nuevo por Vince d'Ambrosio. Lo esperaban el lunes en el aeropuerto Kennedy, y a su primer sentimiento de asombro ante los dos agentes del FBI, siguió inmediatamente la ira.

–Nunca he oído hablar de Erin Kelley. Nunca he escrito a un anuncio de contactos personales, pienso que son ridículos. No tengo la menor idea de quién ha podido utilizar mi nombre.

Fue muy sencillo corroborar que North había estado, en efecto, en una reunión de la junta directiva el martes por la tarde, la hora en que supuestamente Erin Kelley debía de encontrarse con él.

Esta vez el interrogatorio se realizaba en el cuartel general del FBI, en General Plaza. North era de estatura media, más bien robusto. La cara ligeramente enrojecida indicaba que era un tanto aficionado a los Martini. No obstante, decidió Vince, tenía un distinguido aire de autoridad y experiencia que atraía a las mujeres. Tenía cuarenta años y se había divorciado recientemente, después de doce años de matrimonio. Dejó bien claro que le disgustaba mucho ser interrogado por segunda vez.

–Debe comprender que acabo de convertirme en socio de una prestigiosa firma de abogados, y me vería en una situación muy comprometida si aparezco relacionado con la muerte de esa joven. Comprometida para mí y también para la compañía.

–Lamento mucho molestarle, señor North –dijo Vince fríamente–. Puedo asegurarle que está usted fuera de toda sospecha respecto al asesinato de Erin Kelley. Pero Erin Kelley está muerta, víctima de un brutal homicidio. Es posible que sea una más que añadir a cierto número de mujeres que estaban contestando a esos anuncios y desaparecieron. Alguien utilizó su nombre para publicar uno de esos anuncios. Alguien muy inteligente, que sabía que usted había abandonado en fecha reciente su bufete de Filadelfia, cuando se citó con Erin Kelley.

–¿Quiere hacer el favor de explicarme qué importancia puede tener eso? –espetó North.

–Tiene importancia porque algunas de las mujeres que contestan a los anuncios son lo suficientemente listas como para comprobar la información que les ha dado el hombre con el que han aceptado salir. Suponga que el asesino de Erin Kelley pensó en esa posibilidad. ¿Qué mejor nombre podría utilizar que el de alguien que acababa de dejar su trabajo en Filadelfia para instalarse en Nueva York? Vamos a suponer que Erin busca su nombre en el colegio de abogados de Pennsylvania y llama a su despacho. Allí le informan de que usted acaba de dejar la firma para establecerse en Nueva York. Incluso hubiera podido comprobar que está usted divorciado. Ahora ya no tendría escrúpulos en citarse con Charles North.

Vince se inclinó sobre su escritorio.

–Le guste o no, North, está usted relacionado con la muerte de Erin Kelley. Alguien que conocía sus actividades utilizó su nombre. Vamos a seguir todas las pistas posibles. Localizaremos a todas las personas cuyos anuncios sospechamos que contestó. Exprimiremos la memoria de sus amigos para ver si mencionan algún nombre que nosotros no tengamos. Y en todos y cada uno de los casos, hablaremos con usted para ver si es alguien con el que tenga alguna conexión.

–Ya veo que se trata de una orden, no de una petición. Le pido solo una cosa. ¿Han dado ya mi nombre a los medios de comunicación?

–No, no.

–Pues ocúpese de que no lo hagan. Y cuando llame a mi oficina no se identifique como FBI. Diga –sonrió– que se trata de asuntos personales. No de *contactos personales*, por supuesto.

Cuando se marchó, Vince se recostó en el respaldo de la silla. No le gustaban los sabihondos, reflexionó. Pulsó el interfono.

–Betsy, quiero un informe completo sobre Charles North. Quiero saberlo absolutamente todo. Y otro más: Gus Boxer, el portero del 101 de la calle Christopher. Es el edificio de apartamentos en el que vivía Erin Kelley. Su cara me persigue desde el sábado. Estoy seguro de que tenemos su ficha.

Vince chasqueó los dedos.

–¡Espera un momento! Ese no es su verdadero nombre. Lo recuerdo: es *Hoffman*. Hace diez años era el portero de un edificio en el que murió una mujer de veinte años.

El doctor Michael Nash no se sorprendió cuando, al regresar a Manhattan el domingo por la noche, encontró un mensaje grabado en el contestador que le pedía que se pusiera en contacto con el agente del FBI Vince d'Ambrosio. Obviamente, seguían la pista de todos aquellos que habían llamado a Erin Kelley.

Llamó el lunes por la mañana y concertó una cita con Vince para el martes, antes de la primera visita de sus pacientes.

Vince llegó al despacho de Nash puntualmente a las ocho y cuarto de la mañana del martes. El recepcionista le esperaba y le hizo pasar de inmediato al despacho, donde Nash se encontraba ya sentado detrás de su escritorio.

El ambiente de la habitación recordaba una sala de club. Varias butacas confortables, paredes pintadas de amarillo, cortinas que dejaban pasar la luz, pero ocultaban a los ocupantes de la vista de los que pasaban por la acera. El tradicional diván, una versión en cuero de la *chaise longue* que Alice había comprado años atrás, estaba situado en una esquina, a la derecha del escritorio.

Una habitación apacible, como la mirada, a la vez amable y meditabunda, del hombre sentado detrás de la mesa. Vince recordó las tardes de los sábados: confesión.

«Déme su bendición, padre, porque he pecado.»

La recitación de sus transgresiones evolucionó desde desobedecer a sus padres, hasta ofensas más graves en la adolescencia.

Siempre le molestaba que dijeran que el psicoanálisis había sustituido a la confesión.

–En la confesión te culpas a ti mismo –señalaba–; en el psicoanálisis culpas a los demás. –El master que había obtenido en psicología no había hecho más que afirmar su convicción.

Tenía la sensación de que Nash percibía su visceral hostilidad hacia los «loqueros». La percibía y la entendía.

Se miraron el uno al otro. Elegante pero discreto, pensó Vince. Él admitía que no era muy acertado al elegir las corbatas para los trajes. Alice solía hacerlo por él. Pero no le importaba demasiado. Prefería llevar una corbata azul con un traje marrón que aguantar que ella le diese la murga todo el día.

–¿Por qué no dejas el departamento y te buscas un empleo donde puedas ganar dinero de verdad?

Hoy había cogido la primera corbata que tenía a mano en el armario y se la había puesto en el ascensor. Era marrón y verde. Llevaba un traje azul a rayas finas.

Alice era ahora la señora de Malcolm Drucker. Malcolm vestía trajes a medida y corbatas de Hermès. Últimamente, según le había contado Hank, había engordado y ahora usaba la talla cincuenta y dos. Cincuenta y dos corta.

Nash llevaba una chaqueta gris de tweed, y una corbata gris y roja. Un tipo atractivo, concedió Vince. Barbilla prominente, ojos profundos. La piel ligeramente curtida. A Vince le gustaban los hombres que no tenían aspecto de esconderse en casa cuando hacía mal tiempo.

Fue directo al grano.

–Doctor Nash, usted dejó dos mensajes en el contestador de Erin Kelley. Por su contenido, daban a entender que la conocía, y que había salido con ella. ¿Es así?

–Sí. Estoy escribiendo un libro sobre el fenómeno social de los anuncios de contactos personales. Keams & Browns es la editorial; Justin Crowell, mi editor.

«Por si se me ha ocurrido pensar que quería conseguir una cita de verdad –se dijo Vince en su interior–. Quítatelo de la cabeza.»

–¿Cómo llegó a salir con Erin Kelley? ¿Contestó usted a su anuncio, o contestó ella al suyo?

–Ella contestó al mío. –Nash rebuscó en el cajón–. Esperaba esta pregunta. Aquí está el anuncio al que ella contestó. Esta es la carta que mandó. Quedamos para tomar una copa el treinta de enero, en Pierre. Era una joven encantadora. Cuando le expresé mi extrañeza de que una persona tan atractiva necesitara pedir compañía, me dijo, con bastante franqueza, que contestaba anuncios a petición de una amiga que preparaba un documental. Normalmente no suelo revelar que llevo una investigación sobre las citas, pero con ella fui sincero.

–¿Y esa fue la única vez que la vio?

–Sí. He estado muy ocupado. Estoy casi al final del libro y quería terminarlo. Había previsto volver a llamar a Erin cuando acabase, pero la semana pasada me di cuenta de que iba a tardar otro mes, al menos, en terminarlo. Y tampoco es cuestión de hacerlo a la carrera.

–Y por eso la llamó usted.

–Sí, a principios de semana. También el jueves. No, el viernes, un poco antes del fin de semana.

Vince examinó la carta que Erin había enviado a Nash. El anuncio estaba sujeto con un clip en la parte superior: «Varón, blanco, divorciado, médico, 37 años, 1,85 m, atractivo, buena posición, gran sentido del humor. Le gusta esquiar, montar a caballo, los museos y los conciertos. Busca una mujer blanca, soltera o divorciada, creativa y atractiva. N.º de apartado 3.295».

La carta mecanografiada por Erin decía:

«Hola número 3.295. Puede que yo coincida con todo lo que pides. Bueno, casi. También tengo buen sentido del humor. Tengo 28 años, 1,67 m, 54 kg, ¡y, según mis mejores amigos, soy muy atractiva! Soy una diseñadora de joyas, que empieza a labrarse una posición. Esquío bien y puedo montar a caballo si el caballo es gordo y lento. Visitante asidua de los museos; de hecho, en ellos consigo muchísimas ideas para mis diseños. Y respecto a la música, considero que es un deber. ¿Nos vemos? Erin Kelley 212-555-1.432.»

–Puede usted entender por qué la llamé –dijo Nash.

–¿Y nunca más la volvió a ver?

–No volví a tener oportunidad. –Michael Nash se puso en pie–. Lo siento, tengo que acabar enseguida. Mi primer cliente llega un poco antes de lo acostumbrado. Pero aquí estoy para lo que desee. Si puedo servirle de ayuda, por favor, no dude en contar conmigo.

–¿De qué manera cree usted que nos puede ayudar, doctor? –Vince se puso en pie al mismo tiempo que formulaba la pregunta.

–No lo sé. Supongo que es el instintivo deseo de ver entregado el asesino a la justicia. Era evidente que Erin Kelley amaba la vida y tenía mucho que ofrecer. Solo tenía veintiocho años. –Extendió la mano–. Usted no tiene muy buena opinión de nosotros, los psiquiatras. ¿No es cierto, señor D'Ambrosio? En su opinión, solo la gente neurótica y egocéntrica está dispuesta a pagar buenas sumas por venir aquí a lamentarse. Pero deje que le explique cómo veo yo mi trabajo. Mi vida profesional está dedicada a ayudar a algunas personas que por diferentes circunstancias están a punto de ahogarse. Algunos casos son sencillos. En esos soy como un socorrista que se da cuenta de que alguien no hace pie, y simplemente le acompaña hasta donde no cubre. Otros son mucho más arduos. Me siento como si intentara rescatar una víctima de un naufragio en medio de un huracán. Lleva mucho tiempo llegar junto a ella, y las olas, y las corrientes, me empujan hacia el lado contrario. Me siento muy satisfecho cuando soy capaz de rescatarlos.

Vince metió la carta de Erin en su maletín.

–Puede que necesitemos su ayuda. Vamos a tener bajo vigilancia a todos aquellos que Erin conoció a través de los anuncios. ¿Le importaría entrevistar a algunos, y darnos una opinión profesional sobre su personalidad?

–Con mucho gusto.

–Por casualidad, ¿es usted miembro de la AAPL? –Vince sabía que algunos psiquiatras que pertenecían a la Asociación Americana de Psiquiatría y Leyes, estaban particularmente formados para tratar con psicópatas.

–No, no lo soy. Pero mi investigación ha demostrado que una amplia mayoría de la gente que publica o contesta estos anuncios lo hace por soledad o aburrimiento. Otros pueden tener motivos más siniestros.

Vince se volvió y se dirigió a la puerta. Al posar la mano sobre el pomo, dijo:

–Creo que eso se ha cumplido en el caso de Erin Kelley.

El martes por la tarde, Charley llegó en coche hasta su refugio y bajó directamente al sótano. Cogió las cajas de zapatos y las colocó sobre el congelador. El nombre de la chica a la que pertenecieron estaba grapado en cada una. No porque necesitase recordarlo, por supuesto. Las recordaba a todas hasta en los más mínimos detalles. Aparte de eso, y con excepción de Nan, tenía una grabación en vídeo de cada una de ellas. También había grabado el programa *Crímenes reales* sobre la muerte de Nan. Habían hecho un buen trabajo al encontrar a una chica que se pareciese tanto a ella.

Abrió la caja de Nan. La gastada zapatilla Nike y el zapato negro de raso. El zapato era vulgar. Su gusto había mejorado mucho desde entonces.

¿Debía enviar las cosas de Nan y Erin al mismo tiempo? Sopesó cuidadosamente la idea. Era una ocasión importante.

No. Si lo hacía, la policía y los medios de comunicación comprenderían en el acto que su teoría acerca de un crimen plagiado era errónea. Sabrían que las mismas manos habían extinguido las dos vidas.

Puede que fuese divertido jugar con ellos por un tiempo.

Quizá podía empezar por enviar el zapato de Nan y el de la primera de las otras chicas. Fue Claire, dos años atrás. Una rubia platino de Lancaster, actriz de comedia musical. Bailaba de maravilla. Tenía talento, verdadero talento. Su monedero estaba también en la caja, junto a una sandalia y un zapato de salón dorado. Seguramente a estas alturas su familia ya no conservaba su apartamento. Enviaría el paquete a la dirección de Lancaster.

Luego, al cabo de pocos días, enviaría otro paquete. Janine, Marie, Sheila, Leslie, Annette, Tina, Erin.

Calcularía el tiempo para que fueran recibidos antes del 13 de marzo. Quince días a partir de hoy.

Esa noche, costase lo que costase, Darcy bailaría aquí con él.

Charley contempló fijamente el congelador. Darcy sería la última. Quizá debería de conservarla para siempre...

Cuando Darcy llegó a su apartamento desde el aeropuerto, el martes por la noche, encontró una docena de mensajes en el contestador. Algunos amigos le daban el pésame. Siete llamadas tenían que ver con los anuncios que Erin contestó por ella. La agradable voz de David Well otra vez. Esta vez dejaba un número. También llamaron Len Parker, Cal Griffin y Albert Booth.

Había también una llamada de Gus Boxer para decir que tenía un inquilino para el apartamento de Erin Kelley. ¿Podría desocupar el lugar este fin de semana? De esta manera no pagaría el alquiler de marzo.

Darcy rebobinó la cinta, anotó los nombres y los números de teléfono, y puso una cinta nueva. Vince d'Ambrosio seguramente querría tener una grabación de todas las voces.

Calentó una lata de sopa y se la llevó en una bandeja a la cama. Después de tomarla, alcanzó el teléfono y la lista de hombres que habían llamado para una cita. Marcó el primer número. Cuando empezó a sonar, volvió a colgar de golpe. Mientras las lágrimas corrían por sus mejillas, gimió:

–Erin, es a *ti* a quien quiero llamar.

VIII

Miércoles, 27 de febrero

Cuando Darcy llegó a la oficina, a las nueve de la mañana, Bev ya se encontraba allí, preparando el desayuno: café, zumo natural y tostadas recién hechas. Había una planta nueva en la repisa de la ventana. Bev la abrazó. En sus ojos, excesivamente maquillados, había una mirada llena de simpatía.

–Puedes imaginarte todo lo que me gustaría decirte.

–Sí, me lo imagino. –Darcy percibió el tentador aroma del café.

Cogió una tostada.

–No me había dado cuenta de que tenía apetito.

Bev asumió una actitud profesional.

–Ayer llamaron dos personas que han visto el milagro que hiciste con el apartamento de Ralston Arms. Quieren que les hagas una renovación. Otra cosa, ¿vas a coger ese hotel residencia de la calle Treinta con la Novena? Los nuevos propietarios dicen que tienen más gusto que dinero.

–Primero tengo que desocupar el apartamento de Erin. –Darcy bebió un sorbo de café y se echó hacia atrás el cabello–. Me da pavor.

Bev sugirió que simplemente se llevase todas las cosas a un almacén.

–Me comentaste que lo tenía arreglado con muy buen gusto. Podrías usar algunos de los muebles en tus trabajos. Una de las personas que llamó quería renovar la habitación de su hija y decorarla con un toque especial. La chica tiene dieciséis años y está a punto de volver a casa después de una larga hospitalización. Tendrá que guardar reposo durante bastante tiempo.

Le gustaba la idea de que esa jovencita pudiese disfrutar de la cama de latón y estaño de Erin. Lo hacía más fácil.

–Primero tengo que comprobar si puedo sacar ya las cosas.

Telefoneó a D'Ambrosio.

–Tengo entendido que la policía de Nueva York ya no tiene que volver por allí –le dijo este.

Bev hizo los arreglos pertinentes para que la furgoneta acudiese a la calle Christopher al día siguiente.

–Yo me ocuparé del traslado. Tú solo indícame qué es lo que quieres llevarte.

A mediodía, ambas se dirigieron al apartamento de Erin. Boxer les abrió la puerta.

–Gracias por dejar libre el apartamento –gimoteó–. Lo va a alquilar una persona muy simpática.

«Me pregunto cuánto le habrás sacado –pensó Darcy–. No quiero volver nunca a este sitio.»

Decidió guardar como recuerdo algunas blusas y pañuelos. El resto de la ropa de Erin se la dio a Bev.

–Tienes su misma talla. Solo te pido que no la lleves en la oficina, por favor.

Contempló unos segundos las joyas y la bisutería de Erin. Luego lo recogió todo apresuradamente. Prefería no pensar ahora en el talento de Erin. Sin embargo, había alguna cosa que se le pasaba por alto. Volvió a depositar todos los objetos sobre la mesa de trabajo: pendientes, collares, broches, pulseras. Oro, plata y piedras semipreciosas, todas imaginativas, ya fueran clásicas o de fantasía. Pero... *¿qué era lo que faltaba?*

El collar que Erin había montado hacía poco, con grandes piezas redondas de oro, copia de antiguas monedas romanas. Erin había bromeado sobre él.

–Esto en el mercado valdrá al menos tres mil dólares. Lo diseñé para un desfile de modas que se hizo en abril. No puedo quedármelo; pero, de momento, me lo pondré alguna vez.

¿Dónde estaba ese collar?

¿Lo llevaría puesto cuando salió por última vez? Faltaban también el anillo con su inicial y el reloj. ¿Estarían con las cosas que llevaba cuando la encontraron?

Darcy metió las joyas de Erin en un maletín junto con el contenido de la caja fuerte. Haría tasar las piedras sueltas y las vendería para pagar los gastos de hospitalización de Billy. No miró hacia atrás cuando cerró la puerta del apartamento 3.º B por última vez.

El miércoles, a las cuatro de la tarde, un detective recorría la zona de bares de Washington Square, con la fotografía de Erin en la mano. Hasta el momento la búsqueda había resultado infructuosa. Algunos camareros admitieron abiertamente que la conocían.

–Venía de vez en cuando. Algunas veces llegaba acompañada, otras, esperaba a alguien. ¿El martes pasado? No, no vino en toda la semana.

La foto de Charles North no daba ningún resultado.

–Nunca le he visto.

Finalmente, en Eddie's Aurora, de la calle Cuatro oeste, un camarero declaró con seguridad:

–Sí. Esa chica estuvo aquí el martes pasado. Me fui a Florida el miércoles por la mañana y he regresado hace poco; por eso recuerdo la fecha. Estuvimos charlando y le comenté que por fin podía salir unos días a tomar el sol. Me explicó que ella era una típica pelirroja y que siempre se quemaba la piel. Estaba esperando a alguien. Se quedó unos cuarenta minutos, pero nadie apareció. Al final pagó la cuenta y se fue.

El camarero estaba seguro de que fue el martes, de que había llegado a las siete en punto y de que se trataba de Erin Kelley. Describió con detalle cómo iba vestida, incluyendo un collar poco corriente, que parecía hecho con monedas antiguas.

–Era un collar realmente original. Tenía aspecto de ser muy caro. Le aconsejé que procurase no andar por ahí sin subirse bien el cuello del abrigo.

El detective se puso en contacto con Vince d'Ambrosio desde el teléfono del bar. Vince llamó inmediatamente a Darcy, que confirmó que Erin poseía un collar de monedas de oro.

–Pensé que lo llevaba puesto cuando fue encontrada. –Le explicó que también había notado a faltar su reloj y un anillo con su inicial.

–Llevaba un reloj y unos pendientes cuando la encontraron –dijo Vince con calma. Preguntó si podía pasarse por allí.

–Por supuesto –dijo Darcy–. Me quedaré trabajando hasta tarde.

Vince llegó a la oficina con una copia de la lista de contactos de Erin.

–Hemos efectuado un examen exhaustivo de los papeles de Erin. Entre ellos hemos encontrado un recibo de una caja fuerte de una compañía de seguridad, abierta las veinticuatro horas del día. Firmó el contrato hace solo una semana. Le dijo al gerente que era diseñadora de joyas y le incomodaba tener que guardar gemas de alto valor en su apartamento.

Darcy escuchó atentamente mientras Vince d'Ambrosio le informaba de que Erin había sido vista el martes por la tarde.

–Dejó el bar, sola, a las ocho menos cuarto. Nos inclinamos por la teoría de que se trata de un robo con homicidio. Sabemos que llevaba el collar el martes por la tarde, pero no cuando la encontraron. No sabemos si llevaba el anillo.

–Siempre llevaba el anillo –dijo Darcy.

Vince asintió con un gesto.

–Es posible que también llevase encima la bolsita de diamantes.

Se preguntó si Darcy Scott le estaba escuchando. Sentada detrás de su escritorio, con un jersey de color claro, que acentuaba los reflejos dorados de su cabello castaño, mantenía una expresión aparentemente dueña de sí misma. Sus ojos eran hoy más verdes que color avellana. No le hacía ninguna gracia entregarle la copia de las páginas de contactos de Erin. Estaba seguro de que empezaría a escribir a todos los señalados con un círculo.

Involuntariamente, su voz se hizo más profunda cuando recalcó:

–Darcy, puedo imaginar la rabia que sientes al perder una amiga como Erin. Pero te ruego, por favor, que no empieces a contestar a estos anuncios con la disparatada idea de que vas a encontrar al hombre que se hace llamar Charles North. Hacemos todo lo que está en nuestra mano para encontrar al asesino. Pero el hecho es que, aunque Erin no sea una de sus víctimas, hay un asesino reincidente que utiliza estos anuncios para conocer a mujeres jóvenes, y no quiero que tú seas su próxima cita.

Doug Fox no se había movido de Scarsdale en todo el fin de semana. Se dedicó totalmente a Susan y los niños, y vio sus esfuerzos agradablemente recompensados cuando Susan le anunció que había contratado una canguro para la tarde del lunes. Quería hacer algunas compras, y le propuso que se encontraran en Nueva York para cenar y volver juntos a casa.

Lo que ella no le dijo era que, antes de las compras, tenía una cita en una agencia de investigación.

Doug la llevó a cenar a San Domenico, y se esforzó todo lo posible por estar solícito y atento; le llegó a decir incluso que a veces olvidaba lo guapa que era.

Susan se echó a reír.

El martes Doug llegó a casa cerca de la medianoche.

–¡Estas condenadas reuniones de última hora! –suspiró.

El miércoles por la mañana se sintió lo suficientemente a salvo como para decirle a Susan que tendría que llevar a unos clientes a cenar, y se vería obligado a quedarse en el Gateway. Sintió alivio al ver cuán comprensiva se mostraba.

–Un cliente es un cliente, Doug. Cuídate, no trabajes demasiado.

El miércoles por la tarde, cuando abandonó la oficina, fue directamente a su apartamento de London Terrace. Tenía una cita a las siete y media con una divorciada de treinta y dos años, agente de la propiedad, para tomar unas copas en el Soho. Pero primero quería ponerse una indumentaria más informal y hacer una llamada.

Tal vez hoy lograse hablar con Darcy Scott.

El miércoles por la tarde, Jay Stratton recibió una llamada de Merrill Ashton desde Winston-Salem, en Carolina del Norte. Ashton había estado dándole vueltas a la sugerencia de Stratton de regalar a Frances una joya de valor en el cuarenta aniversario de boda.

–Si lo consulto con ella me dirá que lo olvide –dijo Ashton con un toque de picardía en la voz–. El caso es que tengo que ir la semana que viene a Nueva York por un asunto de negocios. ¿Tendría usted algo para enseñarme? Yo había pensado en una pulsera de brillantes.

Jay le confirmó que tendría algo preparado para él.

–Acabo de comprar unos diamantes de primera calidad que voy a hacer engarzar en una pulsera ahora mismo. Será perfecta para su esposa.

–Me gustaría que los tasaran.

–Por supuesto. Si la pulsera le gusta, puede llevarla a un joyero de Winston-Salem de su confianza, y si él no está de acuerdo en el precio, rompemos el trato. ¿Está usted dispuesto a gastarse cuarenta mil dólares, mil por cada año de matrimonio?

Ashton vaciló.

–Eso son palabras mayores.

–Una pulsera realmente exquisita –le aseguró Jay–. Una joya que Frances Junior podrá legar con orgullo a su propia hija.

Decidieron encontrarse para tomar una copa el siguiente lunes, 4 de marzo.

Las cosas iban demasiado bien, caviló Stratton, mientras

dejaba el teléfono portátil sobre la mesa. El cheque de 20.000 dólares por el collar de Bertolini's. ¿Lo reclamaría alguien? El dinero del seguro de los diamantes. Una vez hallado el cuerpo de Erin, nadie cuestionaría su robo. Entregaría las piedras a Ashton a un precio razonable, pero no discutible. Ningún joyero de Winston-Salem iba a comprobar si las piedras estaban registradas como perdidas o robadas.

Le embargó una oleada de optimismo y se rió al recordar lo que su tío le dijo veinte años atrás:

–Jay, te he enviado a una prestigiosa universidad privada de Nueva Inglaterra. Tienes suficiente talento para obtener buenas calificaciones por tus propios medios pero prefieres copiar. El espíritu de tu padre no morirá nunca mientras estés vivo.

Cuando convenció al rector de Brown para que le reservara la matrícula durante dos años si se alistaba a los Cuerpos de Paz, su tío declaró sarcásticamente:

–Ten cuidado. No hay nada que robar en los Cuerpos de Paz, y tendrás que trabajar duro.

–No será para tanto.

A los veinte años, volvió a Brown y se matriculó en el primer año. «No te dejes coger nunca –le había advertido su padre–. Y si lo hacen, arréglatelas como puedas, pero asegúrate de que no te fichen.»

Era mayor que los otros estudiantes, por supuesto. Todos los demás tenían una cara aniñada, incluso los que eran evidentemente ricos.

Excepto uno.

Sonó el teléfono. Era Enid Armstrong. ¿Enid Armstrong? ¡Ah, sí!, la viuda llorosa. Parecía excitada.

–He comentado con mi hermana su consejo de hacerme un anillo y me ha dicho: «Enid, si te hace ilusión, hazlo. Te mereces ese capricho».

El periodista John Miller, del Canal 4, presentaba un nuevo reportaje sobre Erin Kelley en las noticias de las seis, en el que se daba a conocer que habían desaparecido de su caja fuerte unos diamantes valorados en 250.000 dólares. La compañía Lloyd's de Londres ofrecía una recompensa de 5.000 dólares por su devolución. La policía no descartaba todavía la teoría del crimen plagiado, en cuyo caso el autor probablemente desconocía que la víctima llevaba encima objetos de valor. El reportaje finalizaba con un anuncio recordando que el episodio de *Crímenes reales* sobre la muerte de Nan Sheridan volvería a emitirse esa tarde a las ocho.

Darcy pulsó el botón del mando a distancia que desconectaba el aparato.

–Esto no tiene nada que ver con un robo –dijo en voz alta–. Digan lo que digan, está relacionado con un anuncio de contactos personales.

Vince d'Ambrosio había desvelado la verdadera identidad de algunos hombres que habían salido con Erin. Pero ella se citó con uno que se hacía llamar Charles North, y al que nadie había logrado ver. «Supongamos –pensó Darcy– que este sujeto llegase al bar en el momento en que ella salía, y la encontrase en la puerta. Supongamos que era uno de aquellos a los que Erin envió su foto. Él pudo haberle dicho:

»–¿Erin Kelley? Soy Charles North. Me ha pillado un atasco. Este lugar está atestado. ¿Por qué no vamos a otra parte?»

Era bastante coherente, pensó Darcy... «Y si hay un asesino reincidente por ahí, que es responsable de varias muertes, no va a parar ahora... Si al menos supiese a qué anuncios contestó Erin... a cuáles escribió por las dos...»

Eran las siete de la tarde, una buena hora para devolver las llamadas grabadas en el contestador. Cuarenta minutos después de hablar con tres personas y dejar mensajes para otras cuatro, Darcy tenía una cita para tomar una copa en McMullen con Len Parker el jueves, más copas en Smith y Wollensky con David Weld el viernes, y un almuerzo con Albert Booth en el Café Victoria el sábado.

¿Y los mensajes del contestador de Erin? Dos dejaron su número y lo anotó. Puede que fuera buena idea llamarles, hablarles de lo sucedido con Erin por si no lo supieran, y conseguir una cita con cada uno. Si contactaban con muchas chicas, quizá alguna les hubiera hablado de alguna cita extraña.

Los dos primeros no contestaron. El tercero descolgó inmediatamente.

–Michael Nash.

–Michael, soy Darcy Scott, una buena amiga de Erin Kelley. Me imagino que sabrá lo que le ha sucedido.

–Darcy Scott. –Su cálida voz se hizo más profunda y afectiva–. Erin me había hablado de usted. Lo siento mucho. Hablé ayer con un agente del FBI y le dije que sería para mí un placer ayudarle de la manera que fuera. Erin era una chica encantadora.

Darcy sintió que los ojos se le llenaban de lágrimas.

–Sí, lo era.

Él captó la emoción que empañaba su voz.

–Esto debe de ser terriblemente duro para usted. ¿Puedo invitarla a cenar alguna de estas noches? Hablar de ello puede servirle de ayuda.

–Me gustaría mucho.

–¿Mañana?

Darcy hizo un breve repaso mental de sus compromisos. Tenía una cita con Len a las seis.

–¿Le va bien a las ocho?

–Perfecto. Haré una reserva en Le Cirque. Por cierto, ¿Cómo la reconoceré?

–Cabello castaño, no muy largo, un metro setenta. Llevaré un vestido azul de lana, con el cuello blanco.

–Yo seré el tipo más normal y corriente del lugar. La estaré esperando en el bar.

Darcy colgó el receptor algo más confortada. «Al menos podré aprovechar los modelitos de Rodeo Drive», pensó, y al hacerlo cayó en la cuenta de que anotaba mentalmente que debía llamar a Erin para contárselo.

La sopa, algo apetitosa cuando estaba bien caliente, se convirtió en un espeso mejunje con trocitos de verdura nadando en caldo de tomate, mientras Darcy contemplaba la televisión. La fotografía de la joven de diecinueve años, muerta, con una gastada zapatilla Nike en un pie y un zapato de raso negro en el otro, era una visión horrible. ¿Tendría Erin ese mismo aspecto cuando la encontraron? Las manos cruzadas sobre la cintura, las puntas de los zapatos desparejados señalando hacia arriba. ¿Qué clase de mente retorcida podía ver esa imagen y desear repetirla? El programa se cerraba con una referencia a la sospecha de que el asesino de Erin Kelley podía haberse inspirado en este antiguo crimen.

Cuando el programa terminó, apagó el televisor y escondió la cabeza entre las manos. Puede que el FBI tuviese razón, que el crimen fuese un plagio, que no fuese una coincidencia que, escasas semanas después de emitirse el programa, Erin muriese de la misma forma.

Pero ¿por qué Erin? Y el zapato de salón. ¿Sería de su número? Y si lo era. ¿Cómo pudo el asesino saberlo? «Puede que esté loca –pensó–. Puede que lo mejor sea olvidarlo todo y dejarlo en manos de gente que sabe lo que hace.»

Sonó el teléfono. Estuvo tentada de no contestar, repentinamente se sentía demasiado cansada para hablar con alguien pero quizá era Billy. Había dado su número en el sanatorio por si se producía alguna emergencia. Levantó el auricular.

–Darcy Scott, ¿dígame?

–Bueno, ¡por fin! He intentado dar contigo desde hace días. Soy el número 2.721: Doug Fields.

IX

Jueves, 28 de febrero

El jueves por la mañana, Nona, junto con Liz Kroll, su ayudante de producción, terminó el documental. Liz, una mujer joven, de cara delgada y rasgos afilados, había realizado el montaje de las diferentes entrevistas.

–Tenemos una buena combinación –dijo satisfecha–. Dos parejas que acabaron casándose. Los Cairone se enamoraron a primera vista y son lo suficientemente empalagosos como para satisfacer a los románticos más cursis. Los Quinlan contestaron a la vez el anuncio del otro, y cuentan con mucha gracia cómo sus cartas se cruzaron en el correo. Tenemos un hombre que se parece a Abe Lincoln de joven, que nos confiesa que es muy tímido y que aún busca a la chica perfecta. También tenemos una chica en cuyo anuncio se leía, por error, que era una rica divorciada. Recibió más de 700 respuestas y ha salido ya con 52 personas. Hay, además, una mujer que fue a cenar con su cita, y hacia el final, el sujeto provocó una discusión, salió con paso airado y la dejó plantada con la cuenta. Esa misma mujer salió después con un chico que estuvo a punto de atacarla cuando la llevaba a casa en su coche. Ahora merodea alrededor de su casa. Una mañana al despertarse lo descubrió espiándola a través de una ventana. Si su amiga Erin Kelley hubiese llegado a conocerle, tendríamos un final con un increíble suspense.

–Pero no lo tendremos –dijo Nona con voz grave, mientras pensaba que nunca le había gustado Liz.

Kroll no pareció notarlo.

–Ese agente del FBI, Vince d'Ambrosio, es un tipo listo. Hablé con él ayer. Tiene la intención de mostrar en el programa las fotos de esas chicas desaparecidas y advertir al público que todas ellas escribían a anuncios de contactos. Después pedirá que cualquier persona que tenga información, se ponga en contacto con ellos, y todo eso... Esto último no termina de gustarme. ¿No se parecerá demasiado a *Crímenes reales*? ¡Qué le vamos a hacer! –se levantó para marcharse–. Otra cosa. ¿Recuerdas esa mujer de Lancaster, la señora Barnes, cuya hija Claire desapareció hace dos años? Ayer tuve una idea genial. ¿Por qué no la traemos al programa? Solo unos breves momentos. Tropecé por casualidad con Austin Hamilton y él estuvo de acuerdo en que era una gran idea, pero me dijo que lo consultara contigo.

–Nadie tropieza por casualidad con Austin Hamilton.

Nona sintió que la rabia se abría paso a través del embotado letargo en el que había estado sumida en los últimos días. No podía apartar a Erin de su mente ni un solo instante. Su cara, siempre a punto de esbozar una sonrisa, su grácil y esbelto cuerpo. Como todas las asistentes a las clases de baile de salón donde se conocieron, Nona era una bailarina bastante buena, pero tanto Darcy como Erin eran excepcionales. Sobre todo Erin. Todo el mundo se paraba a mirar cuando bailaba con el profesor... «Y entonces nos hicimos amigas y yo les hablé de mi "gran" idea de realizar un documental sobre los anuncios de contactos personales... ¡Si Vince d'Ambrosio tuviera razón! Él piensa que Erin fue la víctima casual de la imitación de un asesinato. ¡Por favor, Señor! –rogó Nona–, ¡haz que sea cierto!

»Pero si Erin murió por contestar a un anuncio de contactos, que al menos este programa sirva para salvar la vida de otra persona.»

–Llamaré a la señora Barnes a Lancaster –dijo a Kroll en claro tono de despedida.

Darcy se sentó en la repisa de la ventana de la habitación que decoraba para la adolescente que estaba a punto de salir del hospital. La cama de estaño y latón de Erin quedaría perfecta. El coquetón tocador de principios de siglo que había conseguido en Old Tappan tenía dos cajones profundos. Prestaría el mismo servicio que una cómoda y no ocuparía tanto espacio. La cómoda actual, un trasto destartalado chapado de caoba, era espantosa. Unas cuantas estanterías más en el armario podrían servir para guardar ropa de abrigo, como los jerséis.

Advirtió que la madre de la chica, una mujer agradable de aspecto fatigado, la miraba expectante.

–Lisa ha estado tanto tiempo en una triste habitación de hospital que pensé que reformar la suya le daría ánimos. La recuperación es muy dura, pero ella es muy valiente. Ha dicho a los doctores que en un par de años volverá a sus clases de baile. Desde que dio los primeros pasos, cada vez que oía música se ponía de inmediato a bailar.

Lisa fue atropellada por un mensajero que iba a toda velocidad en contra dirección, en una calle de sentido único. Como consecuencia del golpe sufrió fracturas múltiples en las piernas, tobillos y pies.

–Le gusta mucho bailar –añadió melancólicamente su madre.

Le gusta la música, le gusta bailar. Darcy sonrió al pensar en el cartel enmarcado con ese título que adornaba el dormitorio de Erin. Erin siempre decía que era la primera cosa que veía por la mañana y que le ayudaba a empezar el día con optimismo. Reprimió con firmeza el natural deseo de guardarlo como recuerdo.

–Tengo algo perfecto para esta pared –dijo, y sintió que el dolor que la atenazaba incesantemente cedía un poco. Le pareció intuir que Erin asentía con aprobación.

La Agencia Harkness, una discreta compañía de investigación privada, situada en la calle Cuarenta y cinco este, fue la elegida por Susan para investigar las correrías nocturnas de su marido. Los 500 dólares de anticipo que entregó al firmar el contrato le parecieron una cantidad simbólica. Era la cantidad que tenía ahorrada en su cuenta personal para el cumpleaños de Doug en agosto. Sonrió tristemente mientras firmaba el cheque.

El miércoles telefoneó a Carol Harkness.

–Mi esposo tiene otra de sus famosas reuniones esta noche.

–Haremos que Joe Pabst, uno de nuestros mejores hombres, le siga –le aseguró Harkness.

El jueves, Pabst, un hombre corpulento de rasgos joviales, informó a su jefa.

–Este tipo es un pájaro de cuidado. Deja la oficina y se va en taxi a London Terrace. Allí tiene un apartamento realquilado al dueño, un ingeniero llamado Carter Fields. Se ha registrado como Douglas Fields. Muy hábil. En un subarriendo ilegal nadie hace preguntas, y no corre el riesgo de tropezarse con alguien de su trabajo o de su casa que le busque. El mismo apellido, además. ¡Eso es tener suerte! No tiene que preocuparse por la inicial grabada en sus gemelos.

Pabst sacudió la cabeza con irónica admiración.

–Los vecinos piensan que es ilustrador. El portero me dijo que tiene muchos dibujos a plumilla firmados y enmarcados en el apartamento. Le largué el cuento de que estaba haciendo investigaciones sobre él porque iba a entrar a trabajar para el gobierno. Le pasé los veinte pavos de costumbre para que mantuviera la boca cerrada.

A sus treinta y ocho años, Carol Harkness tenía el aspecto de una ejecutiva de un anuncio de la compañía telefónica AT&T. Su traje negro, de corte impecable, llevaba como único adorno un broche de oro prendido en la solapa. El cabello rubio ceniza le caía sobre los hombros. Sus ojos tenían una expresión fría e impersonal. Era hija de un detective neoyorquino, y llevaba el espíritu policial en la sangre.

–¿Se quedó allí o volvió a salir? –preguntó.

–Salió. Sobre las siete. Tendrías que haber visto el cambio. Llevaba el pelo de una manera que parecía rizado natural, un jersey de cuello alto, vaqueros, chaqueta de cuero. Pero no pienses que ropa corriente, sino como se viste la gente del mundo del arte con dinero. Se encontró con una mujer en un bar del Soho. Atractiva, de unos treinta años, con clase. Conseguí una mesa justo detrás. Tomaron un par de copas y luego ella dijo que tenía que marcharse.

–¿Deseosa de quitárselo de encima? –preguntó Harkness inmediatamente.

–En absoluto. Se lo comía con los ojos. Es un tipo bien plantado y puede resultar encantador. Se volvieron a citar para el viernes, para ir a bailar a algún club nocturno de la parte baja de la ciudad.

Con la frente fruncida a causa de la concentración, Vince d'Ambrosio estudiaba el informe de la autopsia de Erin Kelley. Revelaba que había comido alrededor de una hora antes de su muerte. Su cuerpo no presentaba signos de descomposición. Sus ropas estaban empapadas. Estos hechos fueron en principio atribuidos a la nevada que cayó el día en que la encontraron. La autopsia reveló que sus órganos internos estaban parcialmente helados. El examen médico concluyó que su cuerpo había sido congelado inmediatamente después de su muerte.

¡Congelado! ¿Por qué? ¿Era demasiado peligroso para el asesino deshacerse del cuerpo en aquel momento? ¿Dónde lo había guardado? ¿Había muerto la misma noche del martes? ¿O era posible que hubiese permanecido prisionera en algún sitio y no muriese hasta el jueves?

¿Había planeado llevar la bolsa de diamantes a la caja de seguridad? Según todas las fuentes, Erin Kelley era una mujer muy inteligente. Desde luego, no parecía del tipo de las que confiarían a un desconocido que llevaba encima una fortuna en joyas.

¿O sí lo era?

Habían identificado a todas las personas que presuntamente habían colocado los anuncios de Erin.

Hasta el momento, todos los casos resultaron similares al del abogado North. Todos tenían pruebas concluyentes de dónde se encontraban el martes por la noche. Algunos dieron su propia dirección a las revistas y periódicos que publicaban los anuncios. Tres de las direcciones a las que debía enviarse el correo resultaron falsas. Seguramente se trataba de casados que no deseaban dar a sus esposas la oportunidad de fisgar su correspondencia.

Cerca de las cinco recibió una llamada de Darcy Scott.

–Llevo todo el día deseando llamarle, pero he estado fuera trabajando –explicó.

«Es lo mejor que puede hacer», pensó Vince. Le gustaba Darcy Scott. Después del descubrimiento del cuerpo de Erin, había interrogado a Nona sobre la familia de Scott y le sorprendió mucho saber que era hija de dos superestrellas. Esa chica no tenía nada que ver con Hollywood, era espontánea y natural. Le extrañaba que nadie la hubiese cazado ya. Le preguntó cómo marchaban las cosas.

–Bien, gracias –contestó ella.

Vince trató de descifrar qué emoción percibía en su voz. La primera vez que la vio en la oficina de Nona, su tono grave y forzado traslucía una honda preocupación. En el depósito de cadáveres, antes de venirse abajo, hablaba con el tono inexpresivo y monótono de las personas bajo una fuerte conmoción. Ahora se adivinaba cierta energía. Determinación. Vince comprendió al instante que Darcy Scott seguía convencida de que la muerte de Erin estaba relacionada con los anuncios de contactos personales.

Se disponía a hablarle de ello, cuando Darcy preguntó:

–Vince, no hago más que darle vueltas a una cosa. El zapato de salón que llevaba Erin, ¿le iba bien? Quiero decir, ¿era de su número?

–Era del mismo número que su botín, treinta y siete.

–¿Y cómo explica usted que el que se lo puso tuviese un zapato exactamente de su número?

«Una chica inteligente», pensó Vince. Sopesó sus palabras con cuidado.

–Estamos investigándolo, señorita Scott. Intentamos seguir la pista de ese zapato a través del fabricante para saber dónde fue comprado. No es precisamente barato. De hecho, el par debió de costar varios cientos de dólares. Esto reduce mucho el número de tiendas de Nueva York que pueden tenerlo en venta. Le prometo que la tendré al corriente de los acontecimientos. –Vaciló un momento, y luego añadió–: Espero que haya abandonado la idea de seguir con los anuncios que Erin contestó por usted.

–Lo cierto –contestó Darcy– es que tengo mi primera cita con uno de ellos dentro de una hora.

A las seis: Len Parker. Se encontrarían en McMullen, en la calle Sesenta y seis con la Tercera Avenida. «Un sitio de moda –pensó Darcy–, y además seguro.» Uno de los favoritos entre la masa de los «modernos» de Nueva York. Se había citado aquí algunas veces y le gustaba el dueño, Jim McMullen. Tomaría solo un vaso de vino. Según le había dicho, él debía encontrarse más tarde con unos amigos en el Athletic Club, para jugar al baloncesto.

Había explicado a Michael Nash que llevaría un vestido azul de lana con el cuello blanco. Después de ponérselo, se sintió demasiado arreglada. Erin le tomaba el pelo a menudo sobre la ropa que su madre le regalaba constantemente.

–Cuando te la pones, todas las demás parece que nos vistamos de saldo.

No era cierto, pensó Darcy, mientras se aplicaba unos toques de sombra gris en el párpado. Erin siempre se había vestido con gusto, incluso en la universidad, cuando tenía muy poco dinero para comprar ropa.

Decidió llevar el broche de plata y azurita que Erin le regaló por su cumpleaños.

–Un poco vulgar, pero divertido –había comentado.

El broche tenía forma de compás musical, y las notas estaban revestidas de azurita, del mismo tono azul mar que el vestido. Unas pulseras, unos pendientes de plata y unos botines de ante completaban su atuendo.

Darcy se inspeccionó minuciosamente en el espejo. En su viaje a California, su madre insistió para que fuera a su peluquero. Le cambió la raya, cortó unos centímetros, y acentuó los reflejos rubios naturales de su pelo. Tenía que admitir que le gustaba el resultado. Se encogió de hombros. «Perfecto, tengo un aspecto lo bastante bueno como para que Parker no se largue en cuanto me vea aparecer.»

Parker era alto y muy delgado, y no carecía de atractivo. Era un profesor universitario que, según le dijo, había llegado no hacía mucho a Nueva York procedente de Wichita, Kansas, y apenas conocía a gente. Mientras tomaban un vaso de vino, le confió que había publicado el anuncio por consejo de un amigo.

–Son muy caros, te sorprendería. Es mucho mejor contestar a los anuncios de los demás, pero estoy muy contento de que tú hayas respondido al mío. –Sus ojos de color castaño claro eran grandes y expresivos.

Miró fijamente a Darcy.

–Tengo que decir que eres muy bonita.

–Gracias.

¿Qué había en él que le hacía sentirse tan incómoda? ¿Sería verdad que era profesor? ¿O resultaría como la cita que tuvo antes de ir a California? Aquel tipo que afirmaba ser un ejecutivo publicitario y no sabía absolutamente nada sobre las agencias que le mencionó.

Parker se removió en el taburete, con un ligero balanceo. Su tono era muy bajo y, con el murmullo de las conversaciones de alrededor, Darcy tuvo que inclinarse para oír lo que decía.

–Muy guapa –repitió con énfasis–. Sabes, no todas las chicas que he conocido eran bonitas. Al leer sus cartas llegas a creer que son miss Universo, y luego, ¿quién aparece?, Olivia, la novia de Popeye.

Pidió otro vaso de vino.

–¿Quieres otro?

–No, gracias. –Escogió con tacto sus palabras–. Seguro que no todas estaban tan mal. Apuesto a que has conocido algunas chicas guapas de verdad.

Negó rotundamente con la cabeza.

–Ninguna como tú. ¡Qué va!

Pasó una larguísima hora. Darcy escuchó pacientemente el relato de los problemas de Len para encontrar apartamento. Los precios. ¡Uf! Algunas chicas piensan que debes llevarlas a cenar a restaurantes de lujo. ¡Vamos! ¿Quién puede mantener ese nivel?

Por fin, Darcy consiguió mencionar el nombre de Erin.

–Lo sé. Mi amiga y yo nos hemos encontrado con gente muy rara a través de estos anuncios. Se llamaba Erin Kelley. A lo mejor la conociste.

–¿Erin Kelley? –Parker tragó saliva–. ¿No será esa chica que asesinaron la semana pasada? No, no la conocía. ¿Era amiga tuya? ¡Caramba, cuánto lo siento! Es algo horrible. ¿Han encontrado ya al asesino?

No quería hablar de la muerte de Erin. Era imposible que, si hubiese llegado a conocerla, Erin hubiese salido con él otra vez. Miró su reloj.

–Tengo que darme prisa. Y tú llegarás tarde al partido de baloncesto.

–¡Oh!, es igual, no iré. Quédate a cenar. Hacen unas hamburguesas muy buenas aquí. Caras pero buenas.

–De verdad, no puedo. Me esperan.

Parker frunció el ceño.

–¿Mañana por la noche? Quiero decir, ya sé que no soy gran cosa, y es de sobra conocido que los profesores no ganamos demasiado, pero me gustaría volver a verte.

Darcy empezó a ponerse el abrigo.

–No puedo, de verdad. Muchas gracias.

Parker se levantó y dio un puñetazo en la barra.

–Bueno, pues paga tú las copas. Si crees que eres demasiado buena para mí, yo pienso que soy demasiado bueno para ti.

Se sintió aliviada cuando le vio salir apresuradamente del restaurante. Cuando el camarero le trajo la cuenta, le dijo:

–No se preocupe por ese chiflado, señorita. ¿Le ha contado todo eso de que es profesor? Trabaja en el equipo de mantenimiento de la Universidad de Nueva York. Consigue copas y cenas gratis a través de los anuncios. A usted le ha salido barato.

Darcy se rió.

–Eso creo yo también.

Un pensamiento cruzó su mente. Sacó de su bolso la fotografía de Erin.

–Por casualidad, ¿le vio alguna vez con esta chica?

El camarero, que por su aspecto podía ser un actor, examinó detenidamente la fotografía y luego asintió.

–¡Sin ninguna duda! Hace unas dos semanas. Era una chica despampanante. Lo dejó plantado.

A las seis de la tarde, Nona fue agradablemente sorprendida por una llamada de Vince d'Ambrosio.

–Es evidente que usted también es una persona de horarios irregulares –dijo–. Me gustaría que hablásemos de su programa. ¿Está libre para ir a cenar dentro de una hora?

Lo estaba.

–De acuerdo, haga una reserva en algún buen asador de su barrio.

Ella colgó sonriente. D'Ambrosio era sin duda un devorador de carne con patatas, pero apostaría hasta el último céntimo a que no tenía ningún problema con el colesterol. Se alegraba de haberse puesto su traje nuevo: un mono de Donna Karan. El color arándano le sentaba muy bien, y el cinturón dorado, con una hebilla formada por dos manos enlazadas, resaltaba su esbelta cintura. Nona sabía que su talle era la única parte de su figura de la que podía presumir. Repentinamente, la embargó una sobrecogedora tristeza. Ese cinturón se lo había regalado Erin por Navidad.

Sacudió la cabeza con fuerza, como para negar la muerte de Erin. Se levantó y dio unos pasos alrededor de la mesa, haciendo movimientos rotatorios con los hombros. Llevaba todo el día sentada, trabajando en el documental, y sentía su cuerpo como un amasijo de músculos. A las tres, Gary Finch, el locutor más popular de Hudson Cable, lo había revisado con ella. Al final de la sesión, Finch, que era un reconocido perfeccionista, sonrió y dijo:

–¡Va a ser algo fantástico!

–La aprobación de sir Hubert es toda una alabanza.

Nona se estiró y caviló sobre si debía volver a llamar a Emma Barnes en Lancaster. Lo había intentado tres o cuatro veces sin resultado. Debía admitir que la idea de Liz de invitar a la señora Barnes al programa para hablar de su hija que, antes de su desaparición, escribía a este tipo de anuncios, era excelente. «Liz es brillante y creativa –concluyó Nona–, pero intentó ponerme la zancadilla cuando fue a consultarlo con Hamilton sin avisarme. Quiere mi puesto. Bueno, ¡que lo intente!»

Se estiró por última vez, y luego se sentó en la mesa y marcó de nuevo el número de Lancaster. Tampoco esta vez la familia Barnes respondió a la llamada.

Vince llegó puntualmente a las siete. Llevaba un traje gris a rayas, de buen corte, y una corbata marrón y beige. «No cabe duda de que no es una mujer quien elige sus corbatas», pensó Nona, al recordar lo quisquilloso que era Matt sobre qué corbata le iba a esta camisa o a aquel traje.

El restaurante estaba en Broadway, no muy lejos del apartamento de Nona.

–Dejemos los asuntos serios para el postre –sugirió Vince.

Durante las ensaladas se explicaron a grandes rasgos su vida.

–¿Si pusieses un anuncio de contactos, qué dirías de ti misma? –preguntó él.

Nona reflexionó.

–Mujer blanca, divorciada, 41 años, productora de televisión por cable.

Él bebió un trago de whisky.

–Sigue.

–Nacida y criada en Manhattan. Piensa que cualquiera que viva en otro lugar es un enfermo mental.

Él rió abiertamente y Nona se fijó en que, al hacerlo, se le formaban unas simpáticas arruguillas alrededor de los ojos. Probó el vino.

–Este borgoña es excepcional –comentó–. Supongo que tomarás un poco cuando traigan la carne.

–Sí, lo probaré. Acaba tu anuncio, por favor.

–Graduada en Barnard. Como puedes ver, ni siquiera dejé Manhattan para ir a la universidad. Estuve un año en el extranjero, y me gusta viajar siempre que no esté fuera más de tres semanas.

–El anunció te va a salir caro.

–Voy a concluirlo. Limpia pero no excesivamente ordenada, ya viste mi oficina. No tengo buena mano para las plantas. Cocino bien pero detesto los platos complicados. Me gusta el jazz. ¡Ah!, y soy una buena bailarina.

–Así fue como entablaste amistad con Erin Kelley y Darcy Scott, en una clase de baile –comentó D'Ambrosio, y cuando vio que el dolor ensombrecía la mirada de Nona, añadió rápidamente–: Mi anuncio es más corto; trabajo para el gobierno. Varón, blanco, divorciado, 43 años, agente del FBI, natural de Waldwick, Nueva Jersey, y graduado en la Universidad de Nueva York. No sé bailar sin tropezar con mis propios pies. Me gusta viajar a cualquier sitio que no sea Vietnam. ¡Tres años ya fueron bastante! Y finalmente, pero no por ello lo menos importante, tengo un hijo de quince años, Hank, que es un gran muchacho.

Como ella había prometido, los filetes resultaron deliciosos. Mientras tomaban el café hablaron del programa.

–Lo grabaremos dentro de dos semanas –dijo Nona–. Me gustaría que salieras al final. De esta manera, el público se quedará con la advertencia sobre el riesgo que entrañan estos anuncios. ¿Vas a enseñar las fotografías de las chicas desaparecidas?

–Sí, siempre existe la posibilidad de que un telespectador tenga información sobre alguna de ellas.

Cuando abandonaron el local, hacía un frío penetrante. Nona respiraba entrecortadamente a causa del viento helado. Vince la tomó del brazo cuando cruzaron la calle, y no la soltó durante el resto del trayecto hasta su casa.

Él aceptó la invitación de subir a tomar la última copa. Nona recordó que, afortunadamente, Lola, su asistenta, había venido ese mismo día. El lugar tendría un aspecto presentable.

Era un piso de siete habitaciones. D'Ambrosio arqueó las cejas asombrado cuando le hizo entrar en el amplio vestíbulo y descubrió los techos altísimos, las grandes ventanas sobre la parte oeste de Central Park, los cuadros del salón, los sólidos muebles de estilo jacobino.

–Muy bonito –comentó.

–Mis padres me lo dejaron cuando se mudaron a Florida. Soy su única hija, y de esta manera mi padre está confortablemente instalado cuando viene a Nueva York. Detesta los hoteles. –Se dirigió al mueble bar–. ¿Qué quieres tomar?

Sirvió Sambuca para ambos, permaneció en silencio un momento y luego dijo:

–Son solo las nueve menos cuarto. ¿No te importa si hago una llamada rápida?

Mientras buscaba el número de los Barnes en su bolso, le explicó por qué quería llamarles.

Esta vez descolgaron inmediatamente. Nona se quedó paralizada al comprender que lo que oía al otro lado de la línea eran los gritos de una mujer. Una voz de hombre le dio un aturdido saludo, y con voz estrangulada por la conmoción, dijo:

–Por favor, quien quiera que sea usted, deje libre el teléfono. Tengo que llamar inmediatamente a la policía. Hemos regresado hace un momento después de pasar fuera todo el día y acabamos de recoger el correo. Había un paquete para mi esposa...

Los gritos aumentaron de volumen en un desgarrado *crescendo*. Nona señaló con un ademán a Vince el teléfono portátil que estaba en una mesa junto a él, para que lo cogiera.

–... Nuestra hija... –siguió la turbada voz–. No hemos sabido de ella desde hace dos años. Dentro del paquete venía un zapato de Claire y otro, un zapato de salón, de tacón alto. –Empezó a gritar–. ¿Quién lo envía? ¿Por qué? ¿Quiere esto decir que Claire ha muerto?

El portero de Le Cirque sostuvo la puerta mientras Darcy salía del taxi. Al entrar en el restaurante sintió que empezaba a relajarse. Hasta ese momento no había notado la cantidad de energía que había consumido en la cita con Len Parker. En su cabeza aún le daba vueltas al descubrimiento de que conocía a Erin. ¿Por qué lo habría negado? Erin lo dejó plantado. Era evidente que no volvió a salir con él. ¿Era sencillamente porque no deseaba ser interrogado y tener que admitir que mintió sobre sus antecedentes?

Siempre que sus padres venían a Nueva York, cenaban en Le Cirque. Era un restaurante excelente. Se preguntó por qué no vendría más a menudo. «¿Cómo se las han arreglado dos personas tan excepcionales para concebir una criatura tan mediocre?» ¿Y cómo una frase podía permanecer indeleble en la memoria?

El bar estaba a la izquierda. Pequeño y acogedor, no era un lugar concebido para permanecer mucho rato, sino un sitio para esperar a un invitado, o una mesa. Una joven pareja charlaba animadamente cerca de la entrada. Había un hombre solo al final. «La persona con el aspecto más normal y corriente del lugar.»

Michael Nash no se había hecho justicia a sí mismo. Cabello rubio oscuro, una cara que se salvaba de una belleza convencional gracias a su afilada barbilla, un cuerpo largo y esbelto. Vestía un traje azul a rayas muy finas, y una corbata azul y plateada. Cuando le dirigió una mirada de complacido reconocimiento, Darcy descubrió que los ojos de Michael tenían un color poco común, un azul entre el zafiro y el azul noche.

–Darcy Scott. –Era una afirmación, no una pregunta. Hizo una señal al camarero y le ofreció el brazo.

Se sentaron en una mesa preferente, que tenía una amplia vista sobre la entrada. Michael Nash debía de ser un cliente asiduo y apreciado en Le Cirque.

–¿Qué desea beber? ¿Vino?

–Vino blanco, por favor. Y un vaso de agua.

Pidió una botella de Pellegrino con el chardonnay, luego sonrió.

–Ya resuelto todo lo necesario por el momento, como diría un viejo amigo: «¡Me alegro de verte!».

Durante la media hora siguiente, Darcy notó que desviaba deliberadamente la conversación para evitar el tema de Erin. Solo cuando ella probó el vino y partió el panecillo, dijo:

–Misión cumplida. Creo que ya te sientes a salvo.

Darcy le miró fijamente.

–¿Qué quieres decir?

–Te he estado observando. He visto la precipitación con la que has entrado. Todo indica un alto nivel de tensión. ¿Qué ha pasado?

–Nada. Me gustaría hablar de Erin.

–A mí también. Pero Darcy... –se interrumpió–. Parece que no puedo dejar de trabajar ni un solo momento del día. Soy psiquiatra. –Esbozó una sonrisa de disculpa.

Ella sintió que empezaba a relajarse.

–Soy yo quien debe disculparse. Tienes razón, estaba

muy tensa cuando llegué aquí. –Le contó lo sucedido con Len Parker.

Él la escuchó con atención, con la cabeza ligeramente inclinada.

–Informarás de todo esto a la policía, por supuesto.

–Al FBI, de hecho.

–¿A Vince d'Ambrosio? Vino a mi oficina el martes, como te dije por teléfono. Por desgracia, no pude decirle gran cosa. Salí a tomar una copa con Erin hace algunas semanas. Tuve la inmediata sensación de que una chica como ella no necesitaba contestar a anuncios de contactos. Se lo planteé y me habló del programa que estaba montando su amiga. También me habló de ti. Dijo que su mejor amiga lo hacía con ella.

Darcy asintió con el ferviente deseo de que las lágrimas no asomaran a sus ojos.

–Normalmente no suelo explicar que la razón por la que yo los utilizo es porque estoy escribiendo un libro, pero a Erin sí se lo dije. Intercambiamos anécdotas sobre algunas de nuestras citas. He tratado de recordar si me dijo algo que pudiera ser clarificador, pero no mencionó ningún nombre y en general eran anécdotas divertidas. La verdad, no advertí el menor indicio de que alguien la molestara.

–«Encuentros de la peor clase», solía llamarlos.

Nash se rió.

–Sí, me lo dijo. Le pedí que cenáramos alguna vez juntos y aceptó. Yo estaba a punto de finalizar el libro, y ella acababa de montar un collar que había diseñado. Quedamos en que la volvería a llamar. Cuando lo hice no hubo respuesta. Por lo que me dijo Vince d'Ambrosio, ya era demasiado tarde.

–Eso fue la noche que debía encontrarse con alguien que se hacía llamar Charles North. Aunque este sujeto no acudiese a la cita, todavía creo que su muerte está relacionada con alguno de los anuncios a los que contestó.

–Si piensas así, ¿por qué continúas respondiendo a los anuncios?

–Porque voy a encontrar a ese hombre.

Pareció afectado, pero no hizo ningún comentario. Examinaron el menú, y ambos escogieron lenguado de Dover. Mientras comían, Nash parecía esforzarse por no pensar en la muerte de Erin hablándole de sí mismo.

–Mi padre hizo fortuna con el plástico. Hizo realidad literalmente la famosa frase de *El graduado*. Luego compró una ostentosa mansión de dudoso gusto en Bridgewater. Era una hombre bueno y honrado, y siempre me pregunté para qué necesitábamos veintidós habitaciones si éramos solo tres. Recuerdo lo orgulloso que estaba al enseñarlas.

Habló superficialmente de su divorcio.

–Me casé una semana después de graduarme en el *college*. Fue un error para ambos. No era un problema de dinero, pero la carrera de medicina, especialmente cuando después debes continuar los estudios de psicoanálisis, es un largo y duro camino. No teníamos tiempo el uno para el otro. Al cabo de cuatro años, dijo basta. Ahora Sheryl vive en Chicago y tiene tres hijos.

Era el turno de Darcy. Mencionó rápidamente el nombre de sus famosos padres, y pasó sin pausa a la decisión de dejar la agencia de publicidad y montar su propio negocio de interiorismo de ocasión.

–Alguien me dijo una vez que era una nueva versión de Sandford and Son, y creo que es verdad, pero me gusta. –Pensó en la habitación que decoraba para la muchacha de dieciséis años convaleciente.

Si Nash advirtió lagunas en su relato, se abstuvo de hacer comentarios. Las ensaladas llegaron en el mismo momento en que un productor, amigo de sus padres, se detuvo junto a la mesa.

–¡Darcy! –Un beso cariñoso, un abrazo. Él mismo se presentó a Michael Nash–: Harry Curtis. –Volvió a Darcy–. Cada día estás más guapa. He oído que tus padres están de gira por Australia. ¿Qué tal va todo?

–Acaban de llegar a Australia.

–Vale, dales muchos recuerdos de mi parte. –Otro abrazo y Curtis se fue para su mesa.

Los ojos de Nash no delataban curiosidad. Así es como actúan los psiquiatras, esperan a que tú se lo cuentes. Ella no ofreció ninguna explicación sobre las palabras de Curtis.

Fue una agradable velada. Nash confesó tener dos pasiones, montar a caballo y jugar al tenis.

–Por eso conservo Bridgewater. –Volvió intencionadamente al tema de la muerte de Erin–. Darcy, yo no suelo dar consejos, al menos no gratuitos, pero desearía que abandonases la idea de contestar a esos anuncios. Ese tipo del FBI me pareció muy competente, y, por lo que yo pude juzgar, no descansará hasta que el asesino de Erin pague por lo que ha hecho.

–Sí, lo sé. Me lo ha dicho de todas las formas posibles. Supongo que todos hacemos lo que podemos. –Esbozó una sonrisa–. La última vez que hablé con Erin me dijo que había conocido a un chico que estaba muy bien y, aunque parezca mentira, no la volvió a llamar. Estoy segura de que eras tú.

La acompañó a casa en taxi, pidió al conductor que esperase y la acompañó hasta la puerta. Mientras ella giraba la llave, se volvió para protegerla de las ráfagas del viento helado.

–¿Puedo llamarte otra vez?

–Me gustaría mucho.

Por un momento Darcy pensó que la iba a besar en la mejilla, pero simplemente le apretó la mano y se volvió hacia el taxi que aguardaba.

El viento empujó la puerta y la cerró lentamente. Después del golpe, el ruido de unos pasos le hizo darse la vuelta. A través de los cristales pudo ver a un hombre que subía apresuradamente los escalones. Mientras lo contemplaba estupefacta, sin aliento para gritar, Len Parker dio un empujón y luego una patada a la puerta. Después se dio la vuelta y huyó calle abajo.

X

Viernes, 1 de marzo

Greta Sheridan dudó entre levantarse inmediatamente o dormir una hora más. Las ráfagas de viento hacían repiquetear los cristales. Recordó que Chris había insistido para que hiciera cambiar las ventanas.

La luz del amanecer se filtraba a través de las cortinas. Le gustaba dormir en una habitación fría. El edredón y las mantas mantenían el calor, y el dosel de muaré, blanco y azul, daba a la cama una reconfortable sensación de protección.

Había soñado con Nan. Dentro de dos semanas, el día 13 de marzo, sería el aniversario de su muerte. Nan había cumplido diecinueve años el día anterior. Este año habría cumplido treinta y cuatro.

Habría cumplido.

Greta apartó las mantas con impaciencia, alcanzó la bata de terciopelo y se levantó. Se calzó las zapatillas, salió al vestíbulo y bajó a la planta principal por la escalera de caracol. Comprendió la preocupación de Chris. Era una casa muy grande, y todo el mundo sabía que vivía sola.

–No puedes imaginar lo fácil que es para un profesional inutilizar un sistema de alarma –insistía en numerosas ocasiones.

–Me gusta esta casa.

¡Cada habitación guardaba muchos recuerdos felices! Greta tuvo la sensación de que dejar la casa suponía abandonar esos recuerdos. «Y además –pensó con una sonrisa–, si alguna vez Chris sienta la cabeza y me da nietos, este es un lugar perfecto para que pasen unos días.»

Recogió un ejemplar del *Times* en la puerta de atrás. Mientras preparaba el café, comenzó a leerlo. En las páginas interiores aparecía una reseña sobre la chica asesinada en Nueva York la semana anterior. Un crimen plagiado. ¡Qué cosa más horrible! ¿Cómo podían existir dos personas tan diabólicamente perversas, el que acabó con la vida de Nan y el que, para imitarle, acabó con la de Erin Kelley? ¿Seguiría viva Erin Kelley si no se hubiera emitido ese programa?

¿Y qué podía ser aquello que no lograba recordar, aunque lo procuraba con desespero? Insistió en ver el programa, pero fue en vano. «Nan, Nan –pensó–, me dijiste algo que debí haber advertido que era importante.»

Nan hablaba sin cesar de la escuela, de las clases, de sus amigos, de sus citas. Nan examinaba con ilusión el itinerario de verano en Francia. *I Could Have Danced All Night*. La canción podía haber sido escrita para ella.

Erin Kelley también fue hallada con un zapato de salón alto. ¿Un zapato de salón alto? ¿Qué le sugerían esas palabras? Impaciente, Greta abrió el *Times* por la página del crucigrama.

Sonó el teléfono. Era Gregory Layton. Había coincidido con él la noche pasada, en la cena del club. Era juez federal, tenía algo más de sesenta años y vivía en Kent, a unas cuarenta millas.

–Un viudo muy atractivo –le susurró Priscilla Clayburn.

Efectivamente, *era* atractivo, y le pedía que cenase esa noche con él. Greta aceptó y colgó el auricular ilusionada ante la perspectiva de la velada.

Dorothy llegó puntualmente a las nueve.

–Espero que no tenga que salir esta mañana, señora Sheridan. Sopla un viento endemoniado.

Había recogido el correo y llevaba un abultado paquete debajo del brazo. Lo dejó sobre la mesa y con una mirada de desaprobación dijo:

–Esto parece un poco raro. Fíjese, no lleva remite. Espero que no sea una bomba o algo parecido.

–Seguro que es otro de esos envíos absurdos. ¡Dichoso programa!

Greta se puso a desatar las cuerdas del paquete. De repente, la asaltó una angustiosa sensación de pánico.

–Sí, la verdad es que tiene un aspecto bastante raro. Llamaré a Glenn Moore.

Moore, el jefe de policía, acababa de llegar a su oficina del cuartel general.

–No toque ese paquete, señora Sheridan –dijo secamente–. Iremos en seguida.

Telefoneó a la policía estatal y le prometieron enviar en el acto una unidad a la casa de los Sheridan.

A las diez, un oficial de la brigada de explosivos colocó el paquete, con infinitas precauciones, para ser examinado por rayos X.

Desde el salón, donde Dorothy y ella habían sido desterradas, Greta escuchó la carcajada de alivio del policía. Con Dorothy pegada a sus talones, volvió precipitadamente a la cocina.

–Esto no va a estallar, señora –le aseguró–. No hay nada más que un par de zapatos desparejados.

Greta observó la expresión alarmada de Moore y sintió cómo la sangre se le paralizaba en las venas cuando, al desenvolver el paquete, apareció una caja de cartón con un zapato de salón dibujado en la tapa. Apartada la tapa, en su interior hallaron, envueltos juntos en papel de seda, un zapato de raso de tacón alto y una zapatilla deportiva usada.

–¡Oh, Nan! ¡Nan!

Greta no llegó a sentir los brazos de Moore que la sujetaron cuando se desvaneció.

A las tres de la madrugada del viernes, Darcy fue arrancada de un agitado sueño por el timbre insistente del teléfono. Al incorporarse vio la hora en el radio despertador. Levantó el auricular y contestó con brusquedad.

–Darcy –susurró una voz que le resultaba familiar pero que no identificó.

–¿Quién es?

El susurro se convirtió en grito.

–¡No vuelvas a darme con la puerta en las narices nunca más! ¿Me has oído? ¡Nunca más!

Len Parker. Colgó de golpe, y se cubrió totalmente con las mantas. Poco después el teléfono sonó de nuevo. No contestó. El timbre continuaba: quince, dieciséis, diecisiete timbrazos. Lo mejor era descolgar el auricular, pero no se atrevía ni siquiera a tocarlo, sabiendo que Parker estaba al otro lado de la línea.

Finalmente dejó de sonar. Arrancó la conexión de la pared, se dirigió al salón, puso el contestador en marcha y volvió rápidamente a la cama, después de cerrar de un golpe la puerta del dormitorio.

¿Habría hecho lo mismo con Erin, seguirla cuando lo dejó plantado? Es posible que la siguiese hasta el bar donde debía encontrarse con Charles North. Tal vez la introdujo en un coche por la fuerza.

Llamaría a Vince d'Ambrosio por la mañana.

Permaneció despierta durante las dos horas siguientes y, cuando finalmente volvió a quedarse dormida, su descanso se vio turbado por vagos e inquietantes sueños.

A las siete y media se despertó con un repentino sentimiento de pavor, luego recordó la razón de su sobresalto. Una prolongada ducha caliente la ayudó a liberarse parcialmente de la tensión. Se puso unos vaqueros, un jersey de cuello alto y sus botas favoritas.

En el contestador solo había llamadas sin mensaje.

Tomó un vaso de zumo y un café en la mesa situada junto a la ventana, con la mirada fija en los jardines sin vida. A las ocho sonó el teléfono. ¡Por favor, que no sea Len Parker! Contestó con cierta prevención.

–Darcy, confío que no sea demasiado temprano. Solo

quería decirte que fue muy agradable el tiempo que pasamos juntos anoche.

Suspiró aliviada.

–¡Oh, Michael!, yo tampoco tengo palabras para expresar lo mucho que disfruté.

–Te ocurre algo. ¿Qué es?

El interés que se apreciaba en su voz era reconfortante. Le contó lo sucedido con Len Parker: el episodio de la escalera y la llamada.

–Me siento culpable por no haber esperado a que estuvieras dentro.

–No, por favor.

–Darcy, llama a ese agente del FBI y denuncia a ese sujeto. Y, te lo ruego, ¿puedes dejar de contestar a esos anuncios?

–No, lo siento. Pero llamaré a D'Ambrosio inmediatamente.

Después de despedirse colgó, un poco más consolada.

Llamó a Vince desde la oficina. Bev permaneció al lado de su mesa con los ojos desmesuradamente abiertos por el asombro, mientras hablaba con el agente. Vince había salido para Lancaster, su compañero tomó nota de la información.

–Trabajamos en colaboración con el departamento de policía. Detendremos de inmediato a ese individuo. Gracias, señorita.

Nona telefoneó poco después y le explicó la razón del viaje de Vince a Lancaster.

–Darcy, esto es espantoso. Una cosa es pensar que existe alguien lo bastante perverso para ver el episodio de *Crímenes reales* y repetirlo, pero esto significa que ha debido de hacerlo desde hace tiempo. Claire Barnes desapareció hace dos años. Erin y ella se parecían mucho. Claire estaba a punto de conseguir su gran oportunidad en un musical de Broadway. Erin acababa de obtener su gran oportunidad con Bertolini's.

«Su gran oportunidad con Bertolini's.» Estas palabras resonaban en la mente de Darcy una y otra vez mientras hablaba por teléfono, hojeaba los periódicos de Connecticut y Nueva Jersey para buscar anuncios de ventas de muebles y mudanzas, o se acercaba un momento al apartamento que decoraba. Finalmente, mientras hacía una pausa para tomar un bocadillo y un café en la barra de un bar, descubrió qué era lo que la inquietaba todo este tiempo.

«Su gran oportunidad con Bertolini's.» Erin le había dicho que iba a recibir 20.000 dólares por el diseño y la elaboración del collar. Con el curso de los acontecimientos, había olvidado el extraño mensaje grabado en el contestador de Erin. En cuanto volviese a la oficina llamaría para comprobarlo.

Aldo Marco se puso al teléfono. ¿Era algún miembro de la familia que necesitaba saber algo?

–Soy el albacea del testamento de Erin. –Sus propias palabras le sonaron odiosas.

El pago se había efectuado al representante de la señorita Kelley, Jay Stratton. ¿Había algún problema?

–Estoy segura de que no. –Así que Stratton se hacía pasar por el representante de Erin.

Le llamó. No estaba en casa. Dejó un mensaje bastante brusco para que la llamara sin pérdida de tiempo y hablar del cheque de Erin.

Jay Stratton telefoneó poco antes de las cinco.

–Lo siento, debí haberla llamado antes. He estado fuera. ¿Cuándo puedo entregarle el cheque? –Comentó que mientras había estado fuera de la ciudad no pudo apartar a Erin de sus pensamientos–. Una chica guapa y con talento. Creo con sinceridad que alguien que sabía lo de las joyas la mató para robárselas e hizo que pareciese un crimen plagiado.

«Tú eres alguien que sabía lo de las joyas.» Requería mucho esfuerzo escuchar a Stratton, responder a sus muestras de simpatía. Volvería a salir de la ciudad por unos días. Convinieron en encontrarse el lunes por la tarde.

Después de despedirse, Darcy se quedó unos minutos con la mirada perdida, absorta en sus pensamientos. Luego dijo en voz alta:

–Después de todo, como usted mismo dice, señor Stratton, dos buenos amigos de Erin deben conocerse mejor.

Suspiró. Sería mejor que adelantase algo el trabajo, antes de vestirse para la cena con el número 1.527.

El viernes, Vince se desplazó a Lancaster en el último vuelo de la mañana. Había insistido mucho para que el padre de Claire Barnes no comentase lo del paquete de zapatos a nadie ajeno a la familia, pero cuando llegó al aeropuerto, el periódico local lo anunciaba en sus titulares.

Llamó al hogar de los Barnes, y la doncella le informó de que la señora Barnes había sido ingresada en el hospital la noche anterior.

Lawrence Barnes era un corpulento ejecutivo que, en otras circunstancias, consideró Vince, debía de tener una apariencia imponente. Sentado al borde de la cama, flanqueado por una mujer joven, vigilaba ansiosamente a su esposa, que dormía bajo el efecto de un sedante. Vince le enseñó su credencial y él le siguió al pasillo.

Barnes presentó a la joven como su otra hija: Karen.

–Había un periodista en la sala de urgencias cuando llegamos –dijo en tono inexpresivo–. Oyó gritar a Emma que Claire estaba muerta y hablar del paquete.

–¿Dónde están los zapatos?

–En casa.

Karen Barnes lo llevó allí en su coche. Trabajaba como abogada en una compañía de Pittsburg, y nunca había compartido la esperanza de sus padres de que algún día Claire regresaría de improviso.

–De ninguna manera hubiera desperdiciado la oportunidad de aparecer en el show de Tommy Tune, si hubiese estado viva.

La casa de los Barnes era una mansión colonial, situada en un barrio residencial. «Las parcelas deben de ocupar cerca de media hectárea», pensó Vince. Había una unidad móvil de televisión en la calle. Karen pasó de largo y se dirigió rápidamente a la parte trasera de la casa. Un policía impidió que la abordara un periodista.

Las paredes del salón estaban cubiertas de fotografías familiares, muchas de las cuales mostraban a Karen y Claire en su infancia y adolescencia. Karen cogió una de encima del piano.

–Tomé esta foto de Claire en Central Park, pocas semanas antes de que desapareciera.

Esbelta, guapa, rubia. Unos veinte años. Radiante sonrisa. «¡Sabes escogerlas, tío!», pensó Vince con amargura.

El paquete estaba en la mesa del vestíbulo. El envoltorio era de papel ordinario, la etiqueta con la dirección podía haber sido comprada en cualquier sitio, letras mayúsculas, matasellos de la ciudad de Nueva York. La caja no tenía marca, excepto un delicado dibujo de un zapato de tacón alto en la tapa. El desparejado par estaba formado por una sandalia blanca de Bruno Magli y un zapato de fiesta dorado, abierto por delante, con un finísimo tacón. Eran del mismo número, el 36.

–¿Está segura de que esta sandalia era de Claire?

–Sí, yo tengo un par idéntico. Las compramos juntas ese último día en Nueva York.

–¿Cuánto tiempo llevaba su hermana contestando a los anuncios personales?

–Unos seis meses. La policía interrogó a todos aquellos a cuyos anuncios había contestado. Al menos a todos los que pudo localizar.

–¿Hizo publicar ella alguno?

–No. Al menos por lo que yo sé.

–¿Dónde vivía en Nueva York?

–En la calle Sesenta y tres oeste. En un apartamento de una antigua casa residencial. Mi padre continuó pagando la renta durante un año después de su desaparición. Luego lo dejó.

–¿Dónde están sus objetos personales?

–Los muebles no merecía la pena llevárselos. Su ropa, sus libros y todo lo demás está arriba, en su antigua habitación.

–Me gustaría verlo.

En un estante del armario de su habitación había un fichero de cartón.

–Guardé aquí –explicó Karen– su agenda, su libro de direcciones, material de escritorio, cartas, cosas así. Cuando denunciamos su desaparición, la policía de Nueva York registró todos sus papeles.

Vince sacó la caja y la abrió. Encima de todo había una agenda de hacía dos años. La hojeó. Desde enero hasta agosto, las páginas estaban llenas de anotaciones. Claire Barnes no había sido vista desde el 14 de agosto.

–Para añadirle dificultad, Claire tenía su propia taquigrafía. –La voz de Karen Barnes tembló ligeramente–. Ve, donde dice «Jim», significa Estudio de Jim Haworth, donde estudiaba danza. Y aquí, 15 de agosto, «Tommy». Significa ensayo para el show de Tommy Tune, Gran Hotel. Acababan de contratarla.

Vince examinó las páginas anteriores. El 15 de julio a las 5 leyó «Charley».

¡Charley!

Adoptando un tono indiferente, señaló la anotación.

–¿Sabe usted quién es este?

–No. Aunque ella mencionó a un tal Charley que la llevó una vez a bailar. No creo que la policía consiguiese localizarlo. –El rostro de Karen Barnes palideció–. ¡Ese zapato!, es la clase de calzado que llevas a un baile.

–Exacto. Señorita Barnes, no mencione este nombre a nadie, por favor. A propósito, ¿cuánto tiempo estuvo su hermana viviendo en el apartamento?

–Un año, más o menos. Antes vivía en el Village.

–¿Dónde?

–En la calle Christopher. En el 101 de la calle Christopher.

A las cinco menos cuarto, Darcy entregó a Bev la última de las facturas pendientes de pago y, movida por un impulso, telefoneó a la madre de la adolescente. La chica volvería a casa a finales de la semana próxima. El pintor contratado por Darcy, un jovial guarda de seguridad nocturno, ya había empezado.

–Tendremos la habitación completamente instalada para el miércoles –aseguró Darcy a la mujer.

«¡Gracias a Dios tuve la buena ocurrencia de coger algo de ropa esta mañana!», pensó, mientras se cambiaba el jersey y los vaqueros por una blusa de seda negra de escote ovalado y manga larga, una falda larga en tonos verdes y dorados, también de seda italiana, y una estola a juego. Los pendientes, la pulsera y la cadena, todos ellos de oro, habían sido diseñados por Erin. Sintió como si, en cierta manera, se invistiese con el escudo de armas de Erin al entrar en la batalla.

Bev regresó en el momento en que terminaba de ponerse la sombra de ojos.

–Estás imponente, Darcy. –Luego prosiguió en tono vacilante–: Quiero decir, siempre me pareció que descuidabas bastante tu propio aspecto y ahora, bueno..., no sé cómo explicarlo..., lo siento.

–Erin me decía a menudo lo mismo –la tranquilizó–. Siempre me daba la lata para que me maquillase mejor, o me pusiese los trapitos que me compra mi madre.

Bev vestía una falda y un jersey que le había visto llevar en numerosas ocasiones.

–A propósito, ¿qué tal te sienta la ropa de Erin?

–Perfectamente. Estoy encantada con ella. La matrícula ha vuelto a subir, y te juro, estaba a punto de seguir el ejemplo de Escarlata O'Hara y hacerme un vestido con las cortinas.

Darcy se rió.

–Esa es mi escena favorita de *Lo que el viento se llevó*. Escucha, ya sé que te pedí que no llevaras las cosas de Erin en la oficina, pero ella habría sido la primera en pedirte que las disfrutaras. Úsalas cuando te plazcan.

–¿Estás segura?

Darcy apartó su inseparable cazadora de cuero y alcanzó la capa de cachemir.

–Por supuesto.

Estaba citada con el número de apartado 1.527, David Weld, en el restaurante de Smith y Wollensky a las cinco y media. Como referencia él le había dicho que ocuparía el último asiento del bar, o estaría de pie, al lado. Tenía el cabello y los ojos castaños, medía un metro ochenta y llevaría un traje oscuro.

Le reconoció con facilidad.

Un chico agradable, acordó Darcy quince minutos después de haberse sentado uno frente al otro en una de las pequeñas mesas.

Nació y creció en Boston, y trabajaba en Holden, la cadena de grandes almacenes. Había ido de un lado para otro en los últimos años, paralelamente a la expansión de la empresa por el área de los tres estados.

Darcy calculó que tendría unos treinta y tantos años, y se preguntó si habría alguna cosa en esa edad que empujaba a los solteros no comprometidos a echar mano de los anuncios personales.

Resultaba fácil dirigir la conversación. Estudió en la Universidad de Northeastern. Su padre y su abuelo también habían sido ejecutivos de Holden. Él trabajaba en la casa desde que era un niño: al salir de la escuela, los sábados, las vacaciones de verano.

–Nunca se me ocurrió que podía dedicarme a otra cosa –confesó–. Mi familia lleva el comercio en la sangre.

No había llegado a conocer a Erin, pero se había enterado de su muerte por la prensa.

–Estas cosas son las que hacen que te sientas un poco raro cuando pones este tipo de anuncios. Quiero decir, yo lo hago simplemente porque deseo conocer gente agradable. –Hizo una pausa–. Tú eres agradable.

–Gracias.

Me gustaría mucho invitarte a cenar, si es que puedes quedarte. –Parecía esperanzado, pero la proposición se hizo con absoluta corrección.

«Esta vez no es una cuestión de ego», pensó Darcy.

–Sinceramente, me es imposible, pero estoy segura de que has conocido mucha gente interesante a través de estos anuncios. ¿No es cierto?

Él sonrió.

–He conocido a un par de personas estupendas. Una de ellas, da la casualidad de que entró a trabajar hace poco en Holden, en los almacenes de Paramus en Nueva Jersey. Está en el departamento de compras. Hace el mismo trabajo que hacía yo antes de entrar en la junta de administración.

–¡Ah, sí! ¿Y qué es lo que hacías?

–Me ocupaba de las compras de la sección de zapatería de nuestros almacenes de Nueva Inglaterra.

Vince regresó a su oficina de Federal Plaza a las tres de la tarde del viernes. Al llegar encontró un mensaje del jefe de policía de Darien para que se pusiese en contacto con él de inmediato. A través de él, Vince tuvo conocimiento del paquete recibido en el hogar de los Sheridan.

–¿Está usted seguro de que son los compañeros de los que llevaba puestos Nan Sheridan?

–Los hemos comparado. Ahora tenemos los dos pares completos.

–¿Ha llegado esto a la prensa?

–No, de momento. Queremos mantenerlo en secreto, pero no hay garantías. Hemos hablado con Chris Sheridan. Era su principal preocupación.

–También la mía –dijo Vince con rapidez–. Todo lo que sabemos por el momento es que el asesino comenzó hace quince años, si no antes. Debe de haber alguna razón para que envíe estos dos paquetes a la vez. Me gustaría hablar con alguno de nuestros psiquiatras y pedirle su opinión. Pero además, si conseguimos descubrir que alguna de las personas interrogadas en el caso de Nan Sheridan guarda relación con Claire Barnes, tendremos algo concreto sobre lo que trabajar.

–¿Qué pasa con Erin Kelley? ¿No va a tenerla en cuenta?

–Prefiero no entrar todavía en esa cuestión. Su muerte puede estar relacionada con la desaparición de las joyas, aunque su autor quiere que parezca un crimen plagiado. –Vince convino en pasar al día siguiente para recoger los zapatos y colgó.

Su ayudante, Ernie Cizek, un joven agente recién ingresado proveniente de Colorado, le relató en pocas palabras la llamada de Darcy sobre Len Parker.

–Ese tipo es un sujeto rarísimo –explicó Cizek–. Trabaja en el servicio de mantenimiento de la Universidad de Nueva York. Es un experto electricista, un verdadero mago. Puede arreglar lo que sea. Solitario y paranoico con el dinero, pero ¡escucha esto!, su familia está forrada. Parker tiene unos considerables ingresos. Un administrador se encarga de ingresar la renta en su cuenta. Solo hizo una importante retirada de fondos hace algunos años. El administrador piensa que fue para adquirir alguna propiedad. Parece que vive de su sueldo de electricista en un modesto apartamento de la Novena Avenida. Tiene una vieja furgoneta. No tiene garaje, aparca en la calle.

–¿Tiene antecedentes?

–El mismo tipo de incidentes que denunció la joven Scott. Sigue a las chicas hasta su casa, las increpa, aporrea las puertas. Es un asiduo de los anuncios personales. Todo el mundo se lo saca de encima. Hasta el momento no ha habido agresiones físicas. Ha sido amonestado pero no condenado.

–Vaya a buscarlo.

–He hablado con su psiquiatra: dice que es inofensivo.

–Por supuesto que es inofensivo. Como todo *voyeur* hasta que se le ocurre materializar sus fantasías. Eso los dos lo sabemos mejor que nadie, ¿no es cierto?

La noticia de que Susan planeaba llevarse a los niños ese fin de semana a Guilford, en Connecticut, para visitar a su padre, fue recibida por su marido con entusiasta conformidad. Tenía una cita con la viuda agente de la propiedad para ir a bailar y consideró la posibilidad de cancelarla. Había vuelto tarde dos noches en esa misma semana, y aunque Susan aparentemente disfrutó durante la cena en Nueva York el lunes por la noche, mantuvo una actitud que no acababa de descifrar.

Susan no regresaría con los niños de casa de su padre hasta el domingo, lo que le proporcionaba dos noches de libertad. No se ofreció a acompañarla: hubiera sido en vano. Al padre de Susan nunca le había caído en gracia. Siempre ironizaba sobre lo importante que debía de ser Doug para tener que quedarse tantas noches en el trabajo.

–Resulta curioso, con tanto trabajo como tienes, que necesites pedirme tanto dinero para comprar la casa, Doug. Estaría dispuesto a echar un vistazo a tu presupuesto y ayudarte a descubrir cuál es el problema.

Sin duda estaría dispuesto.

–Diviértete, cariño –se despidió de Susan al salir de casa el viernes por la mañana–. Y dale recuerdos a tu padre.

Por la tarde, mientras el pequeño dormía, Susan telefoneó a la agencia de investigación para saber el resultado de las averiguaciones. Sin perder la calma, anotó la información que le suministraban: el encuentro con la mujer en el bar del Soho, la cita que concertaron para ir a bailar, el apartamento en London Terrace bajo el nombre de Douglas Fields.

–Carter Fields es un antiguo compañero de andanzas –aclaró al detective–, son de la misma calaña. No se moleste en volver a seguirle. No quiero saber nada más.

Desde hacía aproximadamente un año, su padre se había trasladado a una antigua mansión construida antes de la Revolución, que había sido su residencia veraniega. La permanente palidez de su rostro, consecuencia de varios ataques al corazón, sobrecogía el corazón de Susan. Sin embargo, no había sombra de fragilidad en sus movimientos o en su voz. Después de cenar, Beth y Donny fueron a visitar a unos amigos que vivían enfrente. Susan acostó a Trish y al bebé, después se sirvió una taza de té y se dirigió a la biblioteca. Añadió a su infusión edulcorante y una rodaja de limón, consciente de que su padre la observaba.

–¿Cuándo voy a conocer por fin la razón de esta inesperada pero siempre agradable visita?

Susan sonrió.

–Ahora mismo, supongo. Voy a divorciarme de Doug.

«Prométeme no decir "te lo advertí"», rogó Susan sin palabras. Luego continuó:

–Contraté a un detective privado para que lo siguiera. Tiene realquilado un apartamento en Nueva York a nombre de Douglas Fields. Se hace pasar por un ilustrador independiente. Ya sabes que Doug dibuja muy bien. Sale con muchas mujeres. Mientras tanto, a mí me larga discursos sobre lo duro de su trabajo. «Esas dichosas reuniones nocturnas.» Donny ya no se traga sus mentiras y está malhumorado y arisco. Será mejor para él aceptar de una vez cómo es su padre, antes que mantener la esperanza de que cambiará.

–¿Quieres venirte a vivir aquí, Susan? Hay mucho sitio.

Le dirigió una breve sonrisa de agradecimiento.

–Te volverías loco en una semana. No. La casa de Scarsdale es demasiado grande. Doug insistió en que la compráramos para impresionar a la gente del club. No podíamos costearla entonces, y empiezo a entender por qué no podemos costearla ahora. La venderé y buscaré algo más pequeño. El año que viene, llevaré el niño a una guardería, hay una muy buena en el barrio, y me pondré a trabajar.

–No te va a ser fácil.

–Siempre será mejor que ahora.

–Susan, hago todo lo posible por no decir: «te lo advertí», pero ese es el caso. Este sujeto es un mujeriego de nacimiento, y tiene una vena maníaca. ¿Recuerdas cuando cumpliste dieciocho años? ¿La noche que estaba tan borracho cuando llegó a casa que le eché fuera? A la mañana siguiente todas las ventanillas de mi coche estaban rotas.

–No puedes estar seguro de que fue Doug.

–¡Vamos, Susan! Si por fin vas a hacer frente a los hechos, encáralos todos. Y, dime una cosa, ¿no le encubriste cuando lo interrogaron por la muerte de aquella chica?

–¿Nan Sheridan?

–Nan Sheridan, por supuesto.

–Doug es sencillamente incapaz...

–Susan, ¿a qué hora vino a recogerte la mañana en que murió?

–A las siete. Queríamos volver pronto a Brown para el partido de hockey.

–Susan, antes de morir, la abuela me contó la verdad. Aquella mañana estabas deshecha en lágrimas porque pensabas que Doug te había vuelto a dejar plantada. Llegó a nuestra casa alrededor de las nueve. Al menos dame la satisfacción de decirme la verdad ahora.

Se oyó el golpe de la puerta de entrada al cerrarse. Donny y Beth entraron. La cara de Donny parecía tranquila y feliz. Se estaba convirtiendo en un calco del rostro de Doug a su edad. Ella perdió la cabeza por él durante el segundo año de la escuela secundaria.

Susan sintió una punzada de dolor. «Nunca podré olvidarle –reconoció–. Doug suplicaba: "Susan, tuve una avería en el coche, tratan de inculparme, necesitan un culpable. Por favor, di que llegué a las siete".»

Donny se acercó para besarla. Se dio media vuelta y le alisó el pelo. Luego se volvió hacia su padre.

–Vamos, papá, ya sabes lo confusa que estaba la abuela. Incluso antes de eso era incapaz de recordar en qué día vivía.

XI

Sábado, 2 de marzo

Eran las dos y media de la madrugada cuando llegó. Sentía una imperiosa necesidad de encontrarse en aquel lugar. Allí Charley podía ser él mismo, sin necesidad de esconderse detrás del otro. Allí podía bailar, sincronizar sus movimientos con Astaire, sonreír y tararear la melodía en los oídos del fantasma que sostenía en sus brazos. La maravillosa soledad del lugar, las cortinas corridas contra la indiscreta mirada de algún intruso ocasional, los cerrojos que le protegían del mundo exterior, le permitían disfrutar de la ilimitada sensación de ser uno mismo, desembarazado de observadores y oyentes, libre de vagar por sus deliciosos recuerdos.

Nan, Claire, Janine, Marie, Sheila, Leslie, Annette, Tina, Erin. Todas ellas le sonreían, felices de estar con él, sin tener nunca la oportunidad de volverse contra él, mofarse y mirarle con desprecio. Al final, cuando comprendían, ¡era tan maravillosamente gratificante! Lamentaba no haber dado a Nan la oportunidad de darse cuenta de lo que ocurría, de rogarle. Leslie y Annette suplicaron por sus vidas. Marie y Tina lloraron.

Algunas veces las jóvenes se le aparecían de una en una. Otras, todas a la vez. «Cambia de pareja y baila conmigo.» En estos momentos los dos primeros paquetes ya habrían llegado. ¡Ah!, si pudiera ser una mosca y mirar la escena desde la pared, contemplar el momento en que los abrían y el cambio de expresión de sus rostros del desconcierto a la comprensión.

«Imitador.»

Nunca le volverían a llamarle eso. ¿La siguiente había sido Janine o Marie? Janine. El veinte de septiembre, hacía dos años. Enviaría el paquete ahora mismo.

Bajó al sótano. La vista de las cajas de zapatos le divertía. Colocándose los guantes de plástico que utilizaba siempre que manejaba algo que hubiera pertenecido a las chicas, alcanzó la que estaba situada detrás de una tarjeta que decía: «JANINE». La enviaría a su familia, en White Plains.

Su vista se demoró en la última de las tarjetas. «ERIN.» Soltó una risilla malévola. ¿Por qué no enviarla ahora? Eso sí que daría al traste con la teoría del plagio. Ella le había comentado que su padre estaba internado en un sanatorio. La enviaría a su casa de Nueva York.

–¿Y si se daba el caso de que nadie en todo el edificio fuese lo bastante listo para entregarlo a la policía? ¡Qué desperdicio si terminaba acumulando polvo en algún cuarto trastero!

¿Qué tal si enviaba los zapatos al depósito de cadáveres? Al fin y al cabo, esa fue su última dirección en Nueva York. Sería divertidísimo.

Primero tenía que limpiar cuidadosamente los zapatos con una bayeta, para asegurarse de que no quedaba ninguna huella en ellos. Librarse de una posible identificación. Había sacado los monederos de sus bolsos antes de enterrarlos.

Envolvió los desparejados pares en un papel de seda nuevo y cerró las tapas. Admiró los dibujos. Cada vez eran mejores. El que había sobre la caja de Erin era tan bueno que podía ser obra de un auténtico profesional.

Papel de envolver marrón, cinta de embalar, etiquetas con la dirección. Todo podía haber sido comprado en cualquier lugar de Estados Unidos.

Escribió la dirección en el paquete de Janine, en primer lugar.

Ahora le tocaba a Erin. En el listín telefónico de Nueva York encontraría la dirección del depósito.

Charley frunció el ceño. Supongamos que algún maldito estúpido al recibir el correo lo devuelve al cartero diciendo: «Aquí no trabaja nadie con ese nombre». Sin remite el paquete acabaría en el montón del correo no reclamado.

Había otra posibilidad. ¿Sería demasiado arriesgado? No, realmente, no. Volvió a reírse. ¡Esto les va a dar en qué pensar!

Empezó a escribir el nombre de la persona escogida como destinataria del botín y el zapato de salón de Erin.

«Darcy Scott...»

El sábado, Darcy se encontró con el número 1.143, Albert Booth, para almorzar en el Café Victoria. Calculó que tendría unos cuarenta años. En la conversación telefónica que mantuvieron, se enteró de que en su anuncio declaraba ser técnico en informática, y que sus aficiones eran leer, esquiar, practicar el golf, bailar, darse una vuelta por los museos y escuchar música. También decía tener un gran sentido del humor.

Esto último, resolvió Darcy, después de que Booth le preguntase si «citarse con un número de apartado no le hacía sentirse rara», se alejaba un tanto de la realidad. Al terminar la primera taza de café empezó a dudar sobre el resto de sus afirmaciones excepto su profesión de informático. Tenía una blanda apariencia de sedentario que no correspondía en absoluto a la de un esquiador, jugador de golf, bailarín o paseante.

Su conversación giraba exclusivamente alrededor del pasado, presente y futuro de los ordenadores.

–Hace cuarenta años, se necesitaban dos grandes salas para guardar el equipo de un ordenador que hacía lo mismo que el que tienes sobre tu escritorio.

–El año pasado no tuve más remedio que comprarme uno.

Pareció asombrado.

Con los huevos a benedict expresó su disgusto por la manera en que ciertos estudiantes espabilados manipulaban los expedientes académicos, introduciéndose en el sistema informático.

–Deberían condenarles a cinco años de cárcel. Y hacerles pagar una buena multa.

Darcy estaba completamente segura de que la profanación del Tabernáculo del Arca de la Alianza no le hubiera parecido tan grave.

Mientras tomaban la última taza de café, expuso su teoría de que las victorias o derrotas en las guerras futuras dependerían de la capacidad de los expertos para infiltrarse y manipular las computadoras enemigas.

–Basta con cambiar las cifras. ¿Entiendes lo que quiero decir? Tú crees que tienes dos mil cabezas nucleares en Colorado, y alguien cambia la cifra por doscientas. El ejército está desplegado. Cambian las coordenadas. ¿Dónde está la quinta división? ¿Y la séptima? Imposible saberlo. ¿No es así?

–En efecto.

De repente Booth esbozó una sonrisa.

–Sabes escuchar, Darcy. No hay muchas chicas que sepan escuchar.

Era la ocasión que esperaba.

–Hace muy poco que contesto a los anuncios personales. Seguro que has conocido a muchas personas diferentes. ¿Cómo son en general?

–La mayoría bastante aburrida. –Albert se inclinó sobre la mesa–. ¿Quieres saber con quién salí hace apenas dos semanas?

–¿Con quién?

–Con esa chica que fue asesinada: Erin Kelley.

Darcy esperó que su tono de voz no la delatase.

–¿Qué tal era?

–Una chica muy bonita. Y simpática. Estaba muy preocupada por cierto asunto.

Darcy tomó un sorbo de su taza de café.

–¿Te dijo qué era lo que le preocupaba?

–Sí. Me dijo que estaba acabando un collar, y que era su primer trabajo importante. En cuanto cobrase buscaría otro apartamento.

–¿Te dijo por qué?

–Me explicó que siempre que se cruzaba con el portero la rozaba al pasar y que constantemente buscaba excusas para entrar en su apartamento: una gotera, la calefacción atascada y cosas por el estilo. Aunque pensaba que era inofensivo, me comentó que no era muy agradable entrar en el dormitorio y sorprenderlo allí. Creo que eso ocurrió justo un día antes de conocernos.

–¿No crees que deberías ponerlo en conocimiento de la policía?

–De ninguna manera. Trabajo para IBM. No quieren que ninguno de sus empleados salga en los periódicos a no ser que se casen o los entierren. Si se lo cuento a la policía me interrogarían, ¿no es cierto? Pero quizá... ¿Crees que debería enviarles una nota anónima?

El poderoso engranaje del FBI se puso en marcha con la máxima celeridad, para descubrir dónde se adquirieron el zapato de salón recibido en el hogar de Claire Barnes y el encontrado con el cuerpo de Erin Kelley. En el caso de Nan Sheridan, quince años atrás la policía siguió el rastro del zapato hasta una zapatería situada en la carretera I de Connecticut. Nadie en ese lugar pudo recordar quién lo había comprado.

El zapato de Claire Barnes era caro, un modelo de Charles Jourdan, que podía encontrarse en las zapaterías de lujo de todo el país. Dos mil pares, exactamente. Imposible seguir su rastro. El de Erin Kelley era un modelo actual de Salvatore Ferragamo.

Los agentes y detectives de la policía de Nueva York se desplegaron por los departamentos de los grandes almacenes, las zapaterías y las tiendas de oportunidades.

Trajeron a Len Parker para interrogarle. Comenzó a protestar sobre la injusta rudeza con que Darcy le había tratado.

–Solo quería disculparme. Me di cuenta de que no estuve muy correcto, que posiblemente era cierto que tenía una cita. La seguí y comprobé que no mentía. La esperé fuera, en medio del frío, mientras ella comía en ese restaurante elegante.

–¿No se movió de allí?

– No.

–¿Y que pasó luego?

–Entró en un taxi con un tipo. Yo tomé otro. Se bajó frente al portal. El tipo la acompañó hasta la puerta y luego se fue. Corrí detrás de ella, después de todo había ido a disculparme, pero me dio con la puerta en las narices.

–¿Qué me dice de Erin Kelley? ¿También la siguió?

–¿Por qué iba a hacerlo? Se largó dejándome plantado. Puede que fuese culpa mía. Estaba de mal humor cuando la vi. Le dije que todas las mujeres eran unas mezquinas ávidas de dinero.

–Entonces, ¿por qué no se lo dijo a Darcy Scott? Cuando ella se lo preguntó, usted negó haberse citado con Erin.

–Porque sabía que acabaría aquí.

–¿Vive en la Novena Avenida con la calle Cuarenta y ocho?

–Sí.

–Su administrador opina que tiene otra residencia. Retiró una importante cantidad de dinero hace cinco o seis años.

–Es mi dinero y me lo gasto como me parece.

–¿Compró otra propiedad?

–Pruébelo.

El sábado por la tarde, cuando terminó con Len Parker, Vince d'Ambrosio se trasladó al 101 de Christopher Street y llamó al timbre. Gus Boxer, con el rostro fruncido en una mueca malhumorada, acudió a la puerta. Llevaba una camiseta interior de manga larga y, sobre ella, unos tirantes mugrientos sostenían unos deformados pantalones. Sin dejarse impresionar por la placa, dijo:

–Estoy fuera de servicio. ¿Qué es lo que quiere?

–Hablar con usted, Gus. ¿En su casa o en la comisaría? Y deje ese aire de dignidad ofendida. Tengo su ficha sobre mi mesa, señor Hoffman.

Boxer dirigió una furtiva mirada a su alrededor.

–Vamos, entre. Y baje la voz.

–No era consciente de haberla levantado.

Boxer le precedió en el camino a su apartamento de la planta baja. Como Vince sospechaba por la manera como iba vestido, el apartamento era también un fiel reflejo de su personalidad. La tapicería estaba raída y llena de manchas. El suelo cubierto por los restos de lo que fue una alfombra beige. Sobre una mesa desvencijada se apiñaban un montón de revistas pornográficas.

Vince las hojeó.

–Menuda colección tiene aquí.

–¿Hay alguna ley que lo prohíba?

Vince dejó caer las revistas sobre la mesa.

–Escuche, Hoffman, nunca hemos podido encontrar nada contra usted, pero su nombre tiene la insana costumbre de aparecer en nuestro ordenador. Hace diez años trabajaba como portero en un edificio de apartamentos en cuyo sótano se encontró asesinada una muchacha de veinte años.

–Yo no tuve nada que ver con eso.

–Esa chica presentó una reclamación a la dirección porque se lo encontró en su vestidor.

–Buscaba dentro una fuga de agua. Pasaba una tubería detrás de la pared de su vestidor.

–Esa es la misma excusa que le dio a Erin hace dos semanas, ¿no es cierto?

–¿Quién le contó eso?

–Ella comentó que pensaba mudarse cuanto antes porque le sorprendió en su dormitorio.

–Estaba...

–Buscando una fuga de agua, ya lo sé. Ahora hablemos de Claire Barnes. ¿Cuántas veces entró sin previo aviso en su apartamento mientras vivió aquí?

–Nunca.

Cuando dejó a Boxer, Vince fue directamente a su oficina y llegó justo a tiempo de recibir una llamada de Hank. ¿Podría quedarse hasta las ocho? Había un partido de baloncesto en la escuela y los de su pandilla iban luego a comer una pizza.

«Un gran chico», se dijo Vince a sí mismo mientras le confirmaba que no había ningún problema. Merecía todos los años empleados en intentar sacar adelante su matrimonio con Alice. Al menos, ahora ella era feliz. La mimada esposa de un hombre cuya cartera era tan abultada como su cintura. ¿Y él? «Sí, también me gustaría encontrar a alguien», admitió, y reconoció que el rostro de Nona Roberts ocupaba a menudo sus pensamientos.

Su ayudante le informó que tenían una nueva pista. Un detective del distrito Centro-Norte había detenido a Petey Potters, el vagabundo que vivía en el muelle donde fue encontrada Erin Kelley. En ese momento le conducían a la comisaría para interrogarle. Vince se dirigió inmediatamente a los ascensores.

Petey tenía problemas con la vista: veía doble. Solía ocurrirle algunas veces, después de beberse un par de botellas de vino peleón. Ahora eso significaba que en lugar de tres policías veía tres parejas de policías gemelos. Ninguno le miraba amistosamente.

Petey pensó en la chica muerta. En lo fría que estaba cuando le quitó el collar.

¿Qué estaba diciendo ese policía?

–Petey, hay huellas dactilares en el cuello de Erin Kelley, y vamos a compararlas con las tuyas.

Entre los vapores del alcohol, Petey recordó el caso de un amigo suyo que había acuchillado a un tipo. Le condenaron a cinco años de cárcel, aunque el tipo al que hirió apenas salió con unos arañazos. Petey nunca había tenido problemas con la policía. Nunca. Era incapaz de hacerle daño a una mosca.

Lo explicaría todo. Lo explicaría, pero no lo creerían.

–Escuchad –se precipitó en una confesión voluntaria–. Encontré a la chica y no tenía ni para una taza de café. –Las lágrimas se agolparon en sus ojos al recordar lo sediento que estaba–. El collar era de oro auténtico, seguro. Tenía una larga cadena de la que colgaban muchas moneditas. ¡Cómo no iba a cogerlo! Cualquiera que se la hubiera encontrado lo hubiera hecho. Hasta algunos policías, según me han dicho. –Se arrepintió inmediatamente de su última afirmación.

–¿Qué hiciste con el collar, Petey?

–Lo vendí por veinticinco pavos a ese tipejo que trabaja en la Séptima Avenida, al sur de Central Park.

–Bert *el Compra-venta* –aclaró uno de los agentes–. Le detendremos.

–¿Cuándo encontraste el cuerpo, Petey? –preguntó Vince.

–Cuando me desperté por la mañana, más bien tarde. –Petey bizqueó. Sus ojos adoptaron una expresión picarona. Las cosas empezaban a enfocarse–. Pero mucho más temprano, quiero decir cuando estaba todavía completamente oscuro, oí correr un coche por el muelle, pasar delante mío y pararse. Pensé que debía de ser algún trato de drogas y por eso no salí a ver. No miento.

–¿Ni siquiera cuando oíste que se marchaba? –preguntó uno de los detectives–. ¿Ni siquiera un vistazo?

–Bueno, cuando estuve completamente seguro de que se marchaba...

–¿Pudiste llegar a verlo, Petey?

Le creían, ahora lo sabía. Si al menos pudiese decirles alguna cosa más, algo que les hiciese sentir que intentaba colaborar. Petey hizo un esfuerzo por apartar la bruma alcohólica de su mente siquiera una fracción de segundo. Todos esos días pasados con una botella de agua jabonosa y un limpiacristales en la calle Cincuenta y seis, a la salida de la autopista de West Side pasaron rápidamente por su pensamiento. Había tenido muchas ocasiones de comprobar qué aspecto tenían los coches por detrás.

Pudo ver de nuevo las luces traseras del coche que desaparecía en el extremo del muelle. La ventanilla trasera era...

–¡Era una furgoneta! –exclamó con un sofocado grito de triunfo–. ¡Por la tumba de Birdie, era una furgoneta!

Mientras los vapores alcohólicos volvían a envolverle, tuvo que hacer un esfuerzo para echarse a reír. Birdie probablemente todavía seguía viva.

Darcy había quedado en cenar con Nona el sábado por la noche. Recibió numerosas invitaciones de otros amigos, pero no estaba de humor para ver a nadie.

Quedaron en el restaurante de Jimmy Neary en la calle Cincuenta y siete este. Darcy llegó primero. Jimmy les había reservado una mesa al fondo a la izquierda.

–Lo siento muchísimo –exclamó al recibir a Darcy–. Erin era una de las chicas más guapas que han pasado por esa puerta. ¡Que Dios la tenga en su gloria! –Cogió la mano de Darcy entre las suyas–. Tú eras una gran amiga suya, no creas que no lo sé. A veces, cuando venía a comer alguna cosa rápida, solía sentarme con ella un momento. Le advertí que tuviera cuidado con esos absurdos anuncios de contactos.

Darcy sonrió.

–Me sorprende que te lo contara, Jimmy. Tenía que saber que tú no lo aprobarías.

–Por supuesto que no. El mes pasado metió la mano en el bolsillo para coger un pañuelo y sacó uno que había recortado de una entrevista. Cayó al suelo y, al recogerlo, me fijé en él. Le dije: Erin Kelley, espero que no te dediques ahora a estas tonterías.

–Esa es una de las cosas que me preocupan –dijo Darcy–. Erin era una diseñadora de joyas fabulosa, pero un desastre con sus papeles. El FBI investiga a todos aquellos que tuvieron contacto con ella, pero estoy segura de que la lista no está completa. –Decidió que era preferible no revelarle que ella también contestaba a esos anuncios–. ¿Recuerdas lo que ponía?

Neary arrugó la frente con una expresión concentrada.

–No, pero pude verlo bastante bien y creo que lo recordaré. Era algo sobre cantar o... ¡Ah!, aquí llega Nona. Viene acompañada.

Vince siguió a Nona hasta la mesa.

–Solo me quedaré un minuto –aclaró dirigiéndose a Darcy–. No quiero entrometerme en vuestra cena, pero no lograba localizarte; llamé a Nona y me dijo que te encontraría aquí.

–No es ninguna intromisión; al contrario, me encantaría que te quedases a cenar con nosotras. –Darcy apreció en los ojos de Nona un brillo inusual–. ¿Te han explicado ya que sabemos por una de las citas de Erin que encontró al portero otra vez dentro de su apartamento?

–He interrogado a Boxer hoy mismo. –Vince enarcó las cejas–. *¿Otra vez?*

–Sí. Le ocurrió lo mismo el año pasado. Pero Erin siempre le quitaba importancia y decía que era inofensivo. Al parecer, hace unas dos semanas cambió de opinión.

–Lo tenemos vigilado, igual que a otras personas. Me gustaría saber qué tal te fue con el tipo de la noche pasada.

–Era un buen tipo...

Liz se acercó para tomar nota, y dirigió a Darcy una breve sonrisa de simpatía. «Siempre fue tan atenta con nosotras...», pensó Darcy. A Erin le explicó que cuando vivía en Irlanda, de niña, también era pelirroja.

Pidieron Dubonnet para Darcy y Nona, y una cerveza para Vince.

Las dos chicas decidieron tomar pescado. Luego Nona se dirigió a Vince, en un tono que no admitía réplica:

–En algún momento tendrás que comer.

Pidió ternera con col, y volvió sobre la última cita de Darcy.

–Quiero que me pongas al corriente de todas las citas que tengas. Ya has conocido a dos que admitieron haber salido con Erin. Por favor, déjame decidir a mí lo que es o no importante.

Ella le explicó lo que había averiguado sobre David Weld.

–Es de Boston, ejecutivo de la cadena Holden, y por lo que me dijo, iba y venía a Nueva York en los últimos años para abrir nuevas tiendas. –Sintió como si pudiera leer en los pensamientos de Vince. «Iba y venía a Nueva York en los últimos dos años.» Luego añadió–: Lo que más me impresionó fue que dirigía la sección de zapatos.

–¡La sección de zapatos! ¿Cuál es el nombre de ese individuo? –Vince tomó nota en su libreta–. David Weld, número 1.527. Puedes estar segura de que lo comprobaremos. Darcy, ¿te ha explicado Nona que los padres de la chica de Lancaster han recibido una caja de zapatos?

–Sí.

Vaciló, echó un vistazo a su alrededor y vio que los clientes de la mesa vecina estaban enfrascados en su conversación.

–Queremos que esto no trascienda. Ayer se recibió otro par de zapatos desiguales. Eran las parejas de los que llevaba Nan Sheridan hace quince años.

Darcy se agarró a la mesa con crispación.

–Entonces, el asesinato de Erin puede que no sea un crimen plagiado.

–No lo sabemos. Tratamos de saber si alguien que conocía a Claire Barnes tuvo alguna relación con Nan Sheridan.

–¿Y Erin? –preguntó Nona.

–Por supuesto, esto afianzaría la suposición de que tenemos que vérnoslas con otro Ted Bundy, que cometió crímenes con regularidad durante años. –Vince apartó el tenedor–. Os lo explicaré sin rodeos. Muchas de las personas que contestan a este tipo de anuncios resultan ser muy diferentes de como se describen. Las jóvenes que nuestro ordenador ha identificado como presuntas víctimas de un asesino sistemático tienen una edad, inteligencia y aspecto parecidos al tuyo. En otras palabras, nuestro asesino, de cada cincuenta chicas con las que puede salir, encuentra una que le gusta. Ya sé que no conseguiré convencerte de que dejes de contestar a los anuncios... La verdad es que has conseguido información muy significativa sobre ciertas personas, que nosotros pondremos bajo vigilancia. Pero, a pesar de todo, tú no estás entrenada para servir de cebo. Eres una mujer encantadora, pero vulnerable, que no tiene el entrenamiento necesario para protegerse si se encuentra de pronto acorralada contra la pared.

–No tengo la menor intención de dejarme acorralar contra ninguna pared.

Vince salió nada más tomar el café. Su hijo Hank venía en tren desde Long Island, les explicó, y quería estar en el apartamento cuando llegase.

Nona le observó mientras pagaba la cuenta.

–¿Te has fijado en su corbata? –preguntó–. Hoy llevaba una azul y negra, con una americana de tweed marrón.

–¿Y eso? No creo que a ti te preocupe demasiado.

–No, me gusta. Vince d'Ambrosio está tan decidido a encontrar al que mató a esas muchachas que yo diría que se olvida completamente de todo lo demás. Llamé a casa de los Barnes apenas unos momentos después de abrir el paquete, y, te lo juro, oírles partía el corazón. Hoy he llamado al hermano de Nan Sheridan para pedirle que venga al programa. Se apreciaba el mismo dolor en su voz. Darcy, por lo que más quieras, ten cuidado.

XII

Domingo, 3 de marzo

Michael Nash telefoneó el domingo por la mañana, a las nueve en punto.

–He pensado mucho en ti. Me tienes muy preocupado. ¿Cómo va todo?

Había dormido bastante bien.

–Bien. Bueno, eso creo.

–¿Preparada para una excursión a Bridgewater, en Nueva Jersey, y una cena temprana? –Sin esperar la respuesta, añadió–: Por si no has mirado por la ventana, te diré que hace un día precioso, casi primaveral. Mi ama de llaves es una gran cocinera, y se siente muy frustrada si no tengo invitados al menos una vez a la semana.

Había temido que llegara este día. Los domingos, cuando no tenían un plan concreto, Erin y ella almorzaban juntas y pasaban la tarde en el Lincoln Center, o visitaban algún museo.

–Me parece estupendo. –Convinieron en que él pasaría a recogerla hacia las once y media.

–Y no te molestes en arreglarte demasiado. Si te gusta montar a caballo, lo mejor es que te pongas unos vaqueros.

–Me encanta montar.

Su coche era un Mercedes de dos plazas.

–¡Qué elegante! –exclamó Darcy.

Nash llevaba un polo de cuello alto, vaqueros y una chaqueta de espiga. La otra noche, mientras cenaban, se fijó en la amabilidad con que la miraba. «Hoy –se dijo– hay algo más que amabilidad en sus ojos. Tal vez ese brillo peculiar que adquiere la mirada de un hombre cuando una mujer le interesa.»

El paseo fue muy agradable. Avanzaron por la carretera 287, dejando atrás los suburbios. Las casas que alcanzaban a ver desde la calzada estaban cada vez más distanciadas unas de otras. Nash le habló de sus padres con afecto.

–Como decía aquel viejo anuncio: «Mi padre hizo su dinero a la vieja usanza: ganándolo». Empezaron a irle bien las cosas justo cuando yo nací. Durante diez años, nos mudábamos cada año siempre a una casa más grande que la anterior, hasta que compró el lugar al que vamos, cuando yo tenía once. Como te decía antes, mis gustos son mucho más sencillos, pero ¡Dios mío! ¡Qué orgulloso estaba el día que llegamos! Cruzó el umbral con mi madre en los brazos.

Resultaba fácil hablar con Michael Nash de sus famosos padres y de la mansión de Bel-Air.

–Siempre me sentí como si me hubieran cambiado por otra en la cuna, como si la verdadera princesa estuviese escondida en alguna casita del bosque y yo fuese una impostora que vivía en el palacio, con la pareja real. «¿Cómo han podido dos personas tan excepcionales concebir una criatura tan vulgar?»

Erin era la única persona a la que se lo había contado. Se sorprendió a sí misma hablando espontáneamente de ello con Michael Nash. Después, dijo:

–¡Eh, hoy es domingo! Es su día libre, doctor. Tenga cuidado, se está convirtiendo en un oyente demasiado bueno.

Él la miró.

–¿Y cuando te hiciste mayor nunca te miraste en el espejo y comprendiste lo indignante que era esa afirmación?

–¿Debería haberlo hecho?

–Yo diría que sí. –Abandonó la autopista y, después de

atravesar un pintoresco pueblecito, tomó una carretera comarcal. La finca apareció detrás de la valla.

Pasó un minuto antes de que llegaran a la verja de entrada.

–¡Dios santo! ¿Cuántas hectáreas tiene?

–Ciento sesenta.

Durante la cena en Le Cirque le comentó que la fachada era demasiado recargada. Darcy estaba de acuerdo, pero de todas formas reconoció que era una mansión sólida e imponente. Los árboles y plantas estaban todavía desprovistos de hojas y flores, pero los arbustos de hoja perenne que bordeaban el camino tenían un follaje exuberante.

–Si disfrutas y decides volver el mes que viene, comprobarás que solo por el aspecto de los campos merece la pena el viaje.

La señora Hughes, el ama de llaves, había preparado un almuerzo ligero: sándwiches de pollo, jamón y queso, cortados en triángulos sin la corteza. Luego café y galletas. Miró a Darcy con aprobación y a Michael con severidad.

–Espero que sea suficiente. El doctor dijo que iban a cenar temprano, así que he preferido no hacerles comer demasiado.

–Es perfecto –dijo Darcy con sinceridad.

Comieron en la sala del desayuno, situada junto a la cocina. Luego, Michael la llevó a conocer la casa.

–Parece una foto del catálogo de un decorador –dijo–. ¿No crees? Las antigüedades costaron una fortuna. Creo que la mitad son falsas. Algún día lo cambiaré todo, pero por el momento no merece la pena. A no ser que tenga invitados, yo hago vida en el estudio. Es aquí.

–Esta sí que es una habitación confortable –comentó Darcy, realmente complacida–. Cálida, acogedora, con una vista magnífica, bien iluminada. Es el ambiente que yo intento crear cuando renuevo algún sitio.

–Apenas me has hablado de tu trabajo. Me gustaría

que me contaras cosas. Pero ¿qué te parece si ahora damos un paseo a caballo? John lo tiene todo preparado.

Darcy montaba desde los tres años. Era una de las pocas aficiones que no compartía con Erin.

–Le daban terror los caballos –explicó a Michael mientras subía a una yegua negra como el carbón.

–Estupendo, así montar no te traerá recuerdos.

El aire fresco y limpio desvaneció por fin el perfume de las flores funerarias. Atravesaron la finca al galope, luego aminoraron el paso al atravesar el pueblo, donde se encontraron con otros jinetes que Michael presentó como sus vecinos.

A las seis, cenaron en un pequeño comedor. La temperatura se había enfriado, y el fuego chisporroteaba, el vino blanco estaba helado, y en una mesita auxiliar descansaba una jarra de vino tinto. John Hughes, vestido de uniforme, servía los platos primorosamente presentados: cóctel de cangrejo, medallones de ternera, espárragos tiernos, patatas asadas, ensalada de queso a la pimienta, sorbete, café exprés.

Darcy suspiró mientras bebía el café.

–No sabes cuánto te lo agradezco. Si me hubiera quedado sola en casa todo el día, me hubiera aburrido como una ostra.

Cuando se marchaban, no pudo evitar oír el comentario que la señora Hughes hizo a su esposo:

–Esa chica es encantadora. Espero que el doctor la vuelva a traer.

XIII

Lunes, 4 de marzo

El lunes por la tarde, Jay Stratton se encontró con Merrill Ashton en el Bar Oak del Hotel Plaza. La pulsera, una tira de diamantes engarzados en un exquisito diseño victoriano, mereció la inmediata aprobación de Ashton.

–A Frances le gustará muchísimo –dijo entusiasmado–. Le agradezco que me convenciera de encargársela.

–Sabía que quedaría complacido. Su esposa es una mujer muy hermosa. La pulsera lucirá espléndida en su brazo. Como ya le dije, me gustaría que la hiciese tasar antes de su regreso. Si el joyero le dice que vale tan solo cien dólares por debajo de cuarenta mil, le devuelvo su dinero. Aunque estoy seguro de que le dirá que ha conseguido usted una ganga excepcional. Bueno, la verdad, espero que las próximas navidades quizá decida usted adquirir una nueva joya para Frances. ¿Un collar de diamantes? ¿Unos pendientes? Podemos ver qué hay.

–Así ¿esto es una rebaja por ser mi primera compra? –Soltó una risilla satisfecha mientras sacaba su talonario de cheques–. Esto es saber hacer negocios.

Jay sintió la peculiar emoción que acompaña al riesgo. Cualquier joyero honrado confirmaría que, incluso al precio de 50.000 dólares, la pulsera comprada por Ashton aún sería una ganga. Al día siguiente comería con Enid Armstrong. Esperaba impaciente el momento de poner las manos sobre su anillo.

«Gracias, Erin», pensó mientras cogía el cheque.

Ashton invitó a Jay a comer alguna cosa antes de salir para el aeropuerto. Tomaría el vuelo de las nueve y media hacia Winston-Salem. Stratton se disculpó diciendo que tenía una cita con un cliente a las siete. Se guardó de añadir que Darcy Scott no era precisamente la clase de cliente que prefería. Tenía en el bolsillo un cheque de 17.500 dólares, los 20.000 de Bertolini's menos su comisión.

Se despidieron efusivamente.

–Salude a Frances de mi parte. La va a hacer usted muy feliz.

Stratton no se dio cuenta de que un hombre que estaba sentado en una mesa contigua se levantó discretamente y siguió a Merrill Ashton hasta el vestíbulo.

–¿Puedo hablar un momento con usted?

Ashton recogió la tarjeta que le tendió. «Nigel Bruce, Lloyd's de Londres.»

–No entiendo –balbuceó Ashton.

–Caballero, si Stratton vuelve, preferiría que no me viera hablar con usted. ¿Le importaría si nos detenemos un momento en una joyería no lejos de aquí, donde nos espera uno de nuestros expertos? Nos gustaría echar un vistazo a las joyas que acaba de comprar. –El detective se apiadó de la cara de consternación de Ashton–. Es pura rutina.

–¡Rutina! ¿Sugiere usted que la pulsera que acabo de comprar es robada?

–Yo no sugiero nada, caballero.

–¡Cómo que no! Bueno, si hay algo que no está claro sobre esta pulsera, prefiero saberlo cuanto antes. El cheque no está certificado, puedo cancelar el pago por la mañana.

El reportero del *New York Post* había hecho un buen trabajo. Logró enterarse de que al hogar de Nan Sheridan había llegado un paquete que contenía los zapatos que completaban los pares de los que llevaba puestos cuando fue hallado su cuerpo. Las fotografías de Nan Sheridan, Erin y Claire Barnes aparecían una junto a otra en la primera página. «ASESINO REINCIDENTE ANDA SUELTO.»

Darcy leyó el diario en el taxi que la llevaba al Plaza.

–Ya hemos llegado, señorita.

–¿Qué? ¡Oh, perdone! Gracias.

Estaba contenta de tener una cita detrás de otra en un día como hoy. También hoy se había llevado ropa a la oficina. Esta vez se había puesto el traje rojo de lana de Rodeo Drive. Al salir del taxi recordó que lo llevaba puesto la última vez que habló con Erin. «Si al menos hubiera podido verla una última vez», pensó.

Faltaban diez minutos para las siete, un poco pronto para la cita con Jay Stratton. Darcy decidió entrar un momento en el Bar Oak. Fred, el maître del restaurante, era un viejo amigo. Desde que podía recordar, siempre se había hospedado en el Plaza cuando venía a Nueva York con sus padres.

Llevaba todo el día rumiando algo que le había dicho Michael Nash el día anterior. ¿No sugirió que aún abrigaba un infantil resentimiento hacia una observación sin importancia, aunque cruel, que ya no tenía validez? Observó que pensaba en su próximo encuentro con Nash. «Supongo que es como pedirle una consulta gratuita, pero me gustaría preguntarle su opinión», reconoció. Fred se acercó sonriente a saludarla.

A las siete en punto entró en el bar contiguo. Jay Stratton estaba sentado en una esquina. La única vez que se habían visto fue en el apartamento de Erin. Su primera impresión fue claramente desfavorable. Estaba muy enfadado por la desaparición del collar de Bertolini's. Luego, cuando apareció, empezó a mostrar una creciente ansiedad por la bolsita de diamantes. Estaba mucho más preocupado por el collar que por la desaparición de la propia Erin. Hoy era como estar con otra persona. Intentaba ser amable por todos los medios. Sin embargo, estaba convencida de que el verdadero Jay Stratton fue el que conoció el primer día.

Ella le preguntó cómo había conocido a Erin.

–Te parecerá gracioso, pero el caso es que ella contestó a un anuncio de contactos personales que publiqué. Por casualidad, yo la conocí y la llamé. Una de estas cosas que ocurren sin proponértelas. Bertolini's me pidió que diseñara esas joyas y, cuando leí la carta de Erin, recordé la maravillosa pieza con la que ganó el premio N. W. Ayer. Y así nos conocimos. Fue una relación estrictamente de trabajo, aunque una vez la acompañé a una gala benéfica. Un cliente me proporcionó las entradas. Bailamos toda la noche.

¿Por qué añadía «estrictamente de trabajo»?, se preguntó Darcy. ¿Sería también así con Erin? Tan solo seis meses atrás Erin le confesó melancólicamente:

–¿Sabes, Darcy? Estoy llegando a ese punto en que me gustaría conocer a un chico maravilloso y enamorarme de pies a cabeza.

El Jay Stratton sentado al otro lado de la mesa: atento, apuesto, capaz de valorar el talento de Erin, podía muy bien cumplir los requisitos.

–¿Cuál de tus anuncios contestó?

Stratton se encogió de hombros.

–Francamente, pongo tantos que no lo recuerdo –sonrió–. Pareces sorprendida, Darcy. Te explicaré lo mismo que le dije a Erin. Algún día me casaré con una mujer muy rica. Todavía no la he encontrado, pero te aseguro que la encontraré. A través de estos anuncios conozco a muchas. Aparte de eso, no es difícil convencer a una mujer mayor, eso sí, con gentileza, para que alivie su soledad ofreciéndose a sí misma una buena joya, o rehaga sus antiguos anillos, collares o pulseras. Ellas se sienten felices y yo también.

–¿Por qué me cuentas todo esto? –preguntó Darcy–. Espero que no sea para librarte de mí fácilmente. Nunca he pensado que esto fuera una cita; para mí es una simple cuestión de negocios.

Stratton sacudió la cabeza.

–Nunca me atrevería a ser tan presuntuoso. Solo te repito exactamente lo que le dije a Erin, cuando me explicó con qué propósito respondía a los anuncios. El documental lo producía una amiga. ¿No es así?

–Sí.

–Lo que trato de decirte sin demasiada fortuna es que no existió ningún flechazo entre Erin y yo. Otra cosa que me gustaría hacer es disculparme por mi comportamiento el día que nos vimos por primera vez. Bertolini's es uno de mis mejores clientes, y yo no había trabajado antes con Erin. No la conocía lo suficiente para estar completamente seguro de que no desaparecería por cualquier capricho sin acordarse de la fecha de entrega. Créeme, en algunos momentos me he llegado a sentir muy incómodo preguntándome qué impresión te habrías llevado de mí, cuando, terriblemente preocupada por su desaparición, yo te hablaba del plazo de entrega.

«Un discurso perfecto –pensó Darcy–. Debería prevenirle de que he pasado la mayor parte de mi vida con dos de los mejores actores de este país.» Se preguntó si sería apropiado prorrumpir en aplausos. En lugar de eso, se limitó a decir.

–¿Tienes el cheque del collar?

–Sí. No sabía a nombre de quién debía ponerlo. ¿Te parece bien «herederos de Erin Kelley»?

«Herederos de Erin Kelley.» Todos estos años Erin había prescindido de la mayoría de las cosas que sus amigos consideraban esenciales, orgullosa de poder mantener a su padre en un sanatorio privado. Y justo en el umbral del triunfo... A pesar del nudo que se le había formado en la garganta, Darcy consiguió decir:

–Sí, me parece bien.

Miró el cheque. 17.500 dólares a nombre de los herederos de Erin Kelley, emitido por Chase Manhattan Bank, y firmado por Jay Charles Stratton.

XIV

Martes, 5 de marzo

El martes por la mañana, cuando el agente D'Ambrosio entró en la Galería Sheridan, echó un rápido vistazo a su alrededor antes de ser conducido a la oficina de Chris Sheridan en el piso superior. Los muebles le recordaron la decoración del salón de Nona Roberts. Tenía gracia. Una de las cosas que siempre le hubiera gustado hacer era asistir a algún curso de arte o antigüedades. El programa del Departamento de Objetos de Arte Robados solo había estimulado aún más esa idea.

«Y, en cambio –pensó Vince mientras recorría el pasillo guiado por una secretaria–, tengo que vivir con los desatinos de Alice. En el momento del divorcio se cansó de esperar un acuerdo equitativo.»

–Llévate lo que quieras, si es tan importante para ti –le ofreció.

Ella se lo tomó al pie de la letra.

Sheridan hablaba por teléfono. Le sonrió señalándole un asiento. Sin demostrar su curiosidad, Vince prestó atención a la conversación. Trataba sobre una colección excesivamente sobrevalorada.

Sheridan decía:

–Dígale a lord Kilman que pueden prometerle esa cantidad, pero no pueden pagársela. Con mucho gusto estipularíamos unas ofertas iniciales razonables. El mercado no está muy fuerte en estos momentos, pero ¿está dispuesto a esperar otros tres o cinco años? Por otra parte, creo que si mira bien nuestra valoración se dará cuenta de que muchas de las piezas que ha adquirido recientemente le pueden reportar un considerable beneficio.

Seguro de sí mismo, culto, afectuoso, con estos calificativos hubiera descrito Vince al Chris Sheridan que conoció la semana anterior en Darien. Ese día, Sheridan llevaba una camisa deportiva y una cazadora. Hoy iba vestido con un traje gris oscuro, una camisa blanca y una corbata roja y gris. Un perfecto ejecutivo.

Chris se inclinó por encima de la mesa para estrechar su mano. Vince se disculpó por la naturaleza de la noticia que traía y habló sin rodeos.

–Cuando nos vimos la semana pasada estaba seguro de que el asesinato de Erin Kelley era una imitación inspirada en el episodio de *Crímenes reales* sobre su hermana. Ahora ya no estoy tan seguro.

Le habló de Claire Barnes y del paquete que se había recibido en su casa.

Chris le escuchó con atención.

–Otra más.

Vince tuvo la impresión de que todo el dolor acumulado por la muerte de su hermana se resumía en esas dos palabras.

–¿Puedo ayudarles en algo?

–No lo sé –dijo Vince con franqueza–. El asesino de su hermana tenía que conocerla. Que supiera el número exacto de pie que calzaba no puede ser una coincidencia. Tenemos tres posibilidades. Una, que el asesino haya estado matando mujeres durante años; segunda, que el asesino abandonase sus actividades y volviera a ellas hace unos años, y la tercera, que el asesino de Nan confiase a otra persona sus métodos y esta última decidiese ponerlos en práctica. La última posibilidad es la menos plausible.

–Entonces, ¿va a investigar alguna conexión entre los conocidos de Nan y los de estas chicas?

–Exactamente. Aunque en el caso de Erin Kelley, debido a la desaparición de los diamantes, todavía existe la posibilidad de que el culpable sea una persona diferente. Por eso vamos a investigar a partir de estos dos supuestos. La razón por la que he venido es encontrar una persona relacionada con Nan, Erin Kelley y Claire Barnes.

–¿Alquien que conoció a mi hermana hace quince años y encontró a esas chicas posteriormente, a través de anuncios de contactos?

–Usted lo ha dicho. Darcy Scott era la mejor amiga de Erin Kelley. Contestaba a los anuncios porque una productora de televisión amiga suya preparaba un documental y les pidió que participasen en la investigación. Darcy estuvo un mes fuera de la ciudad y entregó a Erin una copia de la carta que enviaba y algunas fotografías. Sabemos que Erin contestó a algunos anuncios por las dos. Darcy Scott tiene la esperanza de que el asesino se ponga en contacto con ella.

Chris frunció el ceño.

–¿Quiere decir que va a permitir que otra joven se convierta en una posible víctima?

Vince hizo un ademán como si quisiera alejar la suposición.

–Usted no conoce a Darcy Scott. Yo no permito nada, es ella la que ha decidido hacerlo. Pero tengo que reconocer que ya ha encontrado algunos personajes bastante interesantes y cierta información que puede sernos útil.

–Sigo pensando que es una idea descabellada.

–Eso mismo pienso yo. Y ya que estamos de acuerdo en este punto, le diré cómo creo que puede ayudarnos. Cuanto antes encontremos a ese individuo, menos riesgo correrá Darcy o cualquier otra joven. Iremos a Brown a conseguir una relación de todos los estudiantes de la facultad de la época de su hermana. Comprobaremos si alguno de esos nombres coincide con alguno de los hombres que Erin y Darcy han conocido en estas citas. Creemos que, además del libro de curso que podemos encontrar por nuestra cuenta, podría ser útil que recopile todas las fotografías, álbumes, lo que sea, sobre los amigos y conocidos de su hermana. Hemos comprobado que no todos los que contestan a estos anuncios usan su verdadero nombre. Me gustaría que Darcy echase un vistazo a las fotos de Nan, para ver si reconoce alguno de los sujetos con los que ha salido.

–Por supuesto, tenemos muchísimas fotos de Nan –dijo Chris pausadamente–. Hace diez años, después de morir mi padre, logré convencer a mi madre de que era mejor hacer un paquete y subirlas al desván. Mi madre reconoció que la habitación de Nan se estaba convirtiendo en un mausoleo.

–Le felicito –dijo Vince–. Debió de ser usted muy persuasivo.

Chris sonrió.

–Le comenté que era una de las habitaciones más luminosas de la casa, y que sería perfecta cuando viniese algún nieto de visita más adelante. El único problema es, y mi madre me lo recuerda con frecuencia, que aún no le he dado ninguno. –La sonrisa desapareció–. No puedo ir a Connecticut antes del fin de semana. Se lo traeré todo el domingo.

Vince se incorporó.

–Se lo agradezco mucho. Me hago cargo de lo duro que debe de ser esto para su madre, pero si llegamos a descubrir al culpable de la muerte de su hermana, créame, a la larga le reportará mucha paz.

Cuando estaba a punto de salir, sonó el avisador del «busca».

–¿Me permite llamar a mi oficina, por favor?

Sheridan le tendió el teléfono y vio cómo D'Ambrosio arrugaba la frente.

–¿Cómo está Darcy?

Chris Sheridan sintió que le invadía un inquietante presentimiento. No conocía a esa muchacha, pero de pronto sintió un inexplicable temor por ella. Nunca le había contado a nadie que la mañana en que Nan salió a correr, después de la fiesta de cumpleaños, él la oyó abrir la puerta. Todavía medio dormido, se incorporó para levantarse.

Alguna fuerza instintiva le apremiaba a seguirla. Luego se encogió de hombros y volvió a dormirse.

Vince colgó el teléfono y se volvió hacia Chris.

–¿Hay alguna forma de que usted consiga esas fotos inmediatamente? Ha llamado la policía de White Plains. El padre de Janine Wetzl, otra de las chicas desaparecidas, acaba de recibir un paquete idéntico al que recibieron su madre y los Barnes. Su propio zapato y un zapato de tacón alto de raso. –Dio un golpe en la mesa–. Y mientras un agente recibía esta llamada, telefoneó Darcy Scott. Acababa de abrir un paquete que llegó con el correo de la mañana. Había recibido las parejas de los zapatos encontrados en el cadáver de Erin.

La rabia contenida que Chris percibió en el rostro de D'Ambrosio era un fiel reflejo de la que él mismo sentía.

–¡Por todos los demonios! ¿Qué pretende con eso? –explotó Chris–. ¿Probar que las chicas están muertas? ¿Reírse? ¿Cuáles son sus propósitos?

–Cuando sepa por qué, sabré también quién –dijo Vince en voz baja–. Y ahora, ¿me permite utilizar de nuevo su teléfono? Tengo que hablar con Darcy Scott.

Darcy lo comprendió desde el mismo momento en que vio el paquete. El cartero llegó en el instante en que ella salía hacia su trabajo. Le entregó el paquete junto con las cartas, las revistas y la propaganda postal. Más tarde, Darcy recordó que la había mirado extrañado de que no respondiera a su saludo.

Como una autómata, Darcy volvió a subir rígidamente la escalera y depositó el paquete sobre la mesa junto a la ventana. Intencionadamente, conservó puestos los guantes mientras lo abría. Desató las cuerdas y cortó el papel de embalar por los pliegues.

El dibujo del zapato de baile apareció en la tapa. Después de apartarla y desenvolver el papel de seda, encontró el botín de Erin y un zapato de salón plateado.

El zapato era muy bonito, pensó. Hubiera combinado a la perfección con el vestido con que fue enterrada.

No tuvo que buscar el número de teléfono de D'Ambrosio, le vino a la memoria en un instante. No estaba allí, pero prometieron localizarle.

–¿Puede esperar a que él la llame?

–Sí.

Llamó pocos minutos después, y llegó al apartamento en menos de media hora.

–Esto es un golpe muy duro para ti.

–He tocado el tacón del zapato con el guante puesto –confesó–. Sólo quería comprobar si era del número de Erin.

Vince la miró con compasión.

–Tal vez debieras tomarte un descanso.

–Eso sería lo peor que podría hacer. –Intentó sonreír–. Tengo que trabajar en un proyecto importante, y luego, ¿no lo adivinas?, esta noche tengo una cita.

Cuando Vince se marchó con el paquete, Darcy se dirigió directamente al hotel recién traspasado de la calle Treinta y tres. Era pequeño, treinta habitaciones en total, y estaba muy abandonado. Necesitaba a gritos una mano de pintura, pero tenía muchas posibilidades. Los dueños, una pareja que se acercaba a los cuarenta años, le expusieron que el coste de las reformas iba a dejar muy poco dinero para decorarlo. Les entusiasmó la sugerencia de que lo decoraran al estilo de una antigua posada inglesa.

–Puedo encontrar suficientes sofás, sillas tapizadas y también lámparas y mesas en buenas condiciones si compro directamente a particulares –les explicó–. Podemos transformarlo en un sitio con mucho encanto. Fíjense en el Algonquin, es el bar más íntimo de Manhattan, y todas sus sillas están desgastadas.

Recorrió las habitaciones con ellos, tomó notas de las distintas dimensiones y formas, y señaló el mobiliario que podría aprovecharse. El día transcurrió rápidamente. Quería volver a casa para cambiarse de ropa antes de la cita, pero luego cambió de idea. Cuando Douglas Fields llamó para confirmar la hora, le previno que ella vestiría de manera informal.

–Casi siempre con unos pantalones cómodos y un jersey. Es casi como un uniforme para mí.

Debían encontrarse a las seis en un bar restaurante de la calle Veintitres. Darcy llegó puntual. Doug Fields con quince minutos de retraso. Irrumpió en el bar visiblemente irritado y se deshizo en excusas.

–Nunca he visto un follón parecido en este sitio. Había tantos coches que parecía una cadena de montaje de Detroit. Lo siento mucho, Darcy, no me gusta hacer esperar a la gente. No va con mi carácter.

–No tiene importancia.

«Es guapo –pensó Darcy–. Atractivo. ¿Por qué habrá insistido tanto en eso de que no le gusta hacer esperar a la gente?»

Mientras tomaban una copa de vino, le escuchaba a dos niveles diferentes. Era ameno, seguro de sí mismo, buen conversador. Se hacía querer con facilidad. Creció y estudió en Virginia, pero abandonó los estudios de Derecho.

–Hubiera sido un desastre como abogado. Me faltaba ese espíritu de *¡a por su cabeza!* imprescindible.

¡A por su cabeza! Darcy recordó las contusiones del cuello de Erin.

–Me cambié a la escuela de arte. A mi padre le expliqué que en lugar de «empollar» me dedicaba a hacer caricaturas de los profesores. Fue una buena decisión. Me gusta mucho la ilustración y lo hago bastante bien.

–Hay un viejo refrán que dice: «Si quieres ser feliz un año, gana la lotería. Si quieres ser feliz toda la vida, ama lo que haces». –Darcy esperó que su tono sonase relajado. Este era el tipo de hombre con el que a Erin le hubiera gustado salir, el tipo en el que hubiera confiado después de un par de citas. ¿Un artista? ¿Y el dibujo? ¿Es que todo el mundo iba a resultar sospechoso?

Formuló una inevitable pregunta:

–¿Cómo es que una chica tan bonita necesita contestar a anuncios de contactos?

Esta vez fue fácil esquivarla.

–¿Cómo es que un chico apuesto y con éxito necesita publicar anuncios de contactos?

–Es muy sencillo –dijo al punto–. Estuve casado durante ocho años, y ahora ya no. Ni tengo intenciones de mantener una relación seria. Conoces a alguien en casa de algún amigo, sales con ella un par de veces y ¡premio!, ya está todo el mundo esperando la gran noticia. De esta manera, conozco a muchas mujeres bonitas, pongo las cartas boca arriba desde el principio, y a ver si hay suerte. Dígame una cosa. ¿Cuántas citas ha tenido esta semana?

–Esta es la primera.

»Bueno, la semana pasada, desde el lunes.

El lunes estaba en el velatorio de Erin, pensó Darcy. El martes asistió al entierro. El miércoles vio en casa la repetición del asesinato de Nan Sheridan. El jueves tuvo la cita con Len Parker. El viernes, David Weld, el tranquilo, más bien tímido, que dijo ser ejecutivo de una cadena de grandes almacenes y afirmó no conocer a Erin. El sábado, Albert Booth, el técnico en informática embelesado con las maravillas de la autoedición, que sabía que Erin desconfiaba del portero.

–¡Oh! ¡Vamos! Admite que has tenido alguna cita la semana pasada –apremió Doug–. El miércoles te llamé varias veces y no volviste hasta la medianoche.

Sobresaltada, Darcy se dio cuenta de que últimamente le tenían que repetir con frecuencia las preguntas.

–Disculpa. Sí, salí un par de veces la semana pasada.

–¿Y te divertiste?

Recordó la escena de Len Parker golpeando la puerta.

–Si quieres decirlo así...

Se echó a reír.

–Esa frase lo dice todo. Yo también me he encontrado algunos casos curiosos. Ahora que ya te he contado mi vida, ¿por qué no me hablas de ti?

Le contó un resumen cuidadosamente seleccionado.

Doug arqueó una ceja.

–Presiento que hay muchas cosas más, pero puede que cuando nos conozcamos mejor accedas a contármelas.

Ella rechazó una segunda copa de vino.

–Tengo que marcharme. De verdad.

Él no protestó.

–Lo cierto es que yo también. ¿Cuándo nos volveremos a ver, Darcy? ¿Mañana por la tarde? Podemos ir a cenar.

–Estoy muy ocupada.

–¿El jueves, entonces?

–Estoy trabajando en un proyecto que me tiene muy atada. ¿Por qué no me llamas dentro de unos días?

–De acuerdo. Y si todavía me das largas, te prometo no insistir. Pero espero que no sea así.

«O es en verdad encantador –pensó Darcy–, o es un actor condenadamente bueno.»

Doug la acompañó al taxi, y levantó la mano para detener otro. Ya en su apartamento, se despojó del jersey y los vaqueros y se deslizó de prisa en el traje que había llevado a la oficina. A las ocho y cuarto estaba en el tren, camino de Scarsdale. A las nueve y cuarto, leía un cuento a Trish en la cama mientras Susan le preparaba un filete. Se mostró muy comprensiva con lo engorrosas que resultaban esas reuniones de última hora...

–Trabajas demasiado, querido –dijo dulcemente cuando entró en su hogar, refunfuñando por haber perdido el tren por los pelos.

Jay Stratton no perdió la calma ni un momento a lo largo de varias horas de arduo interrogatorio. Su única explicación sobre la procedencia de los diamantes de la pulsera que había vendido a Merrill Ashton era que debía de ser un lamentable error. Erin Kelley había recibido el encargo de diseñar los engarces de unos diamantes. Stratton declaraba que inadvertidamente sustituyó las piedras que puso en la bolsa para Erin Kelley, por otras. Eso no significaba que no tuvieran el mismo valor. Para comprobarlo solo tenían que mirar la alta suma en la póliza de seguro.

Un registro judicial reveló que no había más diamantes desaparecidos ni en su apartamento, ni en su caja de seguridad. Fue fichado como sospechoso de aceptar bienes robados. Se fijó una fianza. Abandonó la comisaría con aire desdeñoso, acompañado de su abogado.

Vince llevó el interrogatorio con otros detectives del distrito VI. Todos estaban seguros de su culpabilidad pero, como dijo Vince:

–Ahí va uno de los estafadores más convincentes que me he echado a la cara y, creedme, han sido muchos.

»Lo increíble del caso es que Darcy Scott ha resultado ser un testigo a favor de Stratton. Ella abrió la caja fuerte delante suyo y comprobó que la bolsa no estaba allí. La cuestión primordial es ahora: ¿Se hubiera atrevido Stratton a reclamar esos diamantes si no supiera que Erin Kelley nunca volvería para explicar qué había pasado con ellos?

Ya en su oficina, Vince empezó a dar órdenes apremiantes.

–Quiero saberlo todo, *absolutamente todo*, sobre Jay Stratton. Jay Charles Stratton.

XV

Miércoles, 6 de marzo

Chris Sheridan observó detenidamente a Darcy Scott. Le gustaba esa chica. Llevaba una chaqueta de cuero con cinturón, unos pantalones color café que desaparecían dentro de unas botas de cuero, gastadas pero con clase, y un pañuelo de seda anudado que le acentuaba la depresión de la nuca. Su cabello castaño con reflejos rubios caía libremente alrededor de su cara. Los ojos, entre castaños y verdes, estaban enmarcados por oscuras pestañas. Las cejas marcadas acentuaban su aspecto de muñeca de porcelana. Calculó que estaría cerca de los treinta.

«Me recuerda a Nan.» Se sorprendió de su propia apreciación. «No se parecían en absoluto –pensó–. Nan había sido una típica belleza nórdica, de pálida piel rosada, vivarachos ojos azules y el pelo del color de los narcisos. ¿Dónde radicaba el parecido? En la gracia con la que Darcy se movía. Nan caminaba igual que ella, como si estuviese a punto de iniciar un paso de baile si la música empezase a sonar.»

Darcy era consciente del examen de Chris Sheridan. Ella también se había fijado en él. Le gustaban sus rasgos marcados, la ligera prominencia del puente de su nariz, probablemente producida por alguna fractura. La amplitud de sus hombros y una forma física que evidenciaba un entrenamiento regular sugerían aptitudes atléticas.

Hacía unos años sus padres se habían hecho la cirugía estética.

–Un pellizco por aquí, un pliegue por allá –decía su madre entre risas–. No te lo tomes así, Darcy. Recuerda que nuestro aspecto físico es una parte importante del género en venta.

«¡Qué banalidad recordar eso ahora! –pensó Darcy–. ¿Sería una manera de superar la conmoción que sufrió al abrir el paquete con la bota y el zapato de Erin?» Se había mantenido serena todo el día anterior, pero a las cuatro de la madrugada se despertó con la almohada empapada por las lágrimas. Se mordió el labio al recordarlo, pero no pudo impedir que las lágrimas anegasen de nuevo sus ojos.

–Lo siento –dijo tratando de sobreponerse–. Le agradezco mucho que fuese hasta Connecticut anoche para buscar las fotografías. Vince d'Ambrosio me dijo que tuvo usted que cambiar sus planes.

–No era nada importante.

Chris comprendió que Darcy Scott prefería que él pasase por alto su aflicción.

–Hay una enorme cantidad de material –dijo en un tono práctico–. Lo he dejado en la mesa de la sala de conferencias. Lo mejor es que le eche un vistazo. Si quiere llevárselo todo a casa, haré que se lo lleven. Si prefiere llevarse solo una parte, también lo puedo arreglar. Conozco a la mayoría de las personas que salen en esas fotos, pero no a todas, claro está. De todas formas, vamos a verlo.

Cuando se dirigían a la escalera Darcy advirtió que durante el cuarto de hora que estuvieron en la oficina de Chris Sheridan el número de personas que inspeccionaban las piezas de la próxima subasta había aumentado notoriamente. Adoraba las subastas. Cuando vivía con sus padres acompañaba a menudo a su representante. Ellos no podían acudir en persona. Si se sabía que cualquiera de ellos estaba interesado en la adquisición de alguna pintura o antigüedad, el precio subía inmediatamente. Pero le molestaba el relato que sus padres hacían de la historia de sus adquisiciones.

Caminaba al lado de Sheridan en dirección a la parte

trasera del edificio cuando distinguió un escritorio cilíndrico y se precipitó hacia él.

–¿Es un Roentgen auténtico?

Chris deslizó la mano por la superficie de caoba.

–Sí, en efecto. Entiende de antigüedades. ¿Trabaja en el ramo?

Darcy recordó el Roentgen de la biblioteca de la casa de Bel-Air. A su madre le complacía mucho contar cómo María Antonieta mandó enviarlo a Viena, como regalo para su madre la emperatriz, y por este motivo se libró de ser vendido durante la Revolución francesa. Evidentemente, este otro también se había salvado.

–¿Trabaja usted en el ramo? –repitió Chris.

–¡Oh!, disculpe. –Darcy sonrió al pensar en el hotel que decoraba comprando muebles usados aquí y allá–. Bueno, en cierta manera sí.

Chris arqueó las cejas, pero no pidió ninguna explicación más.

–Por aquí.

Después de atravesar un amplio vestíbulo, llegaron a una sala con doble puerta. Dentro, protegida por un lienzo, había una mesa de banquete georgiana. Sobre ella se encontraban, cuidadosamente alineados, álbumes, libros de curso, retratos enmarcados, fotografías y diapositivas.

–No hay que olvidar que fueron tomadas entre quince y dieciocho años atrás –le advirtió Sheridan.

–Lo sé. –Darcy evaluó la cantidad de material.

–¿Utiliza esta sala a menudo?

–No. No demasiado.

–¿Sería posible dejarlo todo aquí y que yo viniese a examinarlo? El caso es que en mi oficina siempre estoy ocupada, y en mi apartamento, aparte de que no es muy grande, casi nunca estoy.

Chris sabía que no era cosa de su incumbencia, pero no pudo contenerse.

–El agente D'Ambrosio me ha dicho que está contestando a anuncios de contactos. –Darcy se puso en guardia.

–Erin no quería hacerlo –dijo–, fui yo la que la convenció. La única forma que tengo de reparar este hecho es ayudar a encontrar al culpable. ¿Hay algún inconveniente en que entre y salga? Le prometo que no le molestaré ni a usted ni a sus empleados.

Chris comprendió lo que había querido decir Vince d'Ambrosio cuando le explicó que Darcy Scott haría lo que quisiera respecto a los anuncios.

–No será ninguna molestia. Una de las secretarias llega siempre hacia las ocho. El personal de limpieza se queda hasta cerca de las diez de la noche. Hablaré con ellos para que la dejen entrar. O mejor aún, le daré una llave.

Darcy sonrió.

–Le prometo que no me llevaré ninguna porcelana de Sèvres. ¿Puedo quedarme un rato? Ahora tengo algunas horas libres.

–Por supuesto. Y recuerde que conozco a muchas de esas personas. Si quiere algún nombre, dígamelo.

A las tres y media Sheridan regresó, seguido por una doncella que llevaba una bandeja con té.

–Pensé que necesitaba usted un descanso. Me uniré a usted, si me lo permite.

–Estaré encantada. –Darcy advirtió que tenía un incipiente dolor de cabeza y recordó que no había comido.

Aceptó una taza de té, se sirvió unas gotas de leche de una delicada jarra de porcelana de Limoges. Trató de disimular su apetito al coger una galleta. Esperó a que la doncella abandonase la habitación y luego dijo:

–Sé lo duro que ha debido de ser para usted guardar todo eso. Los recuerdos son atroces.

–Mi madre lo hizo casi todo. Me llevé una sorpresa. Se desmoronó cuando llegó el paquete con los zapatos, pero ahora solo le preocupa una cosa: hacer todo lo que esté en su mano para encontrar al asesino de Nan y evitar que haga más daño.

–¿Y usted?

–Nan era seis minutos mayor que yo. Siempre me lo recordaba. Me llamaba «hermanito pequeño». Ella era extravertida, yo era tímido. Nos complementábamos. Hace mucho tiempo que abandoné la esperanza de ver al culpable de su muerte en los tribunales. Ahora esta esperanza ha renacido. –Miró el montón de fotografías que ella había separado–. ¿Alguna cara conocida?

Darcy negó con la cabeza.

–Nada por ahora.

A las cinco y cuarto, pasó por su oficina.

–Tengo que marcharme.

Chris se puso de pie.

–Aquí está la llave. Me olvidé de dársela cuando bajé antes.

Darcy la guardó en el bolsillo.

–Regresaré mañana por la mañana, lo más seguro.

Chris no pudo resistir la tentación.

–¿Va a acudir a una de esas citas? Discúlpeme, ya sé que no tengo derecho a preguntárselo, pero estoy preocupado porque creo que es peligroso.

Observó con alivio que esta vez Darcy no se ponía rígida. Simplemente dijo:

–Todo irá bien. –Y después de hacer un breve ademán de saludo, se marchó.

Se quedó mirándola, y se acordó de una vez que fue a una cacería. Una cierva bebía agua de un arroyo cuando, al presentir el peligro, levantó la cabeza y se puso en guardia, preparada para huir. Un momento después cayó al suelo. Él no se unió a las felicitaciones de los otros participantes al tirador. Su instinto le hubiera empujado a alertar al venado del peligro. Ese mismo instinto se había despertado ahora de nuevo.

–¿Cómo va el programa? –preguntó Vince a Nona, mientras trataba de encontrar un lugar apto para sentarse en el sofá verde de su oficina.

Va y no va –suspiró Nona. Con expresión fatigada, se pasó una mano por el pelo–. Lo más difícil es encontrar un equilibrio. Cuando me pediste que incluyera un espacio sobre los posibles peligros de estos anuncios, no tenía ni idea de lo que sucedería a la semana siguiente, pero aún creo que mi idea inicial es válida. Quiero ofrecer una visión general, y acabar con una advertencia. –Le sonrió–. Me alegro de que me llamaras para salir a comer pasta.

Había sido un día muy largo. A las cuatro y media, Vince tuvo una idea repentina. Tenía una lista de las ocho jóvenes desaparecidas y ordenó a los investigadores que recogieran todos los anuncios de contactos aparecidos en periódicos y revistas del área de Nueva York, tres meses antes de las fechas de las desapariciones.

El sentimiento de euforia ante la nueva pista le hizo recordar que tenía el estómago vacío. La idea de volver a su apartamento para ver si quedaba algún plato de comida congelada en su vacío frigorífico resultaba más bien deprimente. Sin pensarlo, marcó el número de Nona.

Eran las siete. Hacía poco que había llegado a la oficina de Nona. Esta le esperaba lista para salir.

Sonó el teléfono. Nona levantó los ojos al cielo, cogió el auricular y saludó dando su nombre. Vince vio mudarse la expresión de su cara.

–Tienes razón, Matt. Es una suerte para ti que me localices siempre aquí. ¿Qué puedo hacer por ti? –Escuchó unos instantes–. Matt, a ver si lo entiendes, no puedo comprártela, ni ahora ni más adelante. Si no recuerdo mal, el año pasado teníamos una oferta y te pareció poco. Lo de siempre. Ahora yo puedo esperar y tú no puedes esperar. ¿A qué viene tanta prisa? ¿Es que Jeanie necesita tirantes, o algo así?

Después de colgar, Nona se echó a reír.

–Ese era el hombre al que yo prometí amar, honrar y

cuidar todos los días de mi vida. El único problema es que a él se le olvidó.

–Suele ocurrir.

Fueron al restaurante Pasta Lovers de la calle Cincuenta y ocho oeste.

–Suelo venir cuando estoy sola –le dijo Nona–. Espera a probar la pasta, resucita a un muerto.

Tomaron un buen vino, ensalada de pasta y pan recién hecho.

–Tiene que haber alguna relación. –Vince pensó en voz alta–. Tiene que haber alguna relación entre ese hombre y todas esas chicas.

–Pensaba que estabas convencido de que, excepto en el caso de Nan Sheridan, la conexión estaba en los anuncios de contactos.

–Y lo estoy. Pero ¿no te das cuenta? Es imposible que tenga un zapato izquierdo para cada una porque sí. Concedamos que pueda haber comprado los zapatos de las otras chicas después de matarlas, pero ya tenía el que colocó en el pie de Nan Sheridan cuando la atacó. Y este tipo de criminales siempre sigue una pauta.

–¿Tratas de decirme que conoció a esas chicas, se las arregló para descubrir el número que calzaban sin despertar sospechas, y luego las llevó a algún lugar donde desaparecieron sin dejar rastro?

–Exacto.

Mientras tomaban linguine con salsa de almejas, le contó su plan de analizar todos los anuncios de contactos publicados en el área de Nueva York en los tres meses anteriores a la desaparición de cada una de esas chicas, para descubrir si alguno se repetía.

–Por supuesto, puede ser que no lleve a ninguna parte –reconoció–. Por lo que sabemos, un mismo tipo puede poner docenas de anuncios diferentes.

Pidieron dos cafés descafeinados. Nona empezó a hablar de su documental.

–Todavía no hemos elegido un psiquiatra –dijo–; no

quiero uno de esos profesionales habituales en los medios de comunicación, que aparecen en pantalla cada vez que le das al botón.

Vince le habló de Michael Nash.

–Es un tipo muy apropiado. Está escribiendo un libro sobre el tema. Erin le conocía.

–Sí, Darcy me ha hablado de él. Es una gran idea, agente D'Ambrosio.

Vince acompañó a Nona a su casa en un taxi y esperó hasta que la vio entrar en el edificio.

–Tengo el presentimiento de que los dos estamos bastante cansados –dijo cuando ella le sugirió que subiese a tomar algo–, pero permíteme que guarde la invitación para otro día.

–Concedido. –Nona sonrió–. Estoy cansada y, además, la asistenta no ha venido desde el viernes. Todavía no estás preparado para conocer mi auténtico yo.

Era todo lo que podía hacer para recordar que técnicamente estaba de servicio. Lo que no le impidió imaginarse qué sentiría al coger a Nona Roberts entre sus brazos.

De vuelta en su apartamento, encontró en su contestador un mensaje de Ernie, su ayudante.

–No es urgente, pero pensé que le gustaría oír esto. Tenemos ya la lista de los estudiantes matriculados en Brown en la época de Nan Sheridan y ¡adivine quién está entre ellos! Nuestro amigo, el joyero Jay Stratton.

La cita que tenía Darcy a las cinco y media, en Tavern on the Green, era con el número 4.307, Cal Griffin. «No tiene "algo más de treinta años" –se dijo nada más verlo–, sino cerca de cincuenta.» Era un hombre rollizo, que peinaba su escaso cabello hacia un lado para disimular su calvicie. Vestía con ropa clara y muy conservadora. Procedía de Milwaukee pero, según dijo, venía con frecuencia a Nueva York.

Después de contarle todo esto, hizo un guiño de complicidad. No debía malinterpretarle, era un hombre felizmente casado, pero cuando venía por negocios, le gustaba disfrutar de la compañía de una buena amiga. Otro guiño. Él sabía cómo tratar a una mujer, podía creerle. ¿Qué espectáculo le gustaría ver? Podría conseguir localidades. ¿Cuál era su restaurante favorito? ¿Lutèce? Era caro, pero valía la pena.

A duras penas, Darcy consiguió interrumpirle para preguntarle cuándo fue la última vez que vino a Nueva York.

Hacía mucho. El mes pasado llevó a su esposa y a sus hijos –unos chicos estupendos, pero chicos al fin y al cabo– a esquiar a Vail. Tenían una casa allí. Ahora se estaban haciendo una más grande. Dinero no le faltaba. Los chicos se habían llevado algunos amigos y aquello parecía un manicomio. Todo el día escuchando rock and roll. Te vuelven loco. ¿No le parecía? Tenían un equipo de música muy potente en la casa.

Darcy había pedido un Perrier. Con la copa a mitad, empezó a mirar con preocupación su reloj.

–Mi jefe se ha puesto hecho una furia cuando me ha visto salir. Tengo que volver enseguida.

–Olvídale –ordenó Griffin–. Tú y yo vamos a pasar una noche estupenda.

Estaba sentado sobre un taburete. Un brazo rollizo la rodeó y sintió un húmedo beso en la oreja.

Darcy no quería una escena.

–¡Oh, Dios mío! –dijo, y señaló a un hombre de espaldas sentado en una mesa cercana–. Es mi marido. Tengo que salir de aquí.

El brazo abandonó en el acto su cintura. Griffin pareció alarmarse.

–Yo no quiero problemas.

–Me largaré antes de que me vea –susurró Darcy.

En el taxi que la llevaba a casa, tuvo que hacer esfuerzos para no reírse en voz alta. De una cosa podía estar segura. Ese no era.

Sonaba el teléfono cuando abrió la puerta. Se trataba de Doug Fields.

–Hola, Darcy. ¿Por qué eres tan inolvidable? Ya sé que me dirás que esta noche estás ocupada, pero mis planes para hoy han sufrido un cambio y he decidido probar suerte. ¿Qué te parece si nos encontramos en P. J. Clarke para comer una hamburguesa, o alguna otra cosa?

Darcy reparó en que se había olvidado completamente de hablar a D'Ambrosio de Doug Fields. Un tipo agradable, atractivo, ilustrador. El tipo de hombre que fácilmente podía interesar a Erin.

–Me parece fantástico –respondió–. ¿A qué hora?

«Hasta qué punto de estupidez cree Doug que puedo llegar?», se preguntaba Susan mientras ayudaba a Donny con sus deberes de geometría en la mesa de la cocina. El orientador escolar había llamado por la tarde. ¿Había algún problema en casa? Donny, que siempre había sido un buen estudiante, fallaba en todas las asignaturas. Parecía disperso y deprimido.

–Bueno, ya está –dijo alegremente–. Como solía decir mi profesor de geometría, «se ve de lo que es capaz, señorita Frawley, cuando pone interés en ello».

Donny sonrió y recogió sus libros.

–Mamá... –titubeó.

–Donny, sabes que siempre has podido hablar conmigo. ¿Qué ocurre?

Miró a su alrededor.

–Los pequeños están en la cama y Beth está tomando una de sus duchas de media hora. Podemos hablar tranquilos –le aseguró.

–Y papá está en una de sus reuniones –dijo con cierta amargura.

«Sospecha algo –pensó–. No tiene sentido ocultárselo. Este es un momento tan bueno como cualquier otro para abordar la cuestión.»

–Donny, papá no está en ninguna reunión.

–¿Lo sabías? –La cara de Donny reflejó una expresión de alivio.

–Sí, lo sabía. Pero tú ¿cómo te has enterado?

Bajó la mirada.

–Patrick Driscoll, uno de los chicos del equipo, estaba en Nueva York el viernes por la noche, cuando nosotros fuimos a visitar al abuelo. Vieron a papá en un restaurante con una mujer. Estaban cogidos de la mano, besándose. Patrick dijo que era repugnante. Su madre quería contártelo, pero su padre no la dejó.

–Donny, voy a divorciarme de tu padre. No es que me guste, pero vivir así no nos beneficia a ninguno. Así no estaremos siempre a la espera de que se digne volver a casa, siempre con sus mentiras. Espero que se ocupe de veros, pero no os lo puedo garantizar. Lo siento, lo siento muchísimo. –Se dio cuenta de que lloraba.

Donny puso la mano sobre su hombro.

–Mamá, él no te merece. Yo te ayudaré con los pequeños. Te prometo que lo haré mejor que él.

Donny se parecía físicamente a Doug, «pero, gracias a Dios –pensó Susan–, ha recibido suficientes genes míos para no comportarse nunca como su padre». Le dio un beso en la mejilla.

–Por favor, no se lo digas a nadie. ¿De acuerdo?

Susan se fue a la cama a las once de la noche, Doug aún no había vuelto a casa. Encendió el televisor para ver las últimas noticias y escuchó horrorizada al presentador completar las últimas informaciones sobre las jóvenes desaparecidas y los paquetes de zapatos desparejados que estaban siendo enviados a sus familias. El presentador decía:

«–Aunque el FBI rehúsa hacer declaraciones, sabemos de fuentes internas que los últimos zapatos devueltos han sido las parejas de los encontrados en el cadáver de Erin Kelley. Si esto se confirma, existiría una posible relación con la desaparición de dos mujeres de Lancaster y White

Plains, residentes en Manhattan, y el crimen aún no resuelto de Nan Sheridan.»

Nan Sheridan. Erin Kelley.

–¡Oh, Dios mío! –gimió, cerrando los puños con fuerza mientras miraba fijamente la pantalla, en la que se sucedían las fotos de Claire Barnes, Erin Kelley, Janine. Weltz y Nan Sheridan.

El presentador continuó:

«–La pista de las muertes parece iniciarse hace quince años, una fría mañana de marzo, en que Nan Sheridan fue estrangulada en una pista de *jogging* cerca de su casa.»

Susan sintió un nudo en la garganta. Quince años atrás mintió para encubrir a Doug, cuando fue interrogado sobre esa muerte. Si no lo hubiera hecho, ¿habrían desaparecido esas jóvenes? Unas dos semanas atrás, la noche en que se hizo pública la muerte de Erin Kelley, Doug tuvo una pesadilla. En medio del sueño, gritaba un nombre: *Erin.*

«–... El FBI colabora con la policía de Nueva York para seguir la pista que conduce desde los zapatos de noche hasta su comprador. El caso de Nan Sheridan ha vuelto a abrirse...»

«¿Qué pasaría si interrogaban a Doug de nuevo? ¿Y si me interrogan a *mí*? –pensó Susan–. ¿Debía confesar a la policía que había mentido hacía quince años?»

Donny. Beth. Trish. Conner. ¿Qué sería de ellos si crecían como los hijos de un asesino?

El jefe de policía de la ciudad de Nueva York decía en pantalla:

«–Creemos que se trata de un maníaco asesino.»

Maníaco.

–¿Qué debo hacer? –susurró Susan. Las palabras de su padre resonaban en sus oídos: «Vena maníaca...».

Dos años atrás, cuando le amenazó por su relación con la *au pair*, su cara se contrajo de rabia. El mismo miedo que sintió en aquel momento la embargó de nuevo. Cuando el noticiario finalizó, Susan se enfrentó finalmente al hecho que nunca se había atrevido a reconocer.

«Esa noche pensé que iba a pegarme.»

¿Bailamos? ¿Bailamos? ¿Quieres que flotemos en una luminosa nube de música...? ¿Nos mecemos el uno en los brazos del otro? ¿Bailamos? ¿Bailamos? ¿Bailamos?

Charley se reía abandonado al frenesí de la música. Acompasando sus movimientos con los de Yul Brynner, adelantaba un pie y hacía dar vueltas y piruetas a una imaginaria Darcy entre sus brazos. ¡Así bailarían la próxima semana! ¡Después, Astaire! ¡Qué felicidad! ¡Faltaban solo siete días para el decimoquinto aniversario de Nan!

Descubrir que los sueños pueden realizarse. ¿Bailamos? ¿Bailamos? ¿Bailamos?

La música finalizó. Cogió el mando a distancia y apagó el vídeo. Se podía pasar así toda la noche. Pero eso sería una estupidez, era mejor que hiciese lo que había venido a hacer.

La escalera del sótano crujió y él hizo una mueca de disgusto. Tenía que ocuparse de eso. Annette intentó huir escalera abajo. El frenético sonido de los tacones sobre la madera le había embriagado. Si Darcy intentaba escapar, no quería que ningún ruido interfiriese con el sonido de los zapatos de tacón en su vana carrera.

Darcy. ¡Qué duro había sido sentarse frente a ella al otro lado de la mesa! Hubiera deseado decirle «ven conmigo» y traerla aquí. Como el fantasma de la ópera cuando visita a su amada al mundo de las profundidades.

Quedaban cinco cajas de zapatos. Marie, Sheila, Leslie, Annette y Tina. Repentinamente comprendió que deseaba enviarlas todas a la vez. Acabar con esto. Entonces no quedaría más que una.

Solo la caja de Darcy continuaría allí la próxima semana. Y quizá no la devolviese nunca.

Abrió el cierre del congelador, levantó la pesada tapa y miró fijamente el espacio vacío. «Esperando una nueva doncella de hielo –pensó Charley–. Esta se quedaría para siempre.»

XVI

Martes, 7 de marzo

–¿Conocía usted a Nan Sheridan? –interrogó Vince. Él y un detective del distrito Centro-Norte se turnaban durante el interrogatorio de Jay Stratton.

Stratton permaneció imperturbable.

–Estudiaba en Brown en la misma época que yo.

–¿Se marchó usted de Brown y regresó durante el curso en que ella hacía segundo?

–Sí. Cuando empecé el primer curso, no era un gran estudiante. Mi tío, que era también mi tutor, pensó que sería bueno que madurase un poco. Estuve dos años en los Cuerpos de Paz.

–Se lo repito: ¿conocía bien a Nan Sheridan?

«Bastante bien –pensó Stratton–. Deliciosa Nan. Bailar con ella era como llevar a una criatura de otro mundo entre tus brazos.»

D'Ambrosio entrecerró los ojos. Algo se traslucía en la cara de Stratton.

–No me ha contestado.

Stratton se encogió de hombros.

–No hay respuesta. Por supuesto que la recuerdo. Cuando ocurrió la tragedia, todos los estudiantes de la facultad no hablaban de otra cosa.

–¿Le invitó a su fiesta de cumpleaños?

–No. Nan Sheridan y yo estábamos juntos en algunas clases y punto.

–Hablemos de Erin Kelley. Tenía usted mucha prisa por denunciar la desaparición de los diamantes a la compañía de seguros.

–Como Darcy Scott puede corroborar, cuando hablé con ella por primera vez yo estaba muy irritado. No conocía muy bien a Erin Kelley, solo conocía su trabajo. Lo primero que pensé cuando no se presentó a la cita con Bertolini's para entregar el collar fue que había perdido la noción del tiempo. Cuando me encontré con Darcy Scott me di cuenta de que eso era absurdo. Su honda preocupación me hizo ver la realidad de lo ocurrido.

–¿Confunde a menudo piedras preciosas de gran valor?

–Por supuesto que no.

Vince atacó por otro lado.

–Usted no conocía bien a Nan Sheridan. Pero ¿sabe de alguien que sintiese algo especial por ella? Aparte de usted, claro –añadió deliberadamente.

XVII

Viernes, 8 de marzo

El viernes por la tarde, Darcy se dirigió al apartamento de West Side que decoraba para Lisa, la adolescente que estaba recuperándose. Llevó plantas para la repisa de la ventana, algunos almohadones, un juego de tocador de porcelana que consiguió en la venta de una casa y el póster preferido de Erin.

Las piezas grandes ya se encontraban allí; la cama de estaño y latón, la cómoda, la mesita de noche, la mecedora. La alfombra india que había estado en el cuarto de estar de Erin quedaba perfecta en ese espacio. El papel de la pared, a rayas multicolores, daba a la habitación una sensación de movimiento, como si fuera un tiovivo. Las cortinas recogidas en un lazo reproducían el mismo estampado. Un volante de algodón de un blanco purísimo hacía juego con el blanco brillante del techo y el zócalo.

Cuidadosamente, Darcy escogió un lugar para el póster. Era una reproducción de una pintura de Egret, una obra poco conocida de su primera época: una bailarina que se elevaba en el aire, con los brazos extendidos y los dedos en punta. Se titulaba *Le gusta la música, le gusta bailar*.

Mientras clavaba las alcayatas en la pared, pensó en las numerosas clases de baile que habían tomado Erin y ella.

–¿Por qué correr bajo la lluvia helada si puedes hacer el mismo ejercicio bailando? –solía preguntar–. Hay una vieja sentencia que dice: «Si quieres poner alegría en tu vida, baila».

Darcy dio unos pasos hacia atrás para comprobar si estaba derecho. El póster estaba bien, pero había otra cosa que la desasosegaba. *Los anuncios de contactos.* Pero ¿por qué ahora? Se encogió de hombros y recogió su caja de herramientas.

Desde allí fue directamente a la Galería Sheridan. Hasta el momento, el detenido estudio de las fotografías había resultado infructuoso. Reconoció a Jay Stratton, pero Vince d'Ambrosio ya había obtenido su nombre de la lista de alumnos. El día anterior Chris Sheridan le dijo que tenía más posibilidades de ganar la lotería que de encontrar una cara familiar.

Temió que estuviera arrepentido de permitirle utilizar la sala de conferencias, pero no fue así.

–Pareces extenuada –le dijo la tarde anterior–. Creo que has estado aquí desde las ocho de la mañana.

–Pude retrasar varios compromisos. Esto me parece más importante.

La noche pasada había salido con el número 3.823, Owen Larkin, un residente del Hospital de Nueva York, bastante pagado de sí mismo.

–El problema de ser un médico soltero es que las enfermeras no paran de invitarte a una comida casera para cazarte.

Era de Tulsa y odiaba Nueva York.

–El minuto después de acabar mi especialidad, me vuelvo a esa tierra bendita. Os podéis quedar con estas ciudades masificadas.

Como por casualidad, ella mencionó el nombre de Erin. En tono confidencial, él le confesó:

–Yo no la conocí, pero un amigo mío que también contestaba a anuncios sí. Solo salieron una vez. Ahora está cruzando los dedos para que ella no guardase ningún recuerdo que la relacione con él. Solo le faltaba que le interrogaran por un caso de asesinato.

–¿Cuándo se vieron?

–A principios de febrero.

–Me pregunto si yo no habré salido también con él.

–No, como no sea por esa misma época. Había roto con su novia y ahora ha vuelto con ella.

–¿Cómo se llama?

–Brad Whalen. Pero, bueno, ¿qué es esto?, ¿una investigación? Hablemos de nosotros dos.

Brad Whalen. Otro nombre para las indagaciones de Vince d'Ambrosio.

Desde la ventana de su oficina Chris vio como Darcy salía del taxi. Se metió las manos en los bolsillos. Soplaba un fuerte viento y observó que Darcy cerraba la puerta del taxi y giraba hacia el edificio, encogiéndose, con el cuello de su chaqueta de cuero ligeramente levantado al cruzar la acera.

El día anterior había sido muy ajetreado. Tuvo que atender a unos importantes clientes japoneses que querían examinar la vajilla de los Von Wallens que iba a subastarse la semana siguiente. Pasó con ellos casi toda la tarde.

La señora Vail, la asistenta de la galería, se ocupó de servirle el café de la mañana, un ligero almuerzo y un té a media tarde.

–Esta pobre chica se va a arruinar la vista, señor Sheridan –dijo preocupada.

A las cuatro y media, Chris se dirigió a la sala de conferencias. Había metido la pata cuando sugirió que el trabajo iba a resultar estéril. Cuando lo dijo no quería desanimarla, pero, si lo analizaba de forma realista, las posibilidades de Darcy de encontrar a algún amigo de Nan y reconocerlo en una foto de quince años atrás, eran cuando menos escasas.

El día anterior ella le había preguntado si Nan había salido alguna vez con un tal Charles North.

No, que él supiera. Cuando vino a Darien, Vince d'Ambrosio le había hecho la misma pregunta a su madre.

Chris reconoció que deseaba bajar la escalera para ir a hablar con Darcy, pero se detuvo ante el temor de que ella volviera a tomarlo como una señal de su impaciencia por librarse de ella.

Sonó el teléfono. Dejó que su secretaria contestara. Un momento después sonó el timbre del interfono.

–Es tu madre, Chris.

Greta fue al grano.

–Chris, ¿recuerdas ese asunto de alguien llamado Charles? Cuando tuvimos que sacar todas esas fotografías, decidí también sacar el resto de las cosas de Nan. Más tarde o más temprano lo hubieras tenido que hacer tú. Releí sus cartas y encontré una del mes de septiembre antes..., antes de que la perdiéramos. Acababa de empezar el último semestre. Escribió que había ido a bailar con un tal Charley, que le tomaba el pelo porque llevaba zapatos planos. Esto es exactamente lo que puso: «¿Puedes creer que un chico de mi generación piense que las mujeres deben llevar tacones de aguja?».

–A las tres y media ya había acabado con mis pacientes, y pensé que sería mucho más práctico acercarme hasta aquí para hablar con usted que discutirlo por teléfono.

Michael Nash cambió de sitio discretamente para acomodarse en el canapé verde de la oficina de Nona. No pudo reprimir la tentación de analizar por qué una persona obviamente inteligente y sociable como Nona podía someter a sus visitantes a semejante tortura.

–Lo siento, doctor. –Nona retiró los ficheros de la única silla cómoda que había en la oficina–. Por favor.

Nash cambió gustoso de asiento.

–Tendría que deshacerme de él –se disculpó Nona–. Pero es que nunca encuentro el momento. Siempre hay algo más importante que hacer que perder el tiempo arreglando los muebles. –Esbozó una sonrisa culpable–. Por lo que más quiera, no le diga esto a Darcy.

Le devolvió la sonrisa.

–Por mi profesión estoy obligado al secreto. Bueno, ¿en qué puedo ayudarla?

Era un hombre muy atractivo, pensó Nona. Treinta y tantos años. Una madurez que seguramente provenía de la circunstancia de ser psiquiatra. Darcy le había contado la visita a su casa de Nueva Jersey. Como las viejas tías de Nona solían decir, «aunque no te cases por el dinero, es más fácil querer a un hombre rico que a uno pobre». Eso no significaba, Dios lo sabe, que Darcy necesitara casarse por dinero. Sus padres ya ganaban millones antes de que ella naciera. Pero Nona siempre había sentido que Darcy se encontraba muy sola, como una niña perdida. Sin Erin, estaba segura de que sería aún peor. Sería fantástico que encontrase al hombre indicado en este momento.

Cayó en la cuenta de que Nash la miraba con expresión divertida.

–¿Me da el visto bueno? –preguntó.

–Por supuesto. –Buscó el expediente del documental–. Darcy le habrá hablado ya de la razón por la que Erin contestaba a anuncios personales.

Nash asintió.

–Ya tenemos el programa prácticamente montado, pero me gustaría contar con un psiquiatra que ofreciese una opinión general sobre las personas que los utilizan y los motivos que les impulsan. ¿Sería posible dar algún tipo de indicación sobre los comportamientos que pueden traslucir señales de alarma? No sé si lo expongo bien.

–Lo ha expuesto muy claramente. Deduzco que el agente del FBI quiere enfocarlo sobre el caso del asesino.

Nona se puso tensa.

–Sí.

–Señorita Roberts, Nona, si me permite, me gustaría que viera su propia expresión en este momento. Usted y Darcy se parecen mucho. Dejen de torturarse a sí mismas.

No son más responsables de la muerte de Erin que la madre que saca a su hijo a pasear y ve cómo lo atropella un coche fuera de control. Algunas cosas hay que considerarlas producto del destino. Lleven duelo por su amiga, hagan lo que puedan para alertar a los demás de que hay un loco suelto por ahí. Pero no jueguen a ser Dios.

Nona trató de que su voz sonase serena.

–Me gustaría que alguien me dijese esto cinco veces al día. Es difícil para mí y diez veces peor para Darcy. Espero que se lo haya dicho también a ella.

La sonrisa de Michael Nash se contagió a su mirada.

–Mi ama de llaves me ha llamado tres veces para sugerirme los menús que prepararía si la llevo de nuevo este fin de semana. Irá a Wellesley el domingo para visitar al padre de Erin, pero cenaremos juntos el sábado.

–¡Estupendo! Y en cuanto al programa, lo grabaremos el miércoles y se emitirá el jueves por la noche.

–Yo suelo ser muy tímido para estas cosas. Demasiados colegas míos acuden sin pensarlo dos veces a los debates de televisión o a testificar en juicios. Pero a lo mejor puedo ser útil. Cuente conmigo.

–¡Fantástico! –Se levantaron a la vez. Nona señaló con la mano las mesas del otro lado de la cristalera de su despacho–. Creo que está escribiendo un libro sobre los anuncios de contactos. Si necesita más información, la mayoría de las personas de ahí fuera han estado metidas en esto.

–Gracias, pero mi propio informe ya es suficientemente abultado. Espero presentar el libro a finales del mes que viene.

Nona contempló la figura de Nash alejarse hacia el ascensor con pasos largos y pausados. Cerró la puerta de su oficina y marcó el número del apartamento de Darcy.

Después de escuchar el saludo del contestador automático, grabó el siguiente mensaje:

–Sabía que aún no habrías vuelto a casa, pero no podía esperar para decírtelo. Acabo de conocer a Michael Nash. Es una joya.

A Doug se le había encendido la señal de alarma. Cuando llamó a Susan por la mañana para decirle que no telefoneó la noche anterior para avisar de que no regresaría a casa, por no despertarla, se había mostrado cariñosa y amable.

–Muy amable por tu parte, Doug. La verdad es que me levanté muy pronto.

La señal de alarma se encendió cuando colgó y cayó en la cuenta de que no le había preguntado si volvería esa noche. Hasta hace dos semanas, siempre salía con el mismo rollo de mártir.

–Doug, esa gente tiene que entender que tienes una familia. No es justo que te obliguen a quedarte a esas reuniones noche tras noche.

Parecía muy feliz el día que vino a buscarle y se quedaron a cenar en Nueva York. Quizá debería de volverla a llamar y proponerle que se volvieran a encontrar esta noche.

O tal vez sería mejor que volviese pronto a casa y hacerles mimos a los niños. Habían estado fuera el fin de semana anterior.

Si Susan llegaba a ponerse furiosa..., furiosa de verdad..., sobre todo ahora que con este asunto del asesino de los anuncios de contactos volvía a resucitar el asunto de Nan...

La oficina de Doug se encontraba en el piso cuarenta y cuatro de una de las torres del World Trade Center. Su mirada se perdió detrás de la estatua de la Libertad.

Había llegado el momento de representar el papel de padre y esposo entregado.

Mejor aún, dejaría de utilizar el apartamento por algún tiempo. La ropa, los dibujos, sus anuncios y lo demás. La semana siguiente, en cuanto fuera posible, los llevaría a la casa de campo.

Quizá fuera mejor dejar también allí su furgoneta.

¿Era verdad lo que veía? Darcy parpadeó y buscó la lupa. El hombre del servicio de mantenimiento que aparecía al fondo en esa foto de trece por dieciocho de Nan y sus amigas en la playa, ¿le resultaba conocido o es que estaba loca?

No oyó entrar en la sala a Chris Sheridan. Él la saludó en voz baja.

–Espero no interrumpirte, Darcy.

Ella dio un respingo. Él se apresuró a disculparse.

–Llamé a la puerta antes de entrar. No has debido de oírme. Lo siento.

Darcy se frotó los ojos.

–No tienes por qué llamar. Esta es tu casa. Creo que me estoy volviendo muy impresionable.

Miró la lupa que sostenía en la mano.

–¿Crees que has encontrado algo?

–No estoy segura. Es este de aquí... –señaló la figura detrás del grupo de chicas–. Se parece un poco a alguien que conozco. ¿Recuerdas dónde se tomó esta foto?

Chris la estudió con detenimiento.

–En Belle Island, a escasos kilómetros de Darien. Una de las mejores amigas de Nan tenía una casa de veraneo allí.

–¿Puedo quedármela?

–Por supuesto.

Chris contempló con aire preocupado cómo Darcy guardaba la foto en su maletín y empezaba a ordenar las fotografías que ya había examinado. Sus movimientos eran lentos, casi mecánicos, como si estuviera terriblemente cansada.

–Darcy, ¿tienes hoy también una de esas citas?

Ella asintió.

–¿Para tomar unas copas? ¿Para cenar?

–Intento hacerles tomar un par de copas. De esa manera creo que puedo distinguir si han conocido a Erin o hay algo raro cuando niegan haberla conocido.

–¿Nunca subes a su coche o vas a su casa?

–¡No, por Dios!

–Eso está bien. No tienes aspecto de tener la fuerza suficiente para luchar con alguien si quiere sobrepasarse. –Titubeó y luego continuó–: En realidad, no he venido a preguntarte cosas que no son de mi incumbencia, sino a explicarte algo. Mi madre ha encontrado una carta que escribió Nan seis meses antes de su muerte. En ella hablaba de un tal Charley que pensaba que las chicas debían llevar tacones de aguja.

Darcy levantó la vista.

–¿Se lo has dicho a Vince d'Ambrosio?

–No, todavía no, pero lo haré, claro está. Me preguntaba si no sería buena idea que hablases con mi madre. Mientras buscaba estas fotografías dio con las cartas de Nan. Nadie le pidió que lo hiciera. Estoy convencido de que si mi madre sabe algo, será más fácil que salga a la superficie si habla con otra mujer que entienda el dolor con el que ha vivido todos estos años.

«Nan era seis minutos mayor que yo. Siempre me lo recordaba. Ella era extravertida, yo tímido.»

«Chris Sheridan y su madre habían llegado a aceptar la muerte de Nan –pensó Darcy–. El programa *Crímenes reales,* el asesinato de Erin, el paquete de zapatos y ahora yo. Se han visto forzados a reabrir violentamente las heridas. Ni para ellos ni para mí habrá paz hasta que esto acabe.»

El abatimiento reflejado en la cara de Chris Sheridan le arrebató en esos momentos el aura de ejecutivo experimentado y seguro de sí mismo que le caracterizaba unos días atrás.

–Me gustaría mucho conocer a tu madre –dijo Darcy–. Vive en Darien, ¿verdad?

–Sí. Yo te llevaré.

–Voy a ir a Wellesley el domingo por la mañana temprano, para visitar al padre de Erin Kelley. Si todo va bien me pasaré el domingo por la tarde, cuando vuelva.

–Me parece que va a ser un día muy pesado para ti. ¿No sería mejor mañana?

Darcy pensó que era ridículo sonrojarse a su edad.

–Mañana estoy comprometida.

Se levantó para marcharse. Robert Kruse la esperaba en Mickey Mantle a las cinco y media. Por el momento no había llamado nadie más. Se había quedado sin citas de anuncios de contactos.

La semana siguiente empezaría a contestar a los anuncios que Erin había rodeado con un círculo.

Len Parker estuvo de mal humor en el trabajo. Como técnico del servicio de mantenimiento de la Universidad de Nueva York, no había nada que no pudiese arreglar. No es que hubiese estudiado mucho, pero le gustaba la sensación de los cables en sus manos, el tacto de las cerraduras y las llaves, los marcos de las puertas, los enchufes. Su trabajo consistía en hacer únicamente una inspección de rutina, pero cuando veía que algo estaba mal, lo arreglaba sin decir nada. Era lo único que le hacía sentirse en paz.

Hoy sus pensamientos eran muy confusos. Había increpado al administrador por insinuar que él podía haberse comprado una casa. ¿Qué le importaba a él?

¿Su familia? ¿Qué pasaba con ellos? Sus hermanos nunca le habían invitado a sus casas. Estaba encantado de librarse de ellos.

Esa chica, Darcy. Quizá fue algo mezquino, pero ella no sabía el frío que pasó mientras esperaba fuera de aquel restaurante tan fino para pedirle disculpas.

Se lo había contado al señor Doran, el administrador. Este respondió:

–Lenny, si comprendieras que tienes suficiente dinero para comer en Le Cirque o en donde te dé la gana, todas las noches de tu vida...

El señor Doran no lo entendía.

Lenny recordaba muy bien a su madre reprochando constantemente a su padre:

–Vas a dejar a tus hijos en la calle con esas inversiones disparatadas.

Lenny se cubría la cabeza con las mantas. Le aterrorizaba pensar en el frío que debía de hacer fuera.

¿Fue entonces cuando empezó a salir fuera de la casa en pijama, para estar acostumbrado cuando llegara el día? Nadie lo supo nunca. El día en que su padre se hizo rico, él ya se había acostumbrado al frío.

Era difícil recordar. Era todo muy confuso. A veces se imaginaba cosas que no habían ocurrido.

Como con Erin Kelley. Había averiguado su dirección. Ella le había dicho que vivía en Greenwich Village y allí estaba: Erin Kelley, 101 de la calle Christopher.

Una noche la había seguido. ¿O no?

¿Fue así?

¿Fue solo un sueño cuando la vio entrar en aquel bar y él la esperó fuera? Ella se sentó y pidió algo de beber. No sabía qué. ¿Vino? ¿Soda? ¿Qué importaba? Dudaba si debía de entrar o no y acercarse.

Entonces ella volvió a salir. Estuvo a punto de seguirla y hablarle, pero llegó una furgoneta y paró a su lado.

No podía recordar si había visto la cara del conductor. A veces soñaba con una cara.

Erin subió a la furgoneta.

Esa fue la noche en que decían que había desaparecido.

Pero Lenny no estaba muy seguro de haberlo soñado. Y si le decía esto a los polis, ¿no empezarían a decir que estaba loco y a volverle a llevar a ese sitio donde ya le habían encerrado antes?

XVIII

Sábado, 9 de marzo

A las doce del mediodía del sábado, los agentes del FBI Vince d'Ambrosio y Ernie Cizek se hallaban frente al número 101 de la calle Christopher, sentados en un Chrysler gris oscuro estacionado al otro lado de la calle.

–Ahí va –dijo Vince–, arreglado para su día libre.

Gus Boxer salía del edificio. Llevaba una chaqueta de leñador a cuadros rojos y negros con unos pantalones de fibra marrón oscuro que le iban grandes, unas botas de montaña, y una gorra negra con visera que le tapaba media cara.

–A eso le llamas ir arreglado? –exclamó Ernie–. Con esa pinta yo hubiera dicho que se trataba de una apuesta.

–Porque no lo has visto en ropa interior y tirantes. Vamos. –Vince abrió la puerta del conductor.

Habían hablado con los administradores del edificio. Boxer libraba desde el sábado a mediodía hasta el lunes por la mañana. En su ausencia, un sustituto, José Rodríguez, recogía las reclamaciones y hacía arreglos menores.

Rodríguez contestó al timbre. Era un hombre robusto, de unos treinta años y maneras desenvueltas. Vince se preguntó por qué la administración no lo contrataba fijo. Ernie y él le enseñaron sus credenciales.

–Vamos a ir apartamento por apartamento interrogando a los inquilinos sobre Erin Kelley. Muchos de ellos no estaban cuando vinimos la otra vez.

Vince se cuidó de añadir que venían en busca de información muy específica sobre lo que pensaban los vecinos de Gus Boxer.

En el cuarto piso dieron en el blanco. Una mujer octogenaria entreabrió la puerta sin quitar la cadena de seguridad. Vince le mostró la placa. Rodríguez la tranquilizó.

–No pasa nada, señorita Durkin, solo quieren hacerle unas preguntas. Me quedaré aquí, donde pueda verme.

–No lo oigo –gritó la anciana.

–*Sólo quiero hacerle...*

Rodríguez tocó a D'Ambrosio en el brazo.

–Puede oír mucho mejor que usted y que yo –le susurró–. Venga, señorita Durkin, le gustaba Erin Kelley. ¿Recuerda que siempre le preguntaba si necesitaba algo de la tienda, y que la acompañaba a veces a la iglesia? Usted quiere que la policía coja al que lo hizo, ¿verdad?

La puerta se abrió lo que permitía el largo de la cadena.

–Pregunte lo que quiera. –La anciana miró a Vince con severidad–. Y no grite, que me levanta dolor de cabeza.

En los quince minutos siguientes, los dos agentes tuvieron ocasión de escuchar un pormenorizado relato de lo que pensaba una octogenaria de Nueva York sobre cómo había cambiado la ciudad.

–He vivido aquí toda la vida –informó con aspereza, mientras su cabello gris se agitaba al hablar–. Nunca cerrábamos las puertas. ¿Para qué? ¿Quién nos iba a molestar? Pero ahora, tanto crimen y nadie hace nada. ¡Qué asco! Si por mí fuera, deberían llevarse a todos esos traficantes de drogas al fin del mundo y tirarlos por el borde.

–Estoy de acuerdo con usted, señorita Durkin –dijo Vince un tanto harto–. Pero hablemos de Erin Kelley.

La cara de la anciana se entristeció.

–Era la muchacha más dulce que he conocido. Me gustaría ponerle las manos encima al que lo hizo. Mire, hace ahora unos años, estaba yo sentada junto a la ventana, mirando hacia el edificio de enfrente cuando una mujer fue asesinada. Vinieron por aquí a hacer preguntas, pero May, que vive en la puerta de enfrente, y yo decidimos mantener la boca cerrada. Las dos lo vimos y sabemos quién fue. Pero aquella mujer no era todo lo buena que debiera y se lo merecía.

–¿Vio usted un asesinato y no se lo dijo a la policía? –preguntó Ernie sin dar crédito a sus oídos.

Apretó los labios.

–Si he dicho eso, no es lo que pretendía. Lo que yo he querido decir es que tengo mis sospechas, y también May. Pero no va más allá de eso.

¡Sospechas! «Ella vio el crimen», pensó Vince. Pero también sabía que nadie conseguiría que ella o su amiga May testificaran nunca. Suspiró para sus adentros y dijo:

–Señorita Durkin, usted suele sentarse junto a la ventana, y estoy seguro de que es una buena observadora. ¿Vio salir a Erin Kelley con alguien aquella tarde?

–No, salió sola.

–¿Llevaba alguna cosa?

–Sólo su bolso en bandolera.

–¿Era grande?

–Erin siempre llevaba bolsos de bandolera grandes. A menudo llevaba joyas y no quería que se lo arrancaran de un tirón.

–¿Se sabía que llevaba joyas?

–Creo que sí. Todo el mundo sabía que era diseñadora. Se podía ver desde la calle cómo trabajaba en su mesa.

–¿Salía mucho?

–Salía, pero yo no diría que mucho. Por supuesto, debía de encontrarse con gente fuera de casa. Así es como los jóvenes lo hacen ahora. En mis tiempos, un chico venía a buscarte a tu casa o no ponías un pie fuera. Era mejor entonces.

–Yo me inclino a pensar lo mismo. –Seguían de pie en la puerta–. Señorita Durkin, ¿no podríamos entrar un momento? No me gustaría que nos oyeran.

–No llevan barro en los pies, ¿verdad?
–No, señora.
–Esperaré aquí fuera –prometió Rodríguez.
El apartamento tenía la misma distribución que el que había ocupado Erin Kelley. Estaba meticulosamente limpio. Recargados muebles de madera de raíz protegidos con tapetes, lámparas de pie con elaboradas pantallas de seda, mesas enceradas, retratos familiares de hombres con mostachos y mujeres severas. Vince se sintió transportado a la sala de su abuela en Jackson Heights.
No les invitó a sentarse.
–Señorita Durkin, dígame, ¿qué piensa de Gus Boxer?
Emitió un bufido.
–¡Ese! Puede creerme: este es el único apartamento en el que no irrumpe para buscar una de sus famosas fugas de agua, aunque es precisamente el que tiene una. No me gusta nada ese hombre. No entiendo por qué no lo despiden. Siempre con esa ropa mugrienta, maleducado. Deben de conservarlo porque le pagan poco. Solo una semana antes de su desaparición Erin Kelley le amenazó con llamar a la policía si volvía a encontrarlo en su apartamento.
–¿Erin le dijo eso?
–Vaya si lo hizo. Y muy bien hecho.
–¿Estaba enterado Gus Boxer del valor de las joyas que manejaba Erin?
–Gus Boxer está enterado de todo lo que pasa en este edificio.
–Señorita Durkin, nos ha servido de gran ayuda. ¿Hay algo más que pueda decirnos?
Titubeó unos instantes.
–Desde unas semanas antes de que Erin desapareciera he visto a un joven merodeando por la calle. Muchas veces era de noche y no se le distinguía bien. No sé qué hacía. Pero la noche del martes, cuando vi a Erin por última vez, me fijé en que salía sola con su enorme bolso. Las gafas se me empañaron, y no estoy segura de que fuera el mismo sujeto, pero creo que sí. Estaba al otro lado de la

calle y, cuando Erin empezó a caminar calle abajo, él tomó la misma dirección.

–Usted no pudo verle bien esa noche, pero sí lo vio otras veces. ¿Qué aspecto tiene?

–Larguirucho, lleva siempre el cuello subido y las manos en los bolsillos, con los brazos pegados al cuerpo. Tenía la cara afilada y el pelo oscuro y desgreñado.

«Len Parker», pensó Vince. Su mirada se cruzó con la de Ernie, que evidentemente había llegado a la misma conclusión.

–Esperaba esto con impaciencia. –Darcy se recostó en el asiento del Mercedes y sonrió a Michael Nash–. Ha sido una semana tremenda.

–Eso es lo que yo deduje –dijo secamente–, después de intentar localizarte en casa o en la oficina.

–Lo sé. Discúlpame.

–No hace falta que te disculpes. Es un día maravilloso para montar, ¿no crees?

Circulaban por la carretera 202, cerca de Bridgewater.

–No sé gran cosa sobre Nueva Jersey –comentó Darcy.

–Excepto los chistes de los humoristas. Todo el mundo piensa que es una gran autopista jalonada de refinerías. Pero, aunque parezca mentira, es uno de los estados con mayor extensión de costa del litoral oriental, y tiene el mayor número de caballos por habitante del país.

–¿Ah, sí? –se rió Darcy.

–Pues sí. ¿Quién sabe? Con mi celo misionero, a lo mejor te convierto.

La señora Hughes se deshacía en sonrisas.

–Oh señorita, he pensado en la cena que les iba a preparar desde que el doctor me dijo que iba a venir.

–Es muy amable por su parte.

–La habitación de invitados, que está en el piso de arriba, está lista. Podrá usted refrescarse cuando vuelvan del paseo.

–Estupendo.

El tiempo era todavía mejor, si cabe, que el domingo anterior. Frío pero soleado, la primavera se respiraba en el aire, Darcy se entregó totalmente al placer de galopar.

Cuando hicieron una parada para que los caballos reposaran Michael dijo:

–No necesito preguntarte si disfrutas del paseo: se nota que lo disfrutas.

Por la tarde el tiempo refrescó de pronto. El fuego de la chimenea del estudio estaba encendido. Las llamas se alzaban vivamente.

Michael le sirvió un vaso de vino, se preparó un cóctel y se sentó a su lado en el confortable sofá de piel. Colocó los pies sobre una mesita baja y apoyó su brazo sobre el respaldo.

–¿Sabes una cosa? –dijo–. He pensado durante toda la semana en lo que me contaste. Es terrible que una frase fortuita pueda herir de esa manera a un niño. Pero Darcy, sinceramente ¿puedes decir que no te has mirado alguna vez en el espejo y comprobado lo que tenía de verdad?

–Por lo visto, no. –Darcy vaciló–. No querría que pareciese que busco una consulta gratuita, pero me gustaría hablar de ello. No, es igual, olvídalo.

Su mano se agitó en el aire.

–¡Vamos! Dispara. Suéltalo ya.

Ella le miró directamente a los ojos, confortada por la comprensión que mostraba su mirada.

–Michael, presiento que comprendes lo devastador que fue para mí ese comentario, pero crees que yo, ¿cómo lo diría?, he culpado sin saberlo a mis padres durante todos estos años.

Michael silbó con admiración.

–¡Oye! Me has dejado sin trabajo. La mayoría de la gente necesita un año de terapia para llegar a una conclusión de este tipo.

–No me has contestado.

Él la besó en la mejilla.

–Ni pienso hacerlo. ¡Vamos! Creo que la señora Hughes ha servido ya el ternero cebado.

A las diez estaban de vuelta en el apartamento de Darcy. Él aparcó el coche y la acompañó a la puerta.

–Esta vez no me iré hasta que me asegure de que estás a salvo. Me gustaría que me permitieras acompañarte a Wellesley mañana. Es un viaje muy largo para hacerlo en un solo día.

–No me importa conducir. Además, tengo que hacer una parada a la vuelta.

–¿Más ventas de segunda mano?

No quería hablarle de las fotografías de Nan Sheridan.

–Algo parecido. Otra expedición a ver qué pesco.

La sujetó por los hombros, levantó su cara y posó sus labios sobre los suyos. Su beso fue tierno, pero breve.

–Darcy, llámame cuando regreses. Solo para saber que has llegado bien.

–Te llamaré. Gracias.

Permaneció junto a la puerta hasta que el coche desapareció calle abajo. Luego subió la escalera canturreando.

Hank debía llegar el sábado por la tarde. «Pasamos tan poco tiempo juntos», pensó Vince impaciente, al abrir la puerta del apartamento. Mientras estuvieron casados, Alice y él vivieron en Great Neck. Como no había buena combinación para ir al trabajo después de la separación, vendieron la casa y él alquiló un apartamento en la Segunda Avenida con la calle Diecinueve, cerca de Gramercy

Park. No en Gramercy Park, claro está, su salario no se lo permitía.

Le gustaba su apartamento. Situado en una novena planta, desde sus ventanas se divisaba un paisaje característico del centro de la ciudad. A la derecha, un ángulo del parque, con sus elegantes mansiones; debajo, el tráfico despiadado de la Segunda Avenida; enfrente, edificios de viviendas y oficinas, y en cuyos locales se abrían restaurantes, mantequerías, supermercados coreanos y un videoclub.

Tenía dos habitaciones, dos baños, un cuarto de estar holgado, un pequeño comedor y una minúscula cocina. La segunda habitación era la de Hank, pero había colocado unas estanterías y una mesa y la utilizaba también como estudio.

El cuarto de estar y el comedor estaban decorados en un estilo «Alicia en el país de los disparates». Un año antes de su ruptura, le dio por los muebles modernos en tonos pastel. Módulos en rosa y blanco, alfombra rosa, butaca sin brazos rosa y azul, mesas de cristal, lámparas que parecían esqueletos. Le había endilgado todos aquellos bártulos y ella se quedó con los muebles clásicos que a él le gustaban. Uno de estos días, en cuanto tuviera oportunidad se desharía de ellos y compraría unos muebles tradicionales buenos y confortables. Estaba harto de sentirse transportado a la «casa de ensueño de Barbie».

Hank no había llegado aún. Se despojó de su ropa, se metió debajo de la ducha caliente, se puso ropa interior limpia, un jersey, unos pantalones amplios y zapatillas, abrió una cerveza y se estiró en el sofá a revisar el caso.

Era una investigación desconcertante. Debajo de cada piedra aparecía una nueva pista.

Boxer. Erin le había amenazado con denunciarle a la policía. El viernes Darcy le telefoneó para decirle que le había parecido ver un técnico de mantenimiento que podría ser Boxer en una fotografía de Nan Sheridan en Belle Island. Estaban comprobando si era cierto.

La señorita Durkin también había visto un sujeto, cuya descripción coincidía plenamente con la de ese chalado de

Len Parker que merodeaba por la calle Christopher, y sospechaba que había seguido a Erin Kelley la noche que desapareció.

Ese estafador de Jay Stratton estaba directamente relacionado con Nan Sheridan. Y también tuvo una relación directa con Erin Kelley.

Oyó girar una llave en la cerradura. Entró Hank.

–¡Hola, papá! –saludó. Soltó la bolsa y corrió a abrazarle.

Vince sintió el cabello despeinado contra la mejilla. Siempre tenía que hacer un esfuerzo para no mostrar el satisfecho orgullo que sentía por su hijo, ya que el chico se hubiera sentido incómodo.

–¡Hola, chaval! ¿Cómo va todo?

–¡De maravilla!, creo. He sacado un sobresaliente en química.

–Has estudiado mucho.

Hank se quitó la chaqueta de la escuela y la lanzó alegremente al aire.

–¡Tío! Es realmente estupendo quitarse de encima los exámenes.

Se dirigió a grandes zancadas hacia la cocina y abrió la nevera.

–Papá, me parece que necesitas un servicio de comidas a domicilio.

–Ya, ya. ¡Menuda semana he pasado! –Vince tuvo un pensamiento inspirado–. La noche pasada descubrí un estupendo restaurante italiano. Está en la calle Cincuenta y ocho oeste. Luego podemos ir al cine.

–¡Perfecto! –Hank se estiró–. Me alegro de estar aquí. Mamá y Blubber están enfadados.

No era asunto suyo, pero no pudo evitar preguntar:

–¿Por qué?

–Mamá quiere un Rolex para su cumpleaños. Un Rolex de dieciséis quinientos.

–¿Dieciséis mil quinientos dólares? ¡Y yo que creí que tenía gustos caros cuando estaba casado con ella!

Hank se echó a reír.

–Quiero a mamá, pero ya la conoces. Tiene delirios de grandeza. ¿Cómo va el caso del asesino reincidente?

Sonó el teléfono. Vince frunció el ceño. No, una noche que podía estar con Hank, no, pensó mientras observaba la mirada de curiosidad de su hijo.

–A lo mejor es una nueva pista –dijo mientras él descolgaba el teléfono.

Era Nona Roberts.

–Vince, no me gusta llamarte a casa, pero como me diste el número... He estado todo el día fuera y acabo de llegar a la oficina. He encontrado un mensaje del doctor Nash diciendo que su editor no le permite salir en un programa de televisión para hablar de anuncios de contactos, cuando está previsto que su libro se publique en otoño. ¿Conoces algún otro psiquiatra que esté más o menos especializado en este tipo de temas?

Tengo relación con algunos miembros de la AAPL. Es una organización de psiquiatras expertos en leyes. Puedo localizar a alguno de ellos el lunes.

–No sabes cuánto te lo agradezco. Y perdona que te moleste. Voy a ir a Pasta Lovers a comer un plato de espaguetis.

–Si llegas la primera, pide una mesa para tres. Hank y yo salimos ahora para allí. –Vince reparó en que quizá había sido un tanto presuntuoso–. Bueno, si no estás con tus amigos, claro está. –«O tu *amigo*», pensó.

–Estoy sola. Me parece perfecto. Nos encontramos allí. –Colgó.

Vince miró a Hank.

–¿Te parece bien, jefe? –preguntó–. ¿O hubieras preferido que estuviéramos los dos solos?

Hank cogió su chaqueta, que había dejado tirada sobre la butaca sin brazos.

–En absoluto. Es mi deber comprobar cómo son las chicas con las que sales.

XIX

Domingo, 10 de marzo

El domingo a las siete de la mañana, Darcy salió para Massachusetts. ¡Cuántas veces había hecho este viaje con Erin para ver a Billy...!, recordó mientras circulaba por la avenida de East River. Se turnaban al volante, y cada vez que paraban para aprovisionarse de café en un McDonald's, tomaban la decisión de comprar a la menor ocasión un termo como el que tenían en el colegio.

La última vez que renovaron este propósito Erin dijo entre risas:

–Pobre Billy, estará muerto y enterrado antes de que consigamos el termo.

Y ahora era la propia Erin la que estaba muerta y enterrada.

Darcy no hizo paradas y llegó a Wellesley a las once y media. Paró delante de la iglesia de Saint Paul y llamó al timbre de la rectoría. El prelado que había oficiado las exequias de Erin la recibió y la invitó a tomar café.

–He dejado instrucciones en el sanatorio –dijo Darcy–, pero me gustaría que usted lo supiera también. Si Billy necesita alguna cosa, si entra en agonía o recobra súbitamente la conciencia, por favor avíseme.

–No recobrará nunca la conciencia –dijo el prelado con voz suave–. Creo que es una gracia que le ha sido concedida.

Asistió a misa de doce y recordó las palabras de la elegía pronunciadas hace menos de dos semanas: «Quién puede olvidar la imagen de esta niña que empujaba la silla de ruedas de su padre para entrar en esta iglesia».

Después visitó el cementerio. La tierra que cubría la tumba de Erin todavía no se había asentado. El suelo oscuro formaba un montículo desigual. Sobre él, los oblicuos rayos del tímido sol de marzo arrancaban destellos a un cristal de hielo. Darcy se arrodilló, se quitó un guante y colocó la mano sobre la lápida.

–Erin, Erin.

Desde allí fue al sanatorio y permaneció durante una hora junto a la cama de Billy. Él no abrió los ojos, pero Darcy sostuvo su mano entre las suyas mientras le hablaba dulcemente sin interrupción.

–Bertolini's está como loco con el collar que ha diseñado Erin. Quieren que haga más cosas para ellos.

Le habló también de su trabajo.

–De verdad, Billy, si nos vieras a Erin y a mí hurgando en los desvanes para conseguir género, pensarías que estamos locas. Ella tiene muy buen ojo y siempre descubre muebles y objetos que a mí se me pasarían por alto.

Antes de marcharse depositó un beso sobre su frente.

–Dios te bendiga, Billy.

Sintió una ligera presión en su mano. «Sabe que estoy aquí», pensó.

–Volveré pronto –prometió.

Darcy conducía una furgoneta Buick, que llevaba incorporado un teléfono. En dirección sur, el tráfico avanzaba lentamente, y hacia las cinco de la tarde llamó al hogar de los Sheridan, en Darien. Chris respondió.

–Creo que llegaré más tarde de lo que pensaba –explicó–. No me gustaría interferir en los planes de tu madre o en los tuyos por este asunto.

–No tenemos ningún plan –aseguró él–. Ven tranquila.

Entró en la propiedad de los Sheridan a las seis menos cuarto. Era casi de noche, pero las luces exteriores iluminaban la elegante mansión de estilo Tudor. El largo camino de entrada desembocaba en una plazoleta circular junto a la entrada principal. Darcy aparcó después de la curva.

La puerta se abrió inmediatamente y Chris Sheridan salió a recibirla. Era evidente que estaba pendiente de su llegada.

–Has llegado enseguida –le dijo–. Me alegro de verte, Darcy.

Llevaba una camisa de paño de Oxford, unos pantalones de pana y mocasines. Cuando extendió la mano para ayudarla a salir del coche, se fijó de nuevo en la amplitud de sus hombros. Le agradaba que no fuese vestido con traje y corbata. Mientras venía de camino, vino a su mente la idea de que llegaría a la hora de la cena y que su atuendo, pantalones y jersey, no resultaba muy adecuado.

El interior de la casa combinaba armoniosamente el confort cotidiano y un gusto exquisito. Unas alfombras persas cubrían el vestíbulo de techos altísimos. Un juego de candelabros Waterford realzaba los magníficos relieves de la escalera curvilínea. Darcy se demoró para admirar los cuadros que recubrían las paredes.

–Como mucha gente, mi madre utiliza más el cuarto de estar que ninguna otra habitación –aclaró Chris–. Por aquí.

Darcy echó un vistazo al salón mientras pasaban. Al percibirlo, Chris comentó:

–La casa entera está amueblada con antigüedades americanas. Desde el primer estilo colonial hasta el neoclásico. Mi abuela era una «adicta» a las antigüedades, y creo que nosotros aprendimos por contagio.

Greta Sheridan ocupaba un confortable sillón junto al fuego; a su alrededor se esparcían las diferentes secciones del *New York Times*. El magazine dominical estaba abierto por la página de los entretenimientos, y hojeaba un diccionario de crucigramas. Se levantó con un grácil movimiento.

–Tú debes de ser Darcy Scott. –Cogió la mano de Darcy entre las suyas–. Siento mucho lo de tu amiga.

Darcy asintió. Era una mujer muy hermosa, pensó. Muchas de las estrellas cinematográficas amigas de su madre envidiarían los marcados pómulos de Greta Sheridan, sus rasgos aristocráticos, su esbelta figura. Llevaba unos pantalones de lana azul y un jersey de cuello amplio, unos pendientes de brillantes y un broche de herradura con un diamante.

«Está acostumbrada a llevarlos desde la cuna», pensó Darcy.

Chris sirvió jerez. Sobre una mesita auxiliar había dispuesta una bandeja de queso y galletas saladas. Señaló el fuego con la cabeza.

–Cuando llega el final del día, se nota que todavía estamos en marzo.

Greta Sheridan le preguntó por el viaje.

–Yo no tendría suficiente valor para ir por la mañana temprano a Massachusetts y volver unas horas después.

–Viajo mucho en coche.

–Darcy, hace cinco días que nos conocemos –comentó Chris–, ¿quieres decirme, por favor, a qué te dedicas? –Se volvió hacia Greta–. El primer día que atravesé con ella la planta baja de la galería, descubrió el escritorio Roentgen al mirar de reojo. Entonces me dijo que en cierta manera «trabajaba en el ramo».

Darcy se echó a reír.

–Te va a parecer mentira, pero te lo explicaré.

A Greta le pareció fascinante.

–¡Qué idea más estupenda! Si te interesa, te puedo ayudar a buscar cosas. Te sorprendería la calidad de los muebles que la gente desecha o vende por cuatro perras en esta zona.

A las seis y media Chris les anunció:

–Hoy soy el chef. Espero que no seas vegetariana, Darcy. Tomaremos filetes, patatas al horno y ensalada. Es la hora del gourmet.

–No, no soy vegetariana, y el menú parece delicioso.

Cuando salió, Greta Sheridan comenzó a hablar de su hija y de la reconstrucción de su asesinato en la serie de televisión *Crímenes reales*.

–Cuando recibí la carta que decía que una bailarina moriría en Nueva York en honor a Nan, pensé que perdía la razón. No hay nada peor que saber que va a ocurrir una tragedia y no poder impedirlo.

–Excepto sentir que tienes parte de culpa en ello –dijo Darcy–. Sé que lo único que puedo hacer para reparar el haber animado a Erin a contestar a esos funestos anuncios, es impedir al asesino atacar otra vez. Seguramente usted siente lo mismo. Comprendo lo devastador que debe ser para usted volver a mirar las fotografías y leer las cartas de Erin, y se lo agradezco.

–He encontrado algunas más. Aquí están. –Greta señaló unos álbumes colocados sobre la repisa de la chimenea–. Estaban en una estantería, en lo alto de la biblioteca y me olvidé de retirarlas. –Cogió el primer álbum de la pila. Darcy acercó su silla y ambas se inclinaron sobre sus páginas–. Nan se aficionó a la fotografía en este último año. Le regalamos una Canon por Navidad, y por eso casi todas están tomadas entre Navidad y principios de marzo.

«Los días de la primera juventud», pensó Darcy. Ella también tenía un álbum parecido con las fotos de Mount Holyoke, pero con la diferencia de que Mount Holyoke era una escuela femenina. En estas fotos, en cambio, aparecían tantos chicos como alumnas. Empezó a examinarlas.

Chris se asomó a la puerta.

–Dentro de cinco minutos, estará listo.

–Eres un gran cocinero –dijo Darcy con aprobación después de probar el filete.

Comentaron la frase mencionada por Nan sobre un tal Charley al que le gustaba que las chicas llevasen zapatos de tacón.

–Eso era lo que he estado tratando de recordar todo el

tiempo –dijo Greta–. En la televisión y en los diarios hablaban continuamente de zapatos de noche. Era aquella carta de Nan sobre los tacones de aguja lo que me rondaba por la cabeza. Por desgracia, tampoco ha servido de mucho, ¿no es cierto?

–Por ahora, no –dijo Chris.

Chris sirvió el café en el estudio.

–Eres un mayordomo estupendo –dijo su madre cariñosamente.

–Mientras sigas empeñada en no tener servicio permanente, tendré que aprender.

Darcy recordó a las tres personas que componían el servicio permanente de la mansión de Bel-Air.

Después de tomar el café, Darcy se puso en pie.

–Siento mucho tener que marcharme ahora, pero todavía me queda una hora de camino antes de llegar a casa, y si me relajo demasiado, me quedaré dormida al volante. –Vaciló un momento–. ¿Puedo volver a echar un vistazo al primer álbum?

En la primera página del álbum había una foto grande de grupo.

–Este tipo con el jersey de la escuela –dijo Darcy–. El que no mira a la cámara. Tiene algo que... –se encogió de hombros–, tengo la sensación de haberle visto en alguna parte.

Greta y Chris Sheridan examinaron detenidamente la fotografía.

–Puedo reconocer a algunos de los chicos –dijo Greta–, pero no a este. ¿Y tú, Chris?

–Yo tampoco. Pero mira, Janet está también. Era una de las mejores amigas de Nan –aclaró a Darcy–. Vive en Westport. –Se volvió hacia su madre–. Le gusta venir a visitarte. ¿Por qué no le pides que se pase por aquí?

–Está muy ocupada con los niños. Pero yo puedo coger el coche y llegarme hasta allá.

Al despedirse de Darcy, Greta le dijo sonriente:

–Darcy, llevo toda la noche fijándome en ti. Aparte del color del pelo, ¿no te ha dicho nadie que tienes un sorprendente parecido con Barbara Thorne?

–Nunca –dijo Darcy sinceramente. No era el momento de decir que Barbara Thorne era su madre. Sonrió también–. Pero es usted muy amable al decirlo, señora Sheridan.

Chris la acompañó hasta el coche.

–¿No estás demasiado cansada para conducir?

–No, en absoluto. Tendrías que ver los interminables recorridos que hago cuando salgo a buscar muebles.

–Es cierto que estamos en el mismo negocio.

–Sí, pero tú en el nivel más alto.

–¿Vendrás mañana a la galería?

–Allí estaré. Buenas noches, Chris.

Greta Sheridan esperaba en la puerta.

–Es una chica encantadora, Chris. Encantadora.

Chris se encogió de hombros.

–Eso pienso yo también. –Recordó cómo se había ruborizado Darcy cuando le había sugerido que viniese un día antes.

–Pero no empieces a hacer de casamentera, madre. Tengo el presentimiento de que no está libre.

Durante todo el fin de semana Doug estuvo a la altura de lo que una mujer puede pedir al padre y esposo más entregado. Aunque sabía que su comportamiento era fingido, Susan consiguió apaciguar el temor de que Doug fuera un asesino.

El local estaba lleno de familias. «Este es el espíritu de convivencia familiar que yo he echado tanto en falta –pensó Susan–, pero ahora es demasiado tarde.» Miró a Donny, sentado al otro lado de la mesa, que no pronunciaba palabra.

De vuelta en casa, Doug se puso a jugar con el pequeño, ayudándole a construir un castillo de piezas desmontables.

–Ahora pondremos dentro al príncipe. –Conner chilló de placer.

Llevó a Trish a dar un paseo con su patinete.

–Seguro que ganamos a todos los de la manzana. ¿A que sí, preciosa?

Mantuvo una amistosa conversación paterno filial con Beth.

–Mi muchachita es más bonita cada día. Voy a tener que levantar una valla alrededor de la casa para mantener a raya a todos los chicos que te seguirán hasta aquí.

Mientras Susan preparaba la cena, la besó tiernamente en el cuello.

–¿Por qué no vamos a bailar alguna noche, cariño? Cuando estábamos en la universidad solíamos bailar mucho. ¿Recuerdas?

Como una ráfaga de viento helado, la frase acabó con la fantasía de que sus sospechas sobre él eran ridículas. «Cadáveres con zapatos de salón.»

Más tarde, en la cama, Doug se acercó a ella.

–Susan, ¿te he dicho alguna vez cuánto te quiero?

–Muchas, pero hay una que recuerdo especialmente.

«Cuando me pediste que mintiera, después de la muerte de Nan Sheridan.»

Doug se incorporó, apoyándose sobre un codo, y la miró en la penumbra.

–¿Y cuándo fue esa vez? –preguntó en tono de broma.

«No dejes que adivine lo que piensas.»

–El día de nuestra boda, por supuesto. –Rió nerviosamente–. Doug, no, por favor, estoy muy cansada. –No podía soportar su contacto. Se dio cuenta de que le daba miedo.

–Susan, ¿qué demonios te pasa? Estás temblando.

El domingo discurrió más o menos igual. Espíritu de familia. Pero Susan descubrió en los ojos de Doug una expresión recelosa, y las arrugas que la tensión formaba siempre junto a su boca. «¿Estoy obligada a contar mis sospechas a la policía?, y si confieso que mentí para encubrirle hace quince años, ¿me mandarán a prisión? ¿Qué sería entonces de los niños? Y si descubre que voy a contar a la policía la verdad de lo que ocurrió la mañana de la muerte de Nan, ¿cómo intentará detenerme?»

XX

Lunes, 11 de marzo

El lunes por la mañana, Vince llamó a Nona.

–Tengo un psiquiatra para tu programa. El doctor Martin Weiss. Es un hombre agradable, muy juicioso. Es miembro de la AAPL y un gran experto. Explica las cosas sin rodeos y desea participar en el programa. ¿Te doy su número?

–Naturalmente. –Nona repitió las cifras y luego añadió–: Me gusta Hank, es fabuloso.

–Quiere saber si te gustaría verle lanzar cuando empiece la temporada de béisbol.

–Yo llevaré golosinas al partido.

Nona telefoneó al doctor Weiss. Aceptó ir al estudio a las cuatro del miércoles.

–Comenzaremos la grabación a las cinco. Lo emitiremos el jueves a las ocho de la tarde.

Darcy pasó la mayor parte del lunes en el almacén, buscando mobiliario para el hotel. A las cuatro, se acercó a la Galería Sheridan. Se celebraba una subasta. Chris estaba de pie, a un lado junto a la primera fila, de espaldas a ella. Pasó de largo en dirección a la sala de conferencias. Muchas de las fotografías llevaban marcada la fecha. Tal vez encontrase otra foto del estudiante que le resultaba vagamente conocido.

A las seis y media, seguía todavía allí. Chris entró en la sala, y ella alzó la cabeza sonriente.

–Las pujas parecían elevadas y muy reñidas. ¿Ha sido un buen día?

–Muy bueno. Nadie me dijo que estabas aquí, pero vi que la luz estaba encendida.

–Me alegro de que hayas venido, Chris. ¿Te parece que este tipo es el mismo que señalé el otro día?

Observó la foto con detenimiento.

–Sí, lo es. Mi madre llamó hace un momento y dejó un mensaje para decirme que había visto a Janet. Este chico fue uno de los que interrogaron cuando Nan murió. Tengo entendido que era uno de sus admiradores. Se llamaba Doug Fox. –Ante la expresión atónita de Darcy, preguntó–: Entonces, ¿le conoces?

–Como Douglas Fields, a través de un anuncio de contactos.

–Han convocado una reunión de emergencia, cariño. No puedo explicártelo, pero una compañía que recomendamos a nuestro mejor cliente se está viniendo abajo.

A duras penas, Susan logró acabar la tarde. Bañó a Trish y al pequeño y ayudó a Donny y Beth con sus deberes.

Cuando por fin pudo apagar las luces y meterse en la cama, permaneció varias horas sin conciliar el sueño. Se había quedado en casa todo el fin de semana, pero ahora andaba de nuevo suelto por ahí. Si él era el causante de la muerte de aquellas chicas, ella era igualmente culpable.

Lo más fácil sería escapar y olvidarse de todo aquello. Meter a los niños en el coche y marcharse lo más lejos posible.

Pero no daría resultado.

Al día siguiente por la tarde, después de dejar a Trish en el autobús de la escuela y poner a Conner a dormir la siesta, llamó a información y pidió el número del FBI en Manhattan.

Marcó el número y esperó. Una voz dijo:

–Oficina de Investigación Federal.

Ya no podía volverse atrás. Susan cerró los ojos y con gran esfuerzo consiguió susurrar:

–Desearía hablar con alguien sobre los asesinatos de los zapatos de baile. Creo que tengo alguna información.

El lunes por la noche, Darcy fue a cenar con Nona a Neary's y le contó lo referente a Doug Fox.

–Intenté localizar a Vince, pero no estaba –dijo ella–, así que dejé el recado a su ayudante. –Cortó el panecillo y lo untó con un poco de mantequilla–. Nona, Doug Fox, o Doug Fields como me dijo a mí que se llamaba, es el tipo de hombre que a Erin le hubiese gustado e inspirado confianza. Es guapo, inteligente, artista, y tiene una de esas caras aniñadas que atraen a las chicas maternales como Erin.

Nona adoptó una expresión sombría.

–Resulta bastante escalofriante que fuese interrogado por la muerte de Nan Sheridan. Será mejor que no vuelvas a verle. Aunque, según dice Vince, es bastante frecuente que algunos tipos no den sus verdaderos nombres cuando contestan a estos anuncios.

–Sí, pero ¿cuántos han sido interrogados sobre la muerte de Nan Sheridan?

–No te hagas demasiadas ilusiones. En realidad, no es una pista más significativa que el hecho de que Jay Stratton también estudiara en Brown, o que Gus Boxer trabajase cerca de la casa de Nan Sheridan hace quince años.

–Solo quiero que esto se acabe cuanto antes –suspiró Darcy.

–Vamos a dejar de hablar de ello. Comes y duermes con esta historia. ¿Cómo va el trabajo?

–¡Oh!, bueno, lo he descuidado un poco, claro. Pero hoy me llamaron para agradecerme el trabajo que hice en la habitación de una chica de dieciséis años que tuvo un grave accidente. Utilicé las cosas de Erin para amueblarla. La madre quería decirme que su hija Lisa volvió del hospital el sábado y le gustó muchísimo y, ¿sabes qué me dijo que le había gustado más?

–¿Qué?

–¿Recuerdas el póster que tenía Erin en la pared, frente a su cama? ¿El cuadro de Egret?

–Desde luego que me acuerdo. *Le gusta la música, le gusta bailar.*

No habían advertido que Jimmy Neary se había acercado a su mesa.

–*Eso era* –dijo con vehemencia–. ¡Por todos los santos! Eso era. Así empezaba el anuncio que se cayó del bolsillo de Erin, aquí mismo, en este mismo sitio.

XXI

Martes, 12 de marzo

El martes, Susan contrató una canguro y se desplazó en tren a Nueva York para entrevistarse con Vince.

–Entiendo lo difícil que es para usted, señora Fox –había dicho D'Ambrosio con prudencia. No le contó que ya tenía referencias sobre su marido–. Hacemos lo que podemos para mantener a la prensa al margen, pero cuanto más sepamos, más fácil será.

A las once, Susan ya se encontraba en el cuartel general del FBI.

–Puede entrar en contacto con la agencia Harkness –explicó–. Lo han tenido vigilado. Me gustaría creer que no es nada más que un donjuán, pero creo que la cosa va más lejos, y no puedo permitir que continúe.

Vince percibió el desconsuelo reflejado en el rostro de aquella joven y hermosa mujer sentada frente a él.

–No, no puede permitirlo –dijo quedamente–. Pero, de todas formas, hay una gran diferencia entre pensar que su esposo la engaña y sospechar que es un asesino. ¿Cómo ha llegado usted a esa conclusión?

–Yo solo tenía veinte años y estaba muy enamorada de él –dijo Susan, como si se hablase para sí misma.

–¿Cuánto tiempo hace de eso?

–Quince años.

El rostro de Vince permaneció impasible.

–¿Qué es lo que ocurrió entonces, señora Fox?

Con los ojos fijos en la pared contó a Vince cómo había encubierto a Doug tras la muerte de Nan Sheridan, y cómo le escuchó llamar a Erin en sueños la noche que fue hallado su cadáver.

Cuando terminó su relato, Vince preguntó:

–¿Conoce la agencia Harkness la dirección de su apartamento?

–Sí. –Después de revelar todo lo que sabía y sospechaba, Susan sintió un intenso abatimiento, ahora todo lo que debía hacer era vivir con su conciencia el resto de su vida.

–Señora Fox, esta será una de las cosas más difíciles que haya tenido que hacer en su vida. Necesitamos hacer unas averiguaciones en la agencia Harkness. El hecho de que hayan seguido a su marido puede ser de gran ayuda. ¿Puede usted seguir actuando con toda normalidad durante uno o dos días? No olvide que nuestra investigación también puede dejarle a él fuera de sospecha.

–No es muy difícil guardar las apariencias con mi marido. La mayor parte del tiempo no se da cuenta de que existo, si no es para quejarse.

Cuando se marchó, Vince llamó a Ernie.

–Tenemos nuestra primera gran oportunidad y no me gustaría desperdiciarla. Esto es lo que vamos a hacer...

El martes por la tarde, Jay Charles Stratton fue acusado de robo a gran escala. Los inspectores de la policía de Nueva York, junto con los miembros del equipo de seguridad de Lloyd's de Londres, encontraron al joyero que vendió algunos de sus diamantes robados. La pista de las restantes piedras preciosas, denunciadas como desaparecidas, condujo a una caja de seguridad privada a nombre de Jay Charles.

Fue una reunión extenuante, y la tensión en la oficina ese día había sido insoportable. ¿Cómo podías explicar a tus mejores clientes que los economistas de una compañía les daban gato por liebre? Se suponía que esas cosas ya no pasaban.

Doug llamó varias veces a su casa y se sorprendió al comprobar que una canguro contestaba al teléfono. Algo ocurría, tendría que hacer lo imposible para volver a casa esa noche. No sería difícil arreglar las cosas con Susan. Su autoconfianza se derrumbaba. Ella todavía no sospechaba..., ¿o sí?

El martes por la tarde, Darcy fue directamente a casa al salir del trabajo. Todo lo que deseaba era calentar una lata de sopa y meterse en la cama temprano. La tensión de las últimas dos semanas estaba saliendo a la superficie, y empezaba a notarlo.

A las ocho, llamó Michael.

–He escuchado voces agotadas, pero la tuya ganaría el primer premio.

–No me cabe la menor duda.

–Has abusado de tus fuerzas, Darcy.

–No te preocupes. Voy a volver directamente del trabajo a casa durante toda la semana.

–Es una buena idea. Darcy, voy a estar fuera durante uno o dos días, ¿por qué no me reservas el sábado? ¿O el domingo? ¿O mejor aún los dos días?

Darcy se rió.

–Dejémoslo en el sábado. ¡Que te diviertas!

–No es nada divertido. Es una convención psiquiátrica. Me han pedido que sustituya a un amigo que ha tenido que cancelar su asistencia. ¿Sabes lo que es estar con cuatrocientos psiquiatras en la misma habitación?

–No, no me lo puedo imaginar.

XXII

Miércoles, 13 de marzo

El día D, pensó Nona mientras se quitaba la capa y la dejaba caer sobre el sofá. Aún no eran las ocho de la mañana. Se alegró al descubrir que Connie ya había llegado y estaba preparando café.

Connie entró inmediatamente después.

–Va a ser un gran programa, Nona. –Llevaba unas tazas recién lavadas.

–Creo que Cecil B. de Mille tardó menos en hacer una de sus películas que yo en preparar esto –dijo con ironía.

–Has seguido con tus programas habituales mientras lo montabas –señaló Connie.

–Eso creo. Vamos a confirmar por teléfono la asistencia de los invitados, para asegurarnos. ¿Les enviaste una carta para recordárselo?

–Naturalmente. –Connie se sorprendió con la pregunta.

Nona esbozó una sonrisa.

–Discúlpame. Es que Hamilton no está convencido de que el programa resulte, y Liz está dispuesta a arrogarse el mérito de lo que salga bien y a cargarme el mochuelo si hay algún fallo...

–Lo sé.

–A veces me pregunto quién dirige esta oficina, Connie, tú o yo. Solo hay una cosa en la que hubiera deseado que no nos pareciésemos.

Connie esperó.

–Me hubiera gustado que hablases a las plantas. Pero eres igual que yo. Ni siquiera las ves. –Señaló la que estaba en la ventana–. Esa pobre está agonizando. Riégala un poco, ¿quieres?

El miércoles por la mañana, Len Parker se sintió muy cansado. El día anterior no había dejado de pensar en Darcy Scott. Cuando salió del trabajo merodeó cerca del edificio de su apartamento y la vio bajar de un taxi entre las seis y media y las siete. La esperó hasta las diez, pero no volvió a salir. Necesitaba hablarle. Las otras veces estaba enojado con ella porque le trataba de mala manera. Había recordado algo sobre el otro día que era importante, pero ya no se acordaba. Quizá volvería a recordarlo de nuevo.

Se puso su uniforme de trabajo. Estaba muy bien llevar uniforme, así no te gastabas un céntimo en ropa de trabajo.

La secretaria de Vince anotó un mensaje de Darcy Scott antes de que él llegase a la oficina el miércoles por la mañana. Decía que estaría fuera toda la mañana, pero quería hacerle saber que era muy probable que Erin hubiese contestado a un anuncio que empezaba por las palabras «Le gusta la música, le gusta bailar». Ese sería el tipo de anuncio que con toda seguridad hubieran contestado también las otras chicas desaparecidas, pensó Vince.

Seguir la pista de los anuncios de contactos no era nada fácil. Cualquier persona que no deseara dar a conocer su verdadera identidad podía falsificar un carnet, abrir una cuenta bancaria y alquilar un apartado de correos donde enviar las respuestas de los anuncios. Ni rastro de la dirección auténtica. Las personas que regentaban los servicios de apartados postales garantizaban total confidencia a sus clientes.

Iba a resultar largo y dificultoso. Pero ese anuncio podía ser la clave. Se puso en contacto por teléfono con los investigadores. Estaban muy cerca de Doug Fox, también conocido como Doug Fields. La ficha de la agencia Harkness era todo lo que un investigador del FBI podía soñar.

Fields había subarrendado el apartamento dos años atrás, justo cuando desapareció Claire Barnes.

Joe Pabst, el hombre de Harkness, estuvo sentado muy cerca de Fox en un restaurante del Soho. Era evidente que había conocido a la mujer que estaba con él a través de un anuncio de contactos.

Se volvieron a citar para ir a bailar.

Tenía una furgoneta.

Pabst estaba convencido además de que Fox tenía un escondite secreto. En el Soho, le había oído decir a la agente de la propiedad que le gustaría llevarla a su refugio.

Se hacía pasar por ilustrador. El encargado de London Terrace había entrado en su apartamento y decía que estaba lleno de dibujos realmente buenos.

«Y, además, se le interrogó por la muerte de Nan Sheridan.»

Pero todo eran pruebas circunstanciales, recordó Vince. ¿Publicaba Fox los anuncios, los contestaba, o ambas cosas? ¿Qué sería mejor? ¿Intervenir el teléfono de London Terrace durante un tiempo y esperar a ver qué ocurría? ¿Detenerle inmediatamente para interrogarlo? Era uno de los más duros de pelar.

Bueno, al menos Darcy Scott estaba sobre aviso de que podría ser el asesino. No corría peligro de dejarse atrapar por él.

Y sería un detalle importante a añadir si resultaba que Fox era el que puso el anuncio que llevaba encima Erin Kelley: «Le gusta la música, le gusta bailar».

Hacia mediodía, Vince recibió un aviso de VICAP desde el cuartel general de Quantico. Habían llamado varios departamentos de policía del país: Vermont, Washington DC, Ohio, Georgia, California. Se habían recibido cinco nuevos paquetes de zapatos desparejados. Todos ellos con un zapato o una bota ordinarios y un zapato de salón alto. Y todos dirigidos a las familias de las chicas reseñadas en la ficha de VICAP como jóvenes residentes en Nueva York, desaparecidas en los dos últimos años.

A las tres y media, Vince se dispuso a dejar su oficina para ir a Hudson Cable Network. Su secretaria le detuvo cuando pasó delante de su escritorio y le tendió el teléfono.

–Charles North, dice que es importante.

Las cejas de Vince se arquearon. «¡No me digas que esta especie de picapleitos de pacotilla al fin va a cooperar!», pensó Vince.

–D'Ambrosio –dijo secamente.

–D'Ambrosio, he pensado mucho en ello...

Vince esperó.

–Solo hay una explicación posible a la circunstancia de que mis actividades llegaran a oídos de quien no debía.

Vince sintió espolearse su interés.

–Cuando vine a Nueva York, a principios de febrero, para arreglar los últimos detalles de la mudanza, acudí invitado por el socio principal de la compañía a un festival benéfico: La Gala Benéfica de Autores Dramáticos del siglo XXI. Asistió una multitud de famosos. Helen Hayes, Tony Randall, Martin Chardin, Lee Grant, Lucille Lortel. Me presentaron a mucha gente durante el cóctel. Mi socio estaba deseoso de presentarme. Hablé con un grupo de cuatro o cinco personas un poco antes de que nos llamaran para la cena. Una de ellas me pidió mi tarjeta, pero no puedo recordar su nombre.

–¿Qué aspecto tenía?

–Está usted hablando con alguien que tiene muy poca memoria para las caras o los nombres, lo que, como es lógico, parecerá sorprendente a alguien de su profesión. Lo recuerdo muy vagamente. Un metro ochenta, más o menos, treinta y tantos, quizá cuarenta. No, treinta y tantos. Hablaba con corrección.

–¿Cree usted que si le entrego una lista de los asistentes a ese acto, puede ayudarle a recordar?

–No lo sé. Es posible.

–De acuerdo, North. Le estoy muy agradecido. Conseguiremos la lista y tal vez su socio reconozca los nombres de algunas de las personas que hablaron con usted.

North pareció alarmarse.

–¿Y cómo voy a explicar que necesito esa información?

El débil sentimiento de gratitud que había despertado en Vince el intento del abogado de ser útil desapareció.

–North –le espetó–, usted es abogado, debería estar acostumbrado a obtener información sin que se la ofrezcan. –Colgó y llamó a Ernie.

–Necesito la lista de invitados de la Gala Benéfica de Autores Dramáticos del siglo XXI, que se celebró en el Plaza a principios de febrero –dijo–. No creo que sea muy difícil. Ya sabes dónde puedes encontrarme.

Era el 13 de marzo, el aniversario de la muerte de Nan. El día anterior hubiera cumplido treinta y cuatro años.

Desde hacía ya bastante tiempo, Chris celebraba su cumpleaños el día 24, el día del cumpleaños de Greta. Era más fácil para los dos. Su madre le había llamado la víspera, antes de que saliera del trabajo.

–Chris, cada día doy gracias al cielo por tenerte a ti. Feliz cumpleaños, querido.

Esa mañana fue él quien llamó.

–El día más penoso, madre.

–Creo que lo será siempre. ¿Estás seguro de que quieres ir a ese programa?

–¿Querer? No. Pero creo que si sirve de ayuda para solucionar el caso, merecerá la pena. Puede que al verlo alguien recuerde alguna cosa sobre Nan.

–Eso espero. –Greta suspiró. Cambió de tono–. ¿Qué tal está Darcy? Es tan adorable..., Chris.

Creo que todo este asunto está acabando con ella.
–¿Saldrá también en el programa?
–No. Y tampoco quiere asistir a la grabación.

En la galería, el día transcurría con tranquilidad. Chris pudo dedicarse a poner en orden sus papeles. Había dado instrucciones de que le avisaran si Darcy llegaba, pero no había ni rastro de ella. A las dos llamó a su oficina, y su secretaria le informó de que estaría todo el día fuera, por motivos de trabajo, y después iría directamente a casa.

A las tres y media, se desplazó en taxi a los estudios de Hudson Cable.

«Cuanto antes acabe con esto, mejor», pensó sombríamente.

Los invitados del programa se reunieron en los camerinos. Nona hizo las presentaciones. Los Corra, una pareja de unos cuarenta y tantos años que se había separado y luego contestaron ambos al anuncio del otro. Gracias a eso se habían vuelto a reunir.

Los Daley eran un matrimonio de aspecto serio, de unos cincuenta años. Al principio, a los dos les costó bastante decidirse a escribir a los anuncios de contactos. Se habían conocido hacía tres años.

–Fue bien desde el principio –dijo la señora Daley–. Siempre he sido demasiado reservada. Descubrí que podía poner sobre el papel lo que no era capaz de decir de palabra.

–Ella era una investigadora científica, él un profesor de la universidad.

Adrian Greenfield, la jovial divorciada, tenía ya cerca de cincuenta años.

–Yo sí que me estoy divirtiendo –explicó a los demás–. En realidad fue un error de imprenta. Donde debía decir que era agraciada, pusieron adinerada. Os aseguro que se necesitaría un camión para llevar toda la correspondencia que recibí.

Wayne Harsh, era el tímido director de una firma de juguetes. El tipo de chico que las madres sueñan que les lleve un día su hija a casa, concluyó Vince. Harsh estaba contento de los resultados de las citas. En su anuncio había escrito que se sentía muy frustrado al ver a los niños de todo el mundo jugar con los juguetes que fabricaba, mientras que él no tenía hijos. Anhelaba encontrar una mujer dulce y brillante, de unos veinte años, que buscase un hombre que llegara pronto a casa y no tirase la ropa por el suelo.

Los tortolitos, los Cairone. Se enamoraron en su primera cita. Al final de la tarde se sentaron al piano del bar en que se encontraron y tocaron *Get Me to the Church on Time*. Se casaron un mes más tarde.

–Hasta que no aparecieron, pensé que no tendríamos ninguna pareja joven –confió Nona a Vince, cuando este llegó–. Estos dos te hacen creer en las novelas rosas.

Vince advirtió la llegada del psiquiatra, el doctor Martin Weiss, y se acercó a saludarle.

Weiss era un hombre de unos sesenta y cinco años, de rasgos marcados, abundante cabello gris y unos penetrantes ojos azules. Se sirvieron una taza de café.

–Gracias por aceptar venir a última hora.

–¡Hola, Vince!

Vince se dio la vuelta, y Chris se acercó a ellos. Recordó que hoy era el aniversario de la muerte de Nan Sheridan.

–Hoy no es un buen día para usted –le dijo.

A las cinco menos cuarto, Darcy se recostó en el asiento del taxi y cerró los ojos. Hoy al menos, había recuperado parte del tiempo perdido. Los pintores empezarían a trabajar el lunes en el hotel. Esta mañana ella había llevado un folleto del hotel Pelham de Londres.

–Es un hotel elegante pero íntimo. Se parece al suyo en el sentido de que las habitaciones no son grandes. El área de la recepción es pequeña, pero la sala contigua es perfecta para recibir visitas. Fíjense en este pequeño bar de la esquina. Ustedes podrían hacer lo mismo. Y miren las habitaciones. No vamos a llegar a tanto, por supuesto, pero sí podemos conseguir el mismo efecto.

No hace falta decir que quedaron encantados.

«Ahora –pensó Darcy– tengo que ponerme en contacto con el decorador de escaparates de Wilston's.» Se había sorprendido mucho al enterarse de que después de desmontar un escaparate, las telas se vendían por casi nada. Metros y metros de género de la mejor calidad.

Sacudió la cabeza, para librarse de una persistente migraña. «No sé si esto es el principio de un resfriado o una jaqueca, pero hoy también me acostaré pronto», se dijo mientras el taxi la conducía a casa.

Al llegar a su apartamento, vio que la luz del contestador parpadeaba. Bev había dejado un mensaje.

–Darcy, hace veinte minutos que has recibido una llamada de lo más extraña. Llámame en cuanto llegues.

Darcy marcó inmediatamente el número de su oficina.

–¿Cuál es ese mensaje, Bev?

–Era una mujer. Hablaba en voz muy baja. Quería ponerse en contacto contigo. No quise darle el número de tu casa, y por eso le dije que te dejaría un mensaje. Me dijo que estaba en el mismo bar que Erin la noche que desapareció, y que no se atrevía a decirlo porque iba con un hombre que no era su marido. Vio cómo Erin se encontraba con un hombre en el momento en que ella salía y abandonaron juntos el local. Pudo verlo con toda claridad.

–¿Cómo puedo hablar con ella?

–No puedes, no quiso darme su nombre. Se encontrará contigo en ese mismo bar, el Eddie Aurora, de la calle Cuatro oeste, junto a Washington Square. Ella llegará hacia las seis si es que puede escaparse. Si a esa hora no ha llegado, no la esperes más. En el caso de que no os pudierais ver, llamará mañana.

–Gracias Bev.

–Escucha, Darcy, yo me voy a quedar aquí hasta tarde. Tengo que estudiar para un examen y en mi casa hay demasiado jaleo con los amigos de mi compañera de piso que entran y salen. Llámame luego, ¿quieres? Solo para saber que estás bien.

–No me pasará nada pero vale, te llamaré.

Darcy olvidó su cansancio. Eran las cinco y cinco. Tenía el tiempo justo para lavarse la cara, cepillarse el pelo y cambiarse los vaqueros polvorientos por una falda y un jersey. «¡Oh, Erin! –pensó–. Puede que esto esté llegando al final.»

Nona miró los títulos de crédito mientras los invitados conversaban tranquilamente, enfocados todavía por las cámaras, pero sin sonido.

–¡Amén! –exclamó cuando la pantalla se oscureció.

Se puso en pie de un salto y bajó corriendo los escalones que conducían al plató.

–Habéis estado maravillosos –dijo–. Todos. No sé cómo daros las gracias.

Algunos participantes sonrieron con alivio. Chris, Vince y el doctor Weiss se reunieron.

–Me alegro de que ya haya pasado –dijo Chris.

–Es muy comprensible –dijo Martin Weiss–. Por lo que he podido oír, tanto su madre como usted demuestran una extraordinaria entereza en todo este asunto.

–No nos queda otro remedio, doctor.

Nona se unió a ellos.

–Los demás se marchan ya, pero me gustaría que vosotros pasarais un momento a mi oficina para tomar un cóctel. Os lo habéis ganado.

–¡Oh!, no sé si... –Weiss sacudió la cabeza, luego titubeó–. Primero debo llamar a mi oficina. ¿Puedo hacerlo desde aquí?

–Por supuesto.

Chris vaciló. Se daba cuenta de lo cansado que estaba. La secretaria de Darcy le había dicho que esta iba a ir directamente a casa. Quizá la convenciese para aceptar una cena rápida.

–¿Puedo pedir turno para el teléfono yo también?

–Llama las veces que quieras.

El avisador del «busca» que Vince llevaba en el cinturón empezó a sonar.

–Espero que tengas muchos teléfonos por aquí, Nona.

Vince llamó desde la mesa de la secretaria y recibió el mensaje de llamar a Ernie a la oficina de la Gala de Autores Dramáticos del siglo XXI. Cuando logró hablar con él, Ernie tenía nuevas noticias.

–Tengo la lista de invitados y, ¿a qué no adivinas quiénes están en ella?

–¿Quiénes?

–Erin Kelley y Jay Stratton.

–*Fumata Bianca.*

Recordó la descripción que hizo North del hombre al que entregó su tarjeta. Alto, treinta y tantos o cuarenta años. Hablaba con corrección. ¡Erin Kelley! Aquella tarde en el apartamento de Kelley, Darcy eligió un vestido rosa y plateado para que fuera enterrada con él. Erin, le explicó, lo compró para ir a una gala benéfica. Más tarde, cuando fue a recoger el paquete de zapatos enviado al apartamento de Darcy, le comentó que el zapato que venía en el paquete combinaba mejor con aquel vestido que los que la propia Erin eligió. Acababa de descubrir de súbito la razón: el asesino había estado también en la gala y la vio con ese vestido.

–Ven a buscarme a la oficina de Nona –ordenó a Ernie–, podemos ir juntos al centro.

En la oficina, el doctor Weiss parecía estar más relajado.

–Todo va bien. Estaba preocupado por un paciente que podía necesitarme esta noche. Señorita Roberts, voy a abusar de su gentileza. Mi hijo menor estudia comunicaciones y se graduará en junio. ¿Cómo puede introducirse en este mundo?

Chris Sheridan se había desplazado desde el escritorio en el que estaba situado el teléfono de Nona hasta la ventana. Distraídamente, pasó el dedo por el polvo que cubría la planta. Darcy no estaba en casa y, cuando llamó a su oficina, su secretaria le dio una explicación evasiva, diciéndole que ella la llamaría más tarde.

–Ha surgido una cita importante.

Su intuición le avisaba de que algo raro pasaba.

Estaba seguro.

Darcy tenía que esperar solo hasta las seis, pero permaneció hasta las seis y media, antes de decidir dejarlo por esa noche. Evidentemente, la mujer que llamó no había podido venir. Pagó el Perrier y se marchó.

Al salir a la calle, el viento había vuelto a levantarse y sintió como si la atravesase de parte a parte. «Espero conseguir un taxi», se dijo.

–Darcy, por fortuna he llegado a tiempo. Tu secretaria me dijo que estarías aquí.

–Me salvas la vida. ¡Qué suerte!

Al otro lado de la calle, acurrucado en un portal, Len Parker vio desvanecerse las luces traseras del coche. Igual que la última vez, cuando Erin Kelley salió y alguien la llamó desde esa misma furgoneta.

¿Y si fuese la misma persona que mató a Erin Kelley? ¿Debía llamar a ese agente del FBI? Se llamaba D'Ambrosio. Tenía su tarjeta.

¿Pensarían que estaba loco?

Erin Kelley lo había dejado plantado, y Darcy Scott se había negado a cenar con él.

Pero él había sido mezquino con las dos.

Se había gastado un montón de dinero en taxis, siguiendo a Darcy Scott los dos últimos días.

Y una llamada telefónica solo le costaría veinticinco centavos.

Chris se alejó de la ventana. Tenía que preguntarlo. En ese momento, Vince entraba de nuevo en la habitación.

–¿Sabe si Darcy tenía esta noche otra cita de esos malditos anuncios? –preguntó.

Vince percibió la preocupación en la cara de Sheridan y pasó por alto el tono agresivo. Sabía muy bien que no iba dirigido a él.

–Creo que, según me dijo Nona, tenía intención de irse pronto a casa.

–Eso tengo entendido. –La sonrisa de Nona desapareció de su cara–. Cuando llamé a su oficina, su secretaria me dijo que pensaba ir directamente a casa desde el hotel que está reformando.

–Bueno, algo le ha hecho cambiar de opinión –replicó Chris–. Su secretaria parecía muy misteriosa.

–¿Cuál es el número de su oficina? –Vince cogió el teléfono. Cuando Bev contestó, se identificó y dijo–: Los planes de Darcy Scott me preocupan, si sabe usted cuáles son, haga el favor de decírmelos.

–Preferiría que hablase personalmente con ella... –empezó Bev, pero Vince la interrumpió.

–Escuche, señorita, no tengo intención de interferir en su vida privada, pero si esto tiene que ver con un anuncio de contactos, necesito saberlo. Estamos muy cerca de resolver el caso, pero por el momento nadie ha sido arrestado.

–Bueno, prométame no interferir...

–¿Dónde está Darcy Scott?

Bev se lo dijo y él le dio el número de Nona.

–En cuanto sepa algo de ella dígale que me llame. –Colgó–. Ha ido a encontrarse con una mujer que vio a Erin Kelley en el Eddie Aurora del Village la noche que desapareció, y que puede describir al hombre con quien se encontró al salir. Esta mujer no había hablado antes porque estaba con un tipo que no era su marido.

–¿Crees que es cierto?

–No me gusta nada, pero si en efecto acude al bar a encontrarse con Darcy, significa que todo va bien. ¿Qué hora es?

–Las seis y media –dijo el doctor Weiss.

–Entonces Darcy puede llamar a su oficina en cualquier momento. Por lo visto solo tenía que esperarla hasta las seis.

–¿No fue así lo que le ocurrió a Erin Kelley? –preguntó Chris–. Tengo entendido que estuvo esperando en el Eddie Aurora, luego se marchó y desapareció.

Vince sintió que un escalofrío recorría su espalda.

–Voy a llamar allí.

Habló con el bar, hizo unas rápidas preguntas, escuchó unos momentos y colgó el auricular.

–El barman dice que una joven que responde a la descripción de Darcy se ha marchado hace unos momentos. Nadie ha ido a encontrarse con ella.

Chris juró para sus adentros. Volvía a revivir, con aterradora claridad, el momento en que encontró el cadáver de Nan, quince años atrás.

Una azafata de la recepción llamó a la puerta entreabierta.

–El señor Cizek, del FBI, dice que usted le espera –dijo dirigiéndose a Nona.

Nona asintió.

–Hazlo pasar.

Mientras atravesaba la puerta, Cizek intentó sacar de un sobre de papel manila la abultada lista de asistentes a la gala benéfica. Se había pegado. Al sacarla, la grapa que unía los papeles saltó y estos se desparramaron por el suelo. Nona y el doctor Weiss le ayudaron a recogerlos.

Vince advirtió que Chris abría y cerraba los puños.

–Tenemos dos sospechosos principales –le dijo– y ambos están bajo vigilancia.

El doctor Weiss examinó una de las páginas que había recogido. Como si hablase para sí mismo, comentó en voz alta:

–Pensaba que estaba demasiado ocupado con sus anuncios de contactos para ir a fiestas.

Vince levantó inmediatamente la cabeza.

–¿De quién está usted hablando?

Weiss pareció sentir cierto embarazo.

–El doctor Michael Nash. Perdóneme, ha sido un comentario poco profesional.

–Llegados a este punto nada es poco profesional –dijo Vince con acritud–. Puede ser muy importante que el doctor Nash asistiese a esa gala. Parece que usted no le aprecia demasiado. ¿Por qué?

Todas las miradas se dirigieron hacia el doctor Martin Weiss. Él pareció dudar y luego dijo despacio.

–Que esto no salga de esta habitación. Una de mis pacientes, que fue anteriormente paciente de Nash, lo vio en un restaurante con una conocida suya. Cuando volvió a ver a su amiga le tomó el pelo sobre el asunto.

Vince sintió el hormigueo nervioso que le invadía siempre que estaba cerca de la solución de un caso.

–Siga, doctor.

Weiss parecía cada vez más incómodo.

–La amiga de mi paciente le explicó que lo había conocido a través de un anuncio de contactos, y no se sorprendió al saber que había mentido sobre su pasado y que utilizaba un nombre falso. Se sentía muy intranquila con él.

Vince notó que el doctor Weiss sopesaba cuidadosamente las palabras.

–Doctor –dijo–, usted sabe con qué nos enfrentamos. Sabe tanto como nosotros. ¿Cuál es su sincera opinión sobre el doctor Michael Nash?

–Creo que no es ético que haga investigaciones para un libro técnico bajo falsas apariencias –dijo Weiss con prudencia.

–Eso es evadir la cuestión –le dijo Vince–. Si estuviera dando su testimonio pericial en el estrado, ¿cómo lo definiría?

Weiss desvió la mirada.

–Solitario –dijo gravemente–, reprimido, agradable en apariencia, pero antisocial en el fondo. Es probable que tenga problemas muy arraigados, que empezaron a manifestarse en la infancia. De todas formas, es un simulador nato y podría engañar a muchos profesionales.

Chris sintió que la sangre se le agolpaba en las sienes.

–¿Ha estado Darcy saliendo con ese hombre?

–Sí –susurró Nona.

–Doctor –dijo Vince inmediatamente–, necesito ponerme en contacto con esa joven cuanto antes, para saber qué decía ese anuncio.

–Mi paciente lo trajo a la consulta para enseñármelo –dijo Weiss–. Lo tengo en mi despacho.

–¿Recuerda usted si empezaba con «Le gusta la música, le gusta bailar»? –preguntó Vince.

En el mismo momento en que Weiss contestaba afirmativamente, el «busca» de Vince empezó a sonar. Cogió el teléfono, marcó y casi gritó su nombre. Todos observaron, mientras esperaban en completo silencio, cómo las arrugas de la frente de Vince se hacían más profundas. Sin soltar el auricular, Vince les informó:

–Ese chiflado de Len Parker acaba de llamar. Seguía a Darcy y la vio subir a la misma furgoneta que se llevó a Erin la noche que desapareció. –Hizo una pausa y luego dijo lacónicamente–. Es un vehículo Mercedes, de color negro, registrado a nombre del doctor Michael Nash en Bridgewater, Nueva Jersey.

–¿Qué has hecho con el otro coche?

–Este lo utilizo sobre todo en el campo.

–Has vuelto muy pronto del congreso.

–Al final, el ponente al que tenía que reemplazar se sintió lo bastante bien para asistir.

–Ya veo. Michael, eres un encanto, pero creo que lo mejor será que me vaya a casa cuanto antes.

–¿Qué cenaste anoche?

Darcy sonrió.

–Una sopa de lata.

–Recuesta la cabeza y descansa. Duerme si puedes. La señora Hughes tendrá el fuego encendido y una magnífica cena, y puedes dormir también en el camino de vuelta.

–Alargó la mano y acarició delicadamente su cabello–. órdenes del médico, Darcy. Me gusta cuidar de ti.

–Es estupendo que te cuiden. ¡Ah! –Cogió el teléfono del coche–. ¿Puedo llamar a mi secretaria? Le prometí que la volvería a llamar.

Colocó la mano sobre las suyas y retiró el aparato.

–Lo siento, pero tendrás que esperar a que lleguemos a casa. El teléfono no funciona. Ahora relájate.

Darcy sabía que Bev aún estaría en la oficina durante unas horas. Cerró los ojos y se dejó llevar por el sueño. Estaba dormida cuando atravesaron el Lincoln Tunnel.

–Voy a ordenar que registren el apartamento de Nash –dijo Vince–. Pero nunca la llevaría allí ni a su oficina. El portero podría verlos.

–Darcy me dijo que tiene una casa en Bridgewater con una finca de ciento sesenta hectáreas. Ha estado allí un par de veces. –Nona se agarró con fuerza a los lados de la mesa para sostenerse.

–Entonces, si la invitó a ir allí esta tarde, no debió de sospechar nada –dijo Vince. Se sentía cada vez más enfadado consigo mismo.

Ernie regresó de la oficina.

–He hablado con los de vigilancia. Doug Fox está en su casa de Scarsdale. Jay Stratton está en Park Lane, con una vieja cotorra.

–Eso los deja fuera.

«Todo encaja perfectamente –pensó Vince con furia–. Nash dejó un mensaje en el contestador de Erin, para que la volviese a llamar la noche que se la llevó. Nunca se me ocurrió comprobarlo. Esta tarde deja un mensaje a la secretaria de Darcy, y luego pretende que es la secretaria quien le ha dicho dónde la podía encontrar. Sabe que Darcy confía en él, y que subirá a su coche. Y si ese bicho raro de Len Parker no la hubiera estado siguiendo, se habría desvanecido sin dejar rastro.»

–¿Cómo vamos a encontrar a Darcy? –preguntó Chris desesperado. Un miedo angustioso le oprimía el pecho de tal forma que le resultaba difícil respirar. Descubrió que en algún momento, durante la semana pasada, se había enamorado perdidamente de Darcy Scott.

Vince daba órdenes por teléfono al cuartel general.

–Avisen a la policía de Bridgewater –decía–. Que estén preparados para cuando lleguemos.

–Ten cuidado, Vince –le previno Ernie–, no tenemos ninguna prueba, y el único testigo es un reconocido chiflado.

Chris se abalanzó sobre él.

–Tú eres el que debes tener cuidado.

Weiss lo sujetó por el brazo.

–Envíen varias unidades a la residencia de Nash –ordenaba Vince–. Y tened un helicóptero preparado en la plataforma de la calle Trece para dentro de diez minutos.

Cinco minutos después, bajaban a toda velocidad por la Novena Avenida en un coche patrulla, con la sirena ululando y las luces encendidas. Vince iba en el asiento delantero junto al conductor, Nona, Chris y Ernie Cizek en el asiento trasero. Chris se había limitado a declarar que él iba con Vince. Nona había mirado al detective con ojos implorantes.

Vince no les puso al corriente de la desalentadora información que había recibido de la policía de Bridgewater. En la finca de Nash existían numerosos edificios, repartidos por toda la finca, incluida la zona de bosque. La búsqueda podía resultar larga.

«Y por cada minuto que perdemos el reloj corre en contra de Darcy», pensó.

–Ya hemos llegado, mi vida.

Darcy se removió.

–Me he quedado dormida, ¿verdad? –Bostezó–. Perdóname, no soy una compañía muy divertida.

–Me gustaba que durmieras. El descanso repara tanto el espíritu como el cuerpo.

Darcy miró hacia fuera.

–¿Dónde estamos?

–A solo quince kilómetros de la casa. Tengo un pequeño refugio donde suelo escribir y olvidé el manuscrito el último día. ¿No te importa que paremos un momento para recogerlo? De paso, podemos tomar una copa de jerez.

–Siempre que no estemos mucho tiempo. Quiero volver a casa pronto, Michael.

–Volverás pronto, te lo prometo. Vamos, entra. Siento que esté tan oscuro.

Su mano sujetó el brazo de Darcy.

–¿Cómo encontraste este sitio? –preguntó ella mientras abría la puerta.

–Cuestión de suerte. Por fuera no parece gran cosa, pero el interior es bastante bonito.

Abrió la puerta y accionó el interruptor de la luz. Darcy advirtió que debajo había un botón que decía «alarma».

Paseó la mirada por la amplia habitación.

–¡Oh!, esto es precioso –dijo al ver la sala de estar con chimenea, la cocina en la misma pieza, los suelos encerados. Luego se fijó en la enorme pantalla de televisión y los potentes altavoces de alta fidelidad.

–¡Este equipo es magnífico! ¿No es un despilfarro en un refugio para escribir?

–No, en absoluto. –La ayudó a quitarse el abrigo. Darcy se estremeció, aunque la habitación estaba caldeada. Había una botella de vino en un soporte de plata sobre la mesita del sofá.

–¿Se ocupa la señora Hughes también de este lugar?

–No. Ni siquiera sabe que existe –atravesó la habitación y encendió el equipo.

Los altavoces desgranaron los compases iniciales de *Till you were here.*

–Ven aquí, Darcy. –Sirvió jerez en una copa y se la tendió–. En una noche tan fría resulta delicioso, ¿no te parece?

Le sonreía con afecto. Entonces, ¿qué era lo que pasaba? ¿Por qué de pronto tenía la sensación de que era diferente? Su voz parecía ligeramente confusa, como si hubiese bebido. Sus ojos. ¡Eso era! Sus ojos tenían algo extraño. Su primer instinto fue correr hacia la puerta, pero ¡eso era ridículo! Buscó afanosamente algo que decir. Sus ojos se posaron en la escalera.

–¿Cuántas habitaciones tienes arriba? –La pregunta sonó brusca incluso a sus propios oídos.

No pareció notarlo.

–Solo un dormitorio pequeño y un baño. Esta es una casa de campo a la antigua.

Seguía sonriente, pero su mirada había cambiado. Las pupilas se dilataban. «¿Dónde estarán el ordenador y la impresora, y los libros, y todos los útiles típicos de un escritor?»

Darcy sintió que el sudor le cubría la frente. ¿Qué le ocurría? Empezaba a sospechar absurdamente... ¿Qué? Eran solo sus nervios. Estaba con Michael.

Con el jerez en la mano, se sentó en el sillón frente al sofá y estiró las piernas. Michael no le quitaba los ojos de encima.

–Déjame echar un vistazo.

Deambuló por la habitación, deteniéndose para examinar algunos de los escasos objetos de adorno, o para deslizar la mano sobre el mostrador que separaba la cocina de la habitación.

–¡Qué armarios más bonitos!

–Los mandé hacer, pero los instalé yo mismo.

–¡Tú mismo!

Su voz era afable, pero cortante.

–Ya te dije que mi padre fue un hombre que se hizo a sí mismo. Quiso que yo fuera capaz de hacer de todo.

–Desde luego, fue un buen maestro.

No podía permanecer mucho más tiempo en aquel lugar. Se dio la vuelta, caminó hasta el sofá y pisó un objeto que estaba casi cubierto por el borde de la alfombra.

Darcy lo pasó por alto y se sentó rápidamente. Sus rodillas temblaban de tal manera que sintió que iban a dejar de sostenerla. «¿Qué pasaba? ¿Por qué estaba tan asustada?»

Estaba con Michael, el encantador y considerado Michael. No quería pensar en Erin, pero su cara no se apartaba un instante de su mente. Bebió un poco de jerez para mitigar la sequedad de su boca.

La música cesó. Michael pareció contrariado. Se levantó y se acercó al equipo. Cogió unas cintas de la estantería superior y empezó a examinarlas.

–No me había dado cuenta de que esta cinta estaba a punto de acabar.

Hablaba como si pensara en voz alta, para sí. La mano de Darcy aferró el pie de la copa. Ahora eran sus manos las que temblaban. Algunas gotas de jerez salpicaron el suelo. Cogió una servilleta y se inclinó para secarlas.

Al ir a levantarse, advirtió que había alguna cosa oculta por el borde de la alfombra, algo que brillaba bajo la luz de la lámpara situada junto al sofá. «Eso debe de ser lo que he pisado antes. Un botón, probablemente.» Fue a cogerlo, deslizó los dedos índice y pulgar y palpó bajo el espacio hueco. No era un botón, era un anillo. Darcy lo cogió y se lo quedó mirando sin dar crédito a lo que veía.

Una E de oro, sobre un fondo de ónice en forma ovalada. «El anillo de Erin.»

«Erin ha estado en esta casa. Erin había contestado a un anuncio de Nash.»

El pánico se apoderó de Darcy. Michael había mentido cuando le dijo que se había encontrado con Erin una sola vez, para tomar una copa en Pierre.

De pronto, el equipo empezó a sonar estruendosamente.

–Disculpa –dijo Nash, todavía de espaldas a ella.

Change Partners and Dance. Tarareó los compases iniciales con la orquesta mientras bajaba el volumen y se volvía hacia ella.

«¡Dios mío, ayúdame! –rezó Darcy–. ¡Ayúdame! No debe ver el anillo.»

Él la miraba fijamente. Cruzó las manos y deslizó con disimulo el anillo en uno de sus dedos, mientras él se acercaba con los brazos extendidos.

–Nunca hemos bailado juntos, Darcy. Yo bailo muy bien, y sé que tú también.

«El cuerpo de Erin fue hallado con un zapato de baile en un pie. ¿Había bailado con él en esta misma habitación? ¿Había muerto en esta misma habitación?»

Darcy se recostó en el sofá.

–No pensaba que te gustase bailar, Michael. Cuando te hablé de las clases a las que Nona, Erin y yo asistíamos juntas, no me pareció que te interesase demasiado.

Él dejó caer los brazos y cogió su copa de jerez. Esta vez se sentó en el sillón, pero tan al borde que parecía que se hubiera caído si sus piernas no estuvieran firmemente apoyadas en el suelo.

«Como si fuese a saltar sobre mí.»

–Me gusta bailar –dijo–, pero pensé que no sería sano para ti recordar los buenos momentos que pasaste con Erin, en esas clases.

Darcy ladeó la cabeza como si meditase una respuesta.

–No dejas de subir en coche solo porque una persona querida sufre un accidente de tráfico, ¿no? –Sin esperar su respuesta, trató de cambiar de tema. Examinó el pie de la copa–. Una cristalería preciosa –comentó.

–Compré este juego en Viena –dijo él–. Puedo asegurar que hace que el jerez tenga aún mejor sabor.

Ambos sonrieron. Ahora volvía a ser el Michael que conocía. La extraña mirada se había desvanecido de sus ojos. «Mantenle así –le advirtió su instinto–. Háblale y hazle hablar.»

–Michael... –su voz adoptó un tono vacilante, confidente–, ¿puedo hacerte una pregunta?

–Por supuesto. –Pareció interesado.

–El otro día, creo que sugeriste que culpaba a mis padres de aquel comentario que me dolió tanto cuando era niña. ¿Cómo he podido ser tan egoísta?

Durante los veinte minutos que duró el trayecto, todos guardaron silencio. Vince dio un rápido repaso mental a la investigación en todos sus detalles. Michael Nash. Él había estado sentado en su despacho, pensando que era uno de los pocos psiquiatras que hablaban con sensatez. ¿Y si esta búsqueda resultaba inútil? ¿Quién podía asegurar que una persona con el dinero de Nash no poseyese algún refugio en Connecticut, o al norte del estado de Nueva York?

Era posible, pero dada la extensión de su propiedad, lo más probable era que llevase allí a sus víctimas. Por encima del zumbido del motor, Vince escuchó en su cabeza los nombres de los asesinos reincidentes que habían enterrado a sus víctimas en el sótano o el desván de su propia casa.

El helicóptero voló en círculos sobre una carretera comarcal.

–¡Allí!

Vince señaló hacia la derecha, donde dos potentes haces luminosos se proyectaban hacia arriba, señalando el camino a través de la oscuridad.

–La policía de Bridgewater dijo que estarían apostados junto a los límites de la propiedad de Nash. Desciende.

En la mansión, todo parecía en calma. Se veían luces encendidas en algunas ventanas de la planta baja. Vince insistió en que Nona esperase fuera, junto al piloto. Con Chris y Ernie pegados a sus talones corrió a través del césped que adornaba el camino de entrada y llamó al timbre.

–Dejadme hablar a mí.

Una mujer respondió a través del interfono.

–¿Quién es?

Vince apretó las mandíbulas. Si Nash estaba dentro, le estaban poniendo sobre aviso.

–Vince d'Ambrosio, agente del FBI, señora. Necesito hablar con el doctor Nash.

Un momento después la puerta se abrió ligeramente, sin retirar la cadena de seguridad.

–¿Puedo ver sus credenciales, señor? –Esta vez el que hablaba era un hombre, con el tono cortés de un sirviente bien enseñado.

Vince se la entregó.

–Deles prisa –apremió Chris.

La cadena de seguridad fue retirada y la puerta se abrió. «El servicio de la casa», pensó Vince, al ver su aspecto. Les pidió que se identificaran.

–Somos Irma y John Hughes. Trabajamos para el doctor Nash.

–¿Está en la casa?

–Sí –contestó la señora Hughes–. Lleva aquí toda la tarde, está terminando su libro y no quiere que nadie le moleste.

–Darcy, tienes una gran capacidad de introspección –comentó Michael–, ya te lo dije la semana pasada. Te sientes algo culpable por tu actitud hacia tus padres, ¿no es cierto?

–Creo que sí. –Darcy observó que sus pupilas volvían a su tamaño natural. El color azul gris de su iris ya se distinguía otra vez.

La siguiente canción de la cinta empezó a sonar. *Red Roses for a Blue Lady*. El pie derecho de Michael empezó a moverse al compás de la música.

–¿*Debo* sentirme culpable? –preguntó ella con rapidez.

–¿Dónde se encuentra la habitación del doctor Nash? – preguntó Vince–. Yo me hago responsable por molestarle.

–Siempre cierra la puerta cuando quiere intimidad, y no contesta si se llama. Es muy severo respecto a la orden de no interrumpirle cuando está en esa habitación. Ni siquiera le hemos visto desde que llegamos de hacer algunas compras esta tarde, pero su coche está en el camino de entrada.

Chris ya tenía bastante.

–No está arriba. Está por ahí conduciendo una furgoneta y haciendo Dios sabe qué. –Chris empezó a subir la escalera–. ¿Dónde demonios está su habitación?

La mujer miró implorante a su esposo y luego los guió escalera arriba; llamó a la puerta pero no obtuvo respuesta.

–¿Tiene usted una llave?

–El doctor me ha prohibido que la use cuando deja la habitación cerrada.

–Tráigala.

Como Vince imaginaba, la enorme habitación estaba vacía.

–Señora Hughes, tenemos un testigo que vio a Darcy Scott subir en la furgoneta del doctor esta tarde. Creemos que está en peligro. ¿Tiene el doctor Nash un estudio o una casita de campo en su finca, o algún otro lugar al que haya podido llevarla?

–Debe estar equivocado –protestó la mujer–. Él ha traído aquí dos veces a la señorita Darcy Scott, son buenos amigos.

–Señora Hughes, no ha contestado a mi pregunta.

–En esta finca hay varios graneros y establos, y algunos edificios que sirven de almacén. No hay ningún otro lugar al que poder llevar a una señorita. También tiene un apartamento en Nueva York, y un despacho.

Su esposo asentía confirmando sus palabras. Vince comprendió que decía la verdad.

–Señor –dijo el ama de llaves tímidamente–, hemos trabajado para el doctor Nash durante catorce años. Si la señorita está con él, puede estar tranquilo, se lo aseguro. El doctor Nash no le haría daño a una mosca.

¿Cuánto tiempo llevaban hablando? Darcy había perdido la noción. La música se escuchaba suavemente, de fondo. En estos momentos sonaba *Begin the Beguine*. ¿Cuántas veces había visto a sus padres bailar esta pieza?

–Mis padres fueron en realidad quienes me enseñaron a bailar –explicó a Nash–. Muchas veces ponían discos de fox-trot o valses, y bailaban. Lo hacían muy bien.

Su mirada seguía siendo amable. La miraba con los mismos ojos que ella conocía de otras ocasiones. Mientras él no sospechase que lo sabía todo, era todavía posible que la dejase ir, que la llevase a la casa para cenar. «Tengo que hacer que siga hablando.»

Mamá siempre decía:

–Darcy, tienes verdadero talento para actuar, ¿por qué no quieres hacerlo?

«Si es verdad que lo tengo, déjame demostrarlo ahora», suplicó Darcy.

Toda su vida oyó a sus padres discutir cómo debía representarse una escena. Algo debía de haber aprendido.

«No puedo dejar que se dé cuenta de lo aterrorizada que estoy –pensó Darcy–. Canalizaré mis nervios en la actuación.» ¿Cómo representaría su madre esta escena: una mujer atrapada en la casa de un maníaco asesino? Su madre dejaría de pensar en el anillo de Erin y haría lo mismo que ella trataba de hacer. Actuar como si Michael Nash fuese un psiquiatra y ella una paciente que se sincera.

¿Qué estaba diciendo Michael?

–¿Te has dando cuenta, Darcy, que cuando te permites hablar de tus padres te animas? Creo que disfrutaste de tu niñez más de lo que piensas.

La gente siempre se agolpaba a su alrededor. Recordaba aquella vez que la multitud era tan grande que se soltó de la mano de su madre y se perdió.

–Dime, Darcy, ¿en qué piensas? Dilo, déjalo salir.

–Estaba tan asustada... No podía verlos. En ese momento supe que odiaba...

–¿Qué odiabas?

–Las multitudes. Ser arrancada de su lado...

–No era culpa suya.

–Si no hubieran sido tan famosos...

–Les echabas en cara su fama...

–No.

Funcionaba. Su voz volvía a ser la de siempre. «No me gusta hablar de esto, pero he de hacerlo. Tengo que sincerarme. Es mi única oportunidad. ¡Mamá! ¡Papá! ¡Ayudadme! Venid a mi lado.»

–¡Están tan lejos...! –dijo, sin advertir que hablaba en voz alta.

–¿Quiénes?

–Mis padres.

–¿Quieres decir ahora?

–Sí. Están de gira por Australia, con la obra.

–Pareces muy desamparada, Darcy, asustada incluso. ¿Estás asustada, Darcy?

«No permitas que se dé cuenta.»

–No. Pero estoy apenada porque no los voy a ver en seis meses.

–¿Crees que ese día en que fuiste separada de ellos fue la primera vez que te sentiste abandonada?

Deseaba gritar: «¡Ahora me siento abandonada!». Pero en lugar de ello, dijo:

–Sí.

–Has dudado un momento, ¿por qué?

–Hubo otra vez, cuando tenía seis años. Yo estaba en el hospital y creían que iba a morir... –trató de no mirarle. Le aterrorizaba pensar que sus ojos pudieran volverse oscuros y vacíos de nuevo.

Se sentía como la protagonista de *Las mil y una noches*, que debía contar cuento tras cuento para seguir con vida.

Chris estaba sumido en una profunda desesperación. Darcy había estado en aquella casa hacía escasos días, con el hombre que había matado a su hermana Nan, a Erin Kelley y a todas las demás, y ahora se iba a convertir en su próxima víctima.

Estaban en la cocina, donde Vince mantenía contacto por una línea con el FBI y por la otra con la policía del estado. Habían enviado más helicópteros.

Nona se hallaba de pie junto a Vince, con aspecto de perder el conocimiento de un momento a otro. Los Hughes estaban sentados en la mesa, hombro con hombro, con expresión desconcertada y asustados. Un policía local los interrogaba sobre las actividades de Nash. Ernie Cizek estaba en el helicóptero, sobrevolando los campos circundantes. Chris podía oír el ruido del motor a través de la ventana cerrada. Buscaban la furgoneta Mercedes de color negro de Michael Nash. Los edificios de la finca estaban siendo registrados por varias patrullas de la policía local.

Chris recordó con amargura su propia satisfacción cuando compró una furgoneta Mercedes, hacía justo un año. El vendedor le convenció para que instalara un sistema de alarma Lojack.

–Se coloca en la instalación eléctrica. Si alguna vez le roban el coche, puede localizarse en pocos minutos. No tiene más que telefonear a la policía y darle su número de código Lojack. Estos lo introducen en el ordenador y un transmisor envía una señal que activa el sistema. Muchos coches de policía están equipados para recibir la señal.

Cuando hacía solo una semana que Chris era propietario de la furgoneta, se la robaron en la puerta de la galería con un cuadro valorado en cien mil dólares en el maletero. Entró un momento en la oficina para coger su maletín y, cuando volvió a salir, ya no estaba. Llamó inmediatamente para denunciar el robo, y quince minutos más tarde la furgoneta había sido recuperada.

«Si al menos Nash se hubiera llevado a Darcy en un coche robado...»

–*¡Oh, Dios mío!* –Chris cruzó corriendo la habitación y agarró el brazo de la señora Hughes–. ¿El doctor Nash tiene su fichero personal aquí o en Nueva York?

Ella le miró con asombro.

–Aquí, en una habitación junto a la biblioteca.

–Quiero verlo.

–No cuelgue –dijo Vince desde el teléfono–. ¿Se puede saber qué te pasa, Chris?

Chris no respondió.

–¿Desde cuándo tiene el doctor la furgoneta?

–Unos seis meses –respondió John Hughes–. Suele utilizarla con frecuencia.

–Entonces seguro que lo tiene.

Los documentos estaban archivados en un elegante armario de caoba. La señora Hughes conocía el lugar donde estaba escondida la llave.

Los papeles del Mercedes fueron fáciles de encontrar. Chris los cogió y dio un grito de excitación que atrajo a los demás. Extrajo el folleto de Lojack de una carpeta. En él estaba anotado el número de código del Mercedes negro de Nash.

Un policía de Bridgewater cayó en la cuenta de la importancia del descubrimiento de Chris.

–Deme eso –dijo–, yo llamaré. Nuestros coches tienen el equipo necesario.

–Estabas en el hospital, Darcy. –La voz de Michael era sosegada.

Ella sintió la boca reseca. Necesitaba un vaso de agua, pero no se atrevía a distraerlo.

–Sí. Tuve meningitis espinal. Recuerdo lo enferma que me sentía. Creí que iba a morir. Mis padres estaban junto a la cabecera. Escuché cómo el doctor les decía que no tenía demasiadas esperanzas.

–¿Cómo reaccionaron tus padres?

–Estaban abrazados. Mi padre dijo: «Barbara, nos tenemos el uno al otro».

–Y eso te dolió, ¿no es cierto?

–Me di cuenta de que no me necesitaban –susurró ella.

–Pero, Darcy, es que no sabes que cuando crees que estás a punto de perder a alguien que amas, la reacción instintiva es ir en busca de alguien o algo que aún te quede. Trataban de hacer frente al golpe o, mejor dicho, se preparaban para ello. Lo creas o no eso es algo saludable. Y desde entonces has tratado de excluirlos, ¿verdad?

«¿Era así? Siempre rechazó la ropa que su madre le compraba, los regalos que le hacían continuamente y esa manera de vivir, conseguida a base del trabajo de toda su vida. Incluso su profesión. ¿Por qué tanto empeño en probar su autosuficiencia?»

–No, no lo es.

–¿Qué es lo que no es?

–Mi trabajo, me gusta de verdad lo que hago.

–«Me gusta de verdad lo que hago.» –Michael repitió las palabras lenta, cadenciosamente. Una nueva canción empezó a sonar. *Save the Last Dance for Me.* Se levantó–. Y a mí me gusta bailar. *Ahora,* Darcy. Pero antes, tengo un regalo para ti.

Horrorizada, contempló cómo se levantaba y buscaba algo detrás del sillón. Se volvió hacia ella con una caja de zapatos en la mano.

–Te he comprado unos preciosos zapatos para que bailes con ellos, Darcy.

Se arrodilló frente al sofá y le quitó las botas. Su instinto le decía que era mejor no resistirse. Se clavó las uñas en las palmas de las manos para no gritar. El anillo de Erin se había girado y podía sentir el relieve de la E contra su piel.

Michael abrió la caja de zapatos y apartó el papel de seda. Cogió uno de los zapatos y lo alzó para que ella pudiera admirarlo. Era un zapato de raso de tacón alto, abierto por delante. Unas cintas de gasa, formadas por bandas doradas y plateadas, casi transparentes, lo sujetaban al tobillo. Michael tomó el pie izquierdo de Darcy con su mano, le puso el zapato y ató con un doble lazo las largas cintas. Luego sacó el otro zapato de la caja y acarició su tobillo mientras deslizaba el pie en el interior del zapato.

Cuando tuvo los dos zapatos puestos, levantó la vista y sonrió.

–¿No te sientes como Cenicienta? –preguntó.

Ella no pudo contestarle.

–El radar indica que el vehículo está a menos de quince kilómetros de aquí, en dirección noroeste –dijo lacónicamente el policía de Bridgewater, mientras el coche patrulla avanzaba a toda velocidad por la carretera comarcal. Vince, Chris y Nona iban dentro.

–La señal se oye cada vez más fuerte –dijo unos minutos después–. Nos acercamos.

–Hasta que no lleguemos allí, no nos habremos acercado suficiente –estalló Chris–. ¿No puede ir más rápido?

Tomaron una curva. El conductor pisó los frenos de golpe. El vehículo derrapó y luego volvió a enderezarse.

–¡Maldita sea!

–¿Qué ocurre? –gritó Vince.

–Hay obras en la carretera un poco más adelante. No podemos pasar. Y si damos un rodeo perderemos mucho tiempo.

La música llenaba la habitación, pero no alcanzaba a sofocar su risa maníaca. Los pasos de Darcy seguían ágilmente los suyos.

–No suelo bailar valses a menudo –gritó él–, pero esta noche escogí este para ti. –Giraban, se inclinaban, volvían a girar. El cabello de Darcy se arremolinaba junto a su cara. Ella jadeaba pero él no parecía notarlo.

El vals finalizó pero él no retiró los brazos de su cintura. Sus ojos eran dos brillantes agujeros oscuros y vacíos.

Can't Get Started with You. Hábilmente, inició un grácil fox-trot. Ella lo siguió sin esfuerzo alguno. Él la aferraba estrechamente, oprimiéndola. No podía respirar. «¿Era eso lo que había hecho con las otras? ¿Conseguir que confiaran en él y luego traerlas a esta casa apartada? ¿Dónde estarían sus cuerpos? ¿Enterrados cerca de aquí?

»¿Qué posibilidades tenía de escapar de él? La alcanzaría antes de llegar a la puerta. Cuando entraron, se fijó en el botón de alarma. ¿Estaría conectado a un sistema de seguridad? Tal vez, si pensaba que alguien venía hacia allí, no se atreviese a matarla.»

Pero ahora Michael tenía otra prioridad. Su brazo era como el acero y se movía exactamente al mismo compás de la música.

–¿Quieres saber mi secreto? –susurró–. Esta no es mi casa, es la casa de Charley.

–¿Charley?

Un paso atrás, deslizarse, vuelta.

–Sí. Ese es mi verdadero nombre. Edward y Janine Nash eran mis tíos. Me adoptaron cuando yo tenía un año y cambiaron mi nombre por el de Michael.

La observaba fijamente. Darcy no podía soportar mirar aquellos ojos.

Un paso atrás, un paso al lado, deslizarse.

–¿Qué les ocurrió a tus padres auténticos?

–Mi padre mató a mi madre y acabó en la silla eléctrica. Aunque mi tío me tenía mucho aprecio, empezó a decir que me estaba volviendo igual que mi padre. Mi tía era muy cariñosa conmigo cuando era pequeño, pero luego dejó de quererme. Decía que adoptarme había sido una locura, que la mala sangre siempre acaba por salir.

Otra canción. Frank Sinatra cantaba: «Eh, preciosas, poneos vuestras botas de baile y venid conmigo».

Paso. Paso. Deslizarse.

–Me alegro de que me digas eso, Michael. Hablar ayuda, ¿no crees?

–Llámame Charley.

–Como quieras. –Procuró no parecer indecisa. Que no viera su miedo.

–¿No deseas saber qué les pasó a mis padres, es decir, a las personas que me criaron?

–Sí. –Darcy pensó en sus piernas cada vez más cansadas. No estaba acostumbrada a los tacones altos. Sintió que las apretadas cintas del tobillo le cortaban la circulación.

Un paso al lado, vuelta.

Sinatra susurraba: «Sueña conmigo sobre la pista concurrida...».

–Cuando tenía veintiún años, tuvieron un accidente en un bote. El bote estalló.

–Lo siento.

–Yo no. Yo saboteé el bote. *Soy* igual que mi verdadero padre. Estás cansada, Darcy.

–No, no. Estoy bien. Me gusta bailar contigo. –«Conserva la calma... consérvala.»

–Pronto descansarás. ¿Te sorprendiste al recibir los zapatos de Erin?

–Sí, me sorprendí mucho.

–Era tan bonita. Yo le gustaba. En nuestra primera cita le hablé de mi libro, y ella a su vez me habló del programa, y de cómo tú y ella contestabais a anuncios de contactos. Eso fue muy divertido, porque yo ya había decidido que tú serías la siguiente.

«La siguiente.»

–¿Por qué nos escogiste?

«Y mientras el ritmo suena, te diré susurrando arrulladoras palabras.»

–Las dos contestasteis al anuncio *especial*. Pero Erin contestó a mi otro anuncio también, el que enseñé al agente del FBI.

–Eres muy listo, Charley.

–¿Te gustaron los zapatos que compré para Erin? Combinaban muy bien con su vestido.

–Sí, lo sé.

–Yo también asistí a la Gala de Autores Dramáticos. La reconocí por la foto que me envió, y busqué su nombre en las tarjetas de las mesas para asegurarme. Estaba sentado cuatro mesas más allá. Fue una casualidad que tuviera una cita con ella la noche siguiente.

Paso, paso, deslizarse, vuelta.

–¿Cómo supiste el número que calzaba Erin? ¿Y el mío?

–Muy fácil. Compré varios números diferentes para Erin. Quería ese par para ella. ¿Recuerdas cuando la semana pasada te ayudé a sacarte una piedrecita de la bota? Pude ver tu número entonces.

–¿Y las otras?

–A las mujeres les gusta ser halagadas. Les decía: «Tienes unos pies muy bonitos. ¿Qué número calzas?». Algunas veces les compraba unos zapatos especialmente para ellas. Otras utilizaba zapatos que ya tenía.

–El auténtico Charles North no ponía anuncios de contactos, ¿verdad?

–No. Lo conocí en la misma sala. Hablaba constantemente de sí mismo, y le pedí su tarjeta. Nunca utilizo mi verdadero nombre con las personas que contestan al anuncio especial. Tú lo pusiste más fácil. Fuiste tú la que llamaste.

Sí, ella le había llamado.

–Dices que la primera vez que saliste con Erin Kelley, tú le gustaste. ¿No tenías miedo de que reconociera tu voz cuando la llamaste de nuevo, diciendo que eras Charles North?

–La telefoneé desde Penn Station, allí hay mucho ruido. Le expliqué que estaba a punto de tomar un tren para Filadelfia. ¡Puse un tono de voz más grave y hablé más deprisa de lo normal. Igual que esta tarde, con tu secretaria –el timbre de su voz cambió, se hizo más agudo–. ¿No parezco una mujer ahora?

–¿Y si yo no hubiera acudido a la cita del bar esta tarde? ¿Qué hubieras hecho?

–Ya me habías dicho que no tenías planes para esa noche. Sabía que harías cualquier cosa para hallar al hombre que se encontró con Erin la noche que desapareció. Y tenía razón.

–Sí, Charley, tenías razón.

Él rozó su cuello con los labios.

Paso, paso, deslizarse.

–Estoy muy contento de que las dos contestarais a mi anuncio especial. Sabes cuál es, ¿no? Empezaba: «Le gusta la música, le gusta bailar».

«Porque, ¿qué es bailar, sino hacer el amor dentro de la música?» –continuaba Sinatra.

–Esta es una de mis canciones preferidas –susurró Michael. La hizo girar, sin aflojar la presión de su mano. Cuando la volvió a atraer hacia él, su tono se volvió confidencial, casi pesaroso–. Fue por culpa de Nan que empecé a matar muchachas.

–¿Nan Sheridan? –El rostro de Chris Sheridan llenó sus pensamientos. La tristeza de sus ojos cuando hablaba de su hermana. La autoridad y serenidad que demostraba en la galería. El afecto que le profesaban sus empleados. Su madre. La amistad espontánea surgida entre ellos. Le parecía oírle decir: «Espero que no seas vegetariana, Darcy. Es la hora del gourmet».

La preocupación que mostraba porque ella contestaba a esos anuncios. ¡Qué razón tenía! «Espero tener la oportunidad de conocerte mejor, Chris. Espero tener la oportunidad de decir a mis padres cuánto los quiero.»

–Sí, Nan Sheridan. Después de graduarme en Stanford, estuve un año en Boston, antes de entrar en la facultad de medicina. Solía ir mucho por Brown. Fue allí donde conocí a Nan. Bailaba maravillosamente. Tú lo haces muy bien, pero ella era maravillosa.

En el equipo sonaron los conocidos compases iniciales de *Good Night, Sweetheart.*

«No –pensó Darcy–. No.»

Un paso hacia atrás. Un paso al lado. Deslizarse.

–Michael, quiero preguntarte otra cosa sobre mi madre –empezó a decir.

Él la obligó a apoyar la cabeza sobre su hombro.

–Te dije que me llamaras Charley. Deja de hablar –dijo con firmeza–. Solo bailemos.

«El tiempo curará tu aflicción», se oyó a través de la habitación. Darcy no reconoció la voz del cantante.

«Buenas noches, mi amor, buenas noches», las últimas notas se desvanecieron en el aire.

Michael dejó caer los brazos y miró a Darcy con una sonrisa.

–Ha llegado el momento –le dijo. Aunque su voz era

amistosa, su cara resultaba inexpresiva y aterrorizadora–. Te voy a dar una oportunidad de escapar. Voy a contar hasta diez. ¿No te parece justo?

Volvieron hacia atrás, por la carretera.

–La señal viene de la izquierda. ¡Un momento! Nos estamos alejando –dijo el policía de Bridgewater–. Debe de haber un cruce de caminos en alguna parte. –Las ruedas chirriaron al girar en redondo.

El sentimiento de un inminente desastre que invadía a Chris creció hasta un límite insoportable. Abrió la ventanilla del coche.

–¡Aquí! ¡Por todos los santos! ¡Aquí hay un camino!

El coche patrulla frenó con gran estrépito, dio marcha atrás, hizo un giro cerrado y se adentró velozmente por la pista accidentada.

Darcy resbaló en el suelo encerado y cayó. Los altos tacones se convirtieron en sus propios enemigos cuando corrió hacia la puerta. Perdió unos preciosos momentos al intentar quitarse los zapatos, pero no pudo. Las cintas estaban fuertemente anudadas.

–Uno –la voz de Charley se oyó detrás de ella.

Alcanzó la puerta y quitó el cerrojo, pero no se abrió. Movió el pomo, pero no giraba.

–Dos, tres, cuatro, cinco, seis. Sigo contando, Darcy.

El botón de alarma. Lo presionó fuertemente con el dedo.

Ja, ja, ja, ja, ja, ja, ja... El eco de una cavernosa risa burlona se expandió por la habitación. Ja, ja, ja, ja... el sonido venía del botón de alarma.

Darcy lanzó un chillido y dio un salto hacia atrás. Charley reía también.

–Siete, ocho, nueve...

Se dio la vuelta y vio la escalera. Empezó a correr hacia ella.

–¡Diez!

Charley se abalanzó en su dirección, con las manos extendidas, los dedos curvados, los pulgares rígidos.

–*¡No! ¡No!* –Darcy intentó llegar a la escalera, resbaló y se torció un tobillo. Sintió un dolor agudo y punzante. Cojeando y gimiendo, alcanzó el primer escalón y sintió que alguien la llevaba de nuevo hacia atrás.

Instintivamente empezó a gritar.

–¡Ahí está el Mercedes! –gritó Vince. El coche patrulla frenó bruscamente justo detrás.

Salió del coche, junto con Chris y el policía.

–¡Quédate aquí! –gritó Vince a Nona.

–¡Escuchad! –Chris levantó una mano–. Alguien está gritando. ¡Es Darcy! –Vince y él se lanzaron contra la pesada puerta de roble. Ni se movió.

El policía sacó su arma y disparó seis veces contra la cerradura.

Esta vez, cuando Chris y Vince se abalanzaron, contra la puerta, sí que se abrió.

Darcy intentó golpear a Charley con los tacones de los zapatos. Él no parecía sentir las afiladas agujas que se clavaban en sus piernas. Le rodeó el cuello con las manos. Ella intentó zafarse. «¡Erin! ¡Erin! ¿Te ocurrió lo mismo?» Ya no podía gritar más. Abrió la boca, ávida de oxígeno, y no pudo encontrar nada. ¿Era ella la que gemía de esa manera? Quiso seguir luchando pero ya no pudo levantar los brazos.

Vagamente, pudo escuchar el sonido de unos golpes repetidos. ¿Alguien que llegaba en su ayuda? «Es... demasiado... tarde...», pensó antes de hundirse completamente en la oscuridad.

Chris fue el primero en atravesar la puerta. Darcy se bamboleaba como una muñeca de trapo, con los brazos colgando a los lados y las piernas dobladas bajo su cuerpo. Unos dedos largos y poderosos la estrangulaban. Había dejado de gritar.

Con un grito de rabia, Chris atravesó la habitación y se abalanzó sobre Nash, que se tambaleó y cayó, arrastrando a Darcy con él. Pero las convulsas manos de Nash se aferraron con más fuerza a su cuello.

Vince se arrojó junto a Nash y le rodeó el cuello con un brazo para obligarlo a echar la cabeza hacia atrás. El policía de Bridgewater lo sujetó por los pies, que se agitaban violentamente.

Las manos de Charley parecían tener vida propia. Chris no lograba que sus dedos liberaran la garganta de Darcy. Nash parecía estar poseído por una fuerza sobrehumana y ser insensible al dolor. Desesperado, Chris hincó los dientes en la mano derecha del hombre que extinguía la vida de Darcy.

Con un alarido de dolor, Charley retiró bruscamente la mano derecha y aflojó la izquierda.

Vince y el policía sujetaron los brazos a su espalda y le colocaron las esposas, mientras Chris cogía a Darcy.

Nona, que hasta ese momento observaba la escena desde la puerta, entró corriendo en la casa y se arrodilló a los pies de Darcy. Los ojos estaban desenfocados y su esbelto cuello lleno de horribles magulladuras rojizas.

Chris cubrió la boca de Darcy con la suya, le pinzó la nariz con los dedos y le introdujo una bocanada de aire en los pulmones. Vince observó los ojos de Darcy y empezó a presionar rítmicamente sobre su pecho.

El policía de Bridgewater vigilaba a Nash, que estaba esposado a la barandilla. Nash empezó a canturrear:

–Ea, ai, eo. Coge el bailarín por el dedo...

«No reacciona», pensó Nona desesperada. Asió los tobillos de Darcy y se dio cuenta, por primera vez, que llevaba puestos unos zapatos de baile.

–No puedo soportarlo –dijo Nona–, no puedo.

Casi inconscientemente, empezó a luchar con los nudos que ataban las cintas.

–Este cerdito fue al mercado. Este se quedó en casa. ¡Cántalo otra vez, mamá! Tengo diez dedos cerditos.

«Puede que sea demasiado tarde –pensó Vince furioso mientras intentaba hacer reaccionar a Darcy–. Pero si es así, tú, asqueroso bastardo, será mejor que no pienses que todas estas cancioncillas infantiles que canturreas te ayudarán a probar tu locura.»

Chris levantó la cabeza para tomar aire y pudo ver, durante un segundo, la cara de Darcy. Tenía el mismo aspecto que Nan la mañana en que la encontró. El cuello magullado. El tono azulado de la piel. «¡No! ¡No puedo permitirlo! Darcy, ¡respira!»

Nona, entre sollozos, había logrado desatar una de las cintas del tobillo. La soltó y empezó a retirar el zapato del pie de Darcy.

Le pareció sentir algo. ¿O se equivocaba? ¡No!

–¡El pie se mueve! –gritó–. Trata de sacarlo del zapato.

En ese mismo instante, Vince observó un latido en el cuello de Darcy, y Chris pudo oír un largo y profundo suspiro proveniente de sus labios.

XXIII

Jueves, 14 de marzo

A la mañana siguiente, Vince telefoneó a Susan.

–Señora Fox, su esposo puede ser un donjuán, pero no es un criminal. Tenemos al asesino reincidente bajo custodia, y pruebas definitivas de que es el responsable de todas las muertes de los zapatos de salón, incluida la de Nan Sheridan.

–Se lo agradezco. Supongo que comprende lo que significa para mí.

–¿Quién era? –Doug no había ido a trabajar y estaba en casa. Se sentía fatal; no enfermo, solo fatal.

Susan se lo explicó todo. Él la miró fijamente.

–¿Quieres decir que explicaste al FBI que pensabas que yo era un asesino? ¿De verdad pensabas que yo maté a Nan Sheridan y a todas esas mujeres? –Sin acabar de creerlo, su cara enrojeció de ira.

Susan no apartó sus ojos de él.

–Pensé que era una posibilidad y que, de alguna manera, yo también era responsable de esas muertes, por haber mentido quince años atrás.

–Te juré que no estaba cerca de Nan cuando murió.

–Evidentemente, no estabas con ella. Pero dime ¿dónde estabas entonces, Doug? Al menos déjame saberlo ahora.

La ira desapareció de su cara. Apartó la mirada y luego se volvió de nuevo hacia ella, con una sonrisa conciliadora.

–Ya te lo dije entonces, Susan, y ahora te lo repito: esa mañana tuve una avería en el coche.

–*Quiero la verdad.* Me lo debes.

Doug vaciló, luego dijo despacio.

–Estaba con Penny Knowles. Susan, lo siento. No quería que lo supieras porque tenía miedo de perderte.

–Quieres decir que Penny Knowles estaba a punto de comprometerse con Bob Carver, y no quería arriesgarse a perder el dinero de los Carver. Ella hubiera dejado que te acusaran de asesinato antes de testificar a tu favor.

–Susan, sé que tonteé mucho entonces...

–¿Entonces? –Susan se rió sarcásticamente–. ¿Tonteaste mucho *entonces*? Escúchame Doug, durante todos estos años, mi padre nunca ha podido asimilar que yo cometiese perjurio por ti. Vete a hacer la maleta y márchate a tu apartamento de soltero. Voy a pedir el divorcio.

Todo el día le suplicó que le diera otra oportunidad.

–Susan, te prometo...

–Vete de aquí.

No quería marcharse antes de que Donny y Beth regresaran del colegio.

–Os vendré a ver a menudo, chicos. Os lo prometo.

Cuando se dirigía al coche, Trish corrió detrás de él y se abrazó a sus rodillas. Él la levantó y la llevó junto a Susan.

–Susan, por favor...

–Adiós, Doug.

Contemplaron cómo se alejaba. Donny lloraba.

–Mamá, el último fin de semana. Si siempre fuera así...

Susan trató de reprimir sus propias lágrimas.

–Nunca se sabe, Donny. Tu padre tiene que madurar mucho. Veremos si puede salir adelante.

–¿Vas a ver tu programa? –preguntó Vince cuando llamó a Nona, el jueves por la tarde.

–Ni hablar. Hemos preparado un final especial. Yo lo escribí. Yo lo viví.

–¿Qué te gustaría cenar esta noche?

–Un filete.

–A mí también. ¿Qué piensas hacer el fin de semana?

–Parece que hará buen tiempo. Pienso ir a Hamptons. Después de estas últimas semanas, necesito volver a ver el mar.

–¿Tienes una casa allí?

–Sí. Creo que voy a reconsiderar la opción de comprársela a Matt. Me gusta ese sitio, y no será difícil olvidarme de él. ¿Quieres acompañarme?

–Me encantará.

Chris trajo un bastón antiguo para que Darcy lo utilizara mientras se recuperaba de la torcedura de tobillo.

–Es muy distinguido –comentó ella.

Él la rodeó con sus brazos.

–¿Todo listo? ¿Dónde están tus cosas?

–Solo es esta bolsa. –Greta llamó para insistir en que Chris llevara a Darcy a Darien y se quedaran todo el fin de semana.

Sonó el teléfono.

–No voy a contestar –dijo Darcy–. ¡No, espera! He intentado localizar a mis padres en Australia. Es posible que la operadora haya conseguido encontrarlos.

Su padre y su madre estaban al otro lado de la línea.

–Estoy muy bien. Solo quería deciros... –titubeó–... que os echo de menos, de verdad. Y... que os quiero... –Darcy se rió–. ¿Qué queréis decir con eso de que si he encontrado a alguien?

Miró a Chris y guiñó un ojo.

–El caso es que he conocido un hombre joven y encantador. Se llama Chris Sheridan. Os gustará. Trabaja en lo mismo que yo, pero a lo grande. Es anticuario. Es guapo, simpático y siempre aparece cuando lo necesitas... ¿Que cómo lo he conocido?

«Solamente Erin –pensó– sería capaz de apreciar la ironía de su respuesta.»

–Pues no os lo vais a creer, pero lo conocí gracias a los anuncios de contactos.

Levantó la vista hacia Chris y sus miradas se encontraron. Él sonrió. «No es cierto –pensó ella–. Chris también lo aprecia.»

Título de la edición original: *Loves Music, Loves to Dance*
Traducción del inglés: Sara Alonso Gómez
Diseño: Joaquín Monclús
Fotografía de la cubierta: © Cover

Círculo de Lectores, S. A. (Sociedad Unipersonal)
Travessera de Gràcia, 47-49, 08021 Barcelona
www.circulo.es
1 3 5 7 9 2 0 0 7 8 6 4 2

Licencia editorial para Círculo de Lectores
por cortesía de Plaza & Janés Editores, S. A.
Está prohibida la venta de este libro a personas que no
pertenezcan a Círculo de Lectores.

Depósito legal: B. 25529-2002
Fotocomposición: gama, s. l., Barcelona
Impresión y encuadernación: Printer industria gráfica, s. a.
N. II, Cuatro caminos s/n, 08620 Sant Vicenç dels Horts
Barcelona, 2002. Impreso en España
ISBN 84-226-9399-2
N.° 43463